침대에서 바라본 아르헨티나

침대에서 바라본 아르헨티나

—

초판인쇄_ 2010년 9월 20일
초판발행_ 2010년 9월 25일

—

지은이_ 루이사 발렌수엘라
옮긴이_ 조혜진 우석균 박병규
펴낸이_ 박성모
펴낸곳_ 소명출판
출판등록_ 제13-522호
주소_ 서울시 서초구 서초동 1621-18 란빌딩 1층
전화_ 02-585-7840
팩스_ 02-585-7848
전자우편_ somyong@korea.com
홈페이지_ www.somyong.co.kr

—

값 13,000원
ⓒ2010, 소명출판
ISBN 978-89-5626-525-4   03890

Obra editada en el marco del Programa "Sur" de Apoyo a las Traducciones del Ministerio
de Relaciones Exteriores, Comercio Internacional y Culto de la República Argentina

루 이 사 발 렌 수 엘 라 중 단 편 선

침대에서 바라본 아르헨티나

루이사 발렌수엘라 지음 | 조혜진 우석균 박병규 옮김

소명출판

일러두기

1. 이 책은 아르헨티나의 문학과 사상을 외국에 널리 알리고자 아르헨티나 정부에서 주관하는 번역지원 프로그램인 프로그라마 수르(Programa Sur)의 지원을 받고 출판되었습니다.

2. 원문에서 이탤릭체로 표기한 부분은 본문에서도 이탤릭체로, 원문에서 대문자로 표기한 부분은 본문에서 굵은 글씨로 표기했음을 밝힙니다.

3. 각주의 경우, 작가 발렌수엘라가 원작에 주를 붙였을 때에는 [원주]로, 옮긴이가 내용 이해를 돕기 위해 주를 달았을 때에는 [역주]로 표기하였습니다.

4. 고유명사의 경우, 스페인어 본래의 된소리 발음 대신 외래어 표기 원칙을 따랐음을 밝힙니다.

여기에서는 희한한 일이 일어난다

Aquí pasan cosas raras

교차로에 있는 카페에서—자부심 강한 카페는 모두 교차로
에 있고, 모든 만남은 두 개의 길(두 개의 삶)이 교차하는 곳에서
일어난다—마리오와 페드로는 각자 우유를 약간 넣은 에스프
레소 커피를 주문하고, 커피에 설탕을 듬뿍 넣는다. 설탕은 공
짜인데다 얼마간 영양분을 공급해 주기 때문이다. 마리오와
페드로는 얼마 전부터 무일푼으로 지내는 중이다. 그 때문에
심하게 신세한탄을 하는 것은 아니지만 자, 이제는 다소 운이
트일 때가 되었고, 갑자기 서류가방이 버려진 채 놓여 있는 것
이 보이고, 두 사람은 서로 얼굴을 마주보는 것만으로 아마 지
금이 그 때라는 내용을 주고받았다. 바로 그곳, 교차로에 있는

카페의 하고 많은 사람들 중 바로 그들에게 말이다.

서류가방은 테이블에 바짝 닿아 있는 의자 위에 오도카니 놓여 있는데 아무도 그것을 찾으러 오지 않는다.

동네 사람들이 들락거리고 이런저런 이야기를 주고받지만 마리오와 페드로는 그 말들이 하나도 귀에 들어오지 않는다. 계속 사람들이 늘어나고, 노랫가락이 들리고, 사람들이 땅 속 깊은 곳에서부터 올라오는 것 같다…… 나는 그들이 무엇을 하는 사람들인지, 무엇 때문에 왔는지 궁금하다. 반면 마리오와 페드로는 누군가가 와서 카페 가장 안쪽에 있는 그 테이블에 앉지 않는지, 앉으려고 의자를 당기다 그들이 사랑하고 애무하고 냄새 맡고 혀로 핥고 입맞추다시피 하는 그 서류가방을 발견하지 않는지 궁금해한다. 마침내 누군가 와서 그 테이블에 앉는다, 고독하게 혼자서(서류가방에 지폐가 잔뜩 들었고, 그 남자가 잠깐 고민하다 간치아 칵테일¹을 주문하고 칵테일 한 잔 값에 서류가방을 넘길 것이라는 생각). 웨이터가 그 남자에게 재료가 듬뿍 들어간 칵테일을 가져다 준다. 바로 옆자리에서 버려진 서류

---

1   [역주] 간치아(Gancia)는 이탈리아의 유명한 포도주 제조 기업이다. 간치아 사(社) 포도주를 넣어 만든 칵테일은 중남미에서 유명한 음료이고, 그 중에서도 특히 아르헨티나에서 유명하다.

가방이 자기를 기다리고 있다는 것을 그는 과연 어떤 올리브, 어떤 치즈 조각을 입으로 가져가며 알아차리게 될 것인가? 페드로와 마리오는 그런 일은 생각조차 하고 싶지 않지만 그렇다고 다른 일을 생각하지도 못한다…… 결국 그 남자도 페드로, 마리오와 마찬가지로 그 가방에 대한 권리가 아주 많거나 아예 적은 것이다. 결국 이것은 우연의 문제다. 운 좋게 테이블을 잘 선택했고 그걸로 장땡인 거다. 그 남자는 칵테일을 심드렁하게 벌컥벌컥 들이켜고, 칵테일 안에 든 음식물을 몇 개씩 삼킨다. 그러나 마리오와 페드로는 커피를 추가로 주문할 수조차 없다. 주머니 사정이 나쁘기 때문이다. 그리고 이런 일은 당신이나 나, 아마 당신보다는 나에게 일어나겠지만 당신이나 나에게도 얼마든지 일어날 수 있는 일이다. 하지만 지금 이 얘기를 하는 건 적절하지 않다. 지금 마리오와 페드로의 주머니 사정은, 이빨 틈에 낀 소시지 조각을 손톱으로 빼내며 술잔을 비우느라 아무것도 보지 못하고 사람들이 수군대는 것을 전혀 듣지 못하는 남자에게 달려 있으니까. "길모퉁이에 그들이 보여." 일전에 엘바조차 나에게 그런 말을 했다, 시력이 나빠 눈도 잘 보이지 않는 그녀가. 잘 들어, 마치 공상과학 같아. 그들은 머리를 단정하게 빗고 잘 차려입은 내국인처럼 보이지만 실은 다른 행성에서 온 외계인이야. 내가 그 중 한 명에게 몇 시냐고 시간을 물었더니 세상에, 아무도 시계를 안 가진 거 있지. 하긴 무엇 때문에 시계가 필요하겠어, 우리와는 다른 시간을 살고 있는데. 당연히 필요 없겠지. 나도 그들을 본 적이 있어. 저 거리에 있는 포석鋪石 밑에서 나오더라고. 그 포석들은 아직 저기 그대로 있어. 그들이 길에 구멍을 남겨 두었다는 것, 그들이 나온 후 더 이상 덮어버릴 수 없는 큰 구덩이가 남아 있다는 것은 알고 있지만 그들이 무엇을 찾는지는 아무도 몰라.

간치아 칵테일을 마시는 사내도 그 소리를 듣지 못하고, 서류가방에 목매고 있는 마리오와 페드로도 그 소리를 듣지 못한다. 무언가 값나가는 것이 들어 있음직한, 의자 위에 방치되어 있는 서류가방. 값비싼 것이 들어 있지 않다면 그들을 위해 그렇게, 칵테일을 마시는 사내가 아니라 오직 그들만을 위해 가방이 분실되었을 리 없다. 간치아 칵테일의 사나이는 술잔을 다 비우고, 이를 쑤시고, 음식에는 거의 손도 대지 않고서 테이블에서 벌떡 일어나 선 채로 계산을 한다, 웨이터는 테이블 위에 있는 것을 모두 치우고, 팁을 호주머니에 넣고, 젖은 행주로 테이블을 훔치고, 물러가고 이제 만사 오케이다. 자, 이제 때가 됐다. 카페의 저 쪽 끝은 흥청거리는데 이쪽은 텅 비어 있으니까. 마리오와 페드로는 바로 지금이 아니면 다시는 기회가 오지 않는다는 것을 알고 있다.

서류가방을 겨드랑이 밑에 낀 채 마리오가 먼저 나간다. 바로 그런 이유로 보도 앞 자동차 위에 버려진 남성용 재킷을 마리오가 먼저 보게 된 것이다. 보도 앞 자동차, 그러니까 자동차 지붕 위에 버려져 있는 재킷을. 질 좋은 멋진 재킷. 페드로도 그 재킷을 본다. 우연의 일치가 너무 많이 일어나자 페드로는 다리가 후들거린다. 운 좋게 새 재킷이, 그것도 주머니에 현찰이 가득 든 재킷이 그에게 굴러들어오게 된 것이다. 마리오는 차마 그 재킷을 집을 엄두가 나지 않는다. 페드로는 재킷을 집으려고 한다, 양심의 가책이 점점 커지고, 경찰관 두 명이 자기들에게 다가오는 것을 보자 거의 폭발할 것 같지만.

"재킷 위에서 이 자동차를 발견했는데 아니, 자동차 위에서 이 재킷을 발견했는데 어떻게 하면 좋을지 모르겠어요. 재킷 말이에요."

"그럼 발견한 자리에 그대로 두면 되잖소. 그런 하찮은 일로 귀찮게 하지 마시오. 우리는 더 중요한 일로 왔으니 말이오."

더욱 더 중요한 일. 완곡하게 말하면, 사람과 사람이 서로 쫓고 쫓기는 일. 덕분에 그 유명한 재킷이 페드로의 안절부절 못하는 두 손에 남게 되었다. 처음에는 무한한 애착을 갖고 재킷을 집어들었던 두 손에. 이런 재킷, 안감을 잘 댄 평상복 재

11

킷이 얼마나 필요했던가. 이미 말했듯, 실크가 아니라 돈으로 안감을 댄 재킷이. 실크가 다 무슨 소용인가. 전리품을 옴짝달싹 못하게 꼭 움켜잡은 채 그들은 걸어서 집으로 향한다. 그들은, 마리오가 가까스로 서류가방을 열다 어렴풋이 본 듯한 빳빳한 지폐 중에서 단 한 장도 꺼내볼 엄두를 내지 못하고, 그래서 택시 한 대, 혹은 허름한 버스를 탈 돈조차 없다.

거리로 나오자 그들은 지금 일어나고 있는 희한한 일들, 카페에서 주워들은 일들이 오늘 습득한 물건들과 모종의 관계가 있지 않은가 하고 신경을 바짝 곤두세운다. 수상쩍은 사람들이건 아니건 그 지역에 나타나거나 다른 사람들, 즉 경찰들로 교체된다. 교차로마다 경찰이 두 명씩이나 있다니 너무 지나치다. 교차로가 많고 많은데 말이다. 오늘 오후는 여느 날과 같은 회색빛 오후도 아니지만 곰곰이 잘 생각해 보면, 보기와는 달리 운 좋은 오후도 아닐 것이다. 그들의 얼굴은 평일답게 표정이 없는 얼굴이다. 일요일의 무표정한 얼굴과는 또 다르다. 페드로와 마리오는 지금 얼굴에 혈색이 돌고, 표정이 넘쳐흐르고, 스스로의 존재감을 느끼고 있다. 그들의 길에는 서류가방(불온한 단어)과 평상복 재킷이 만발했기 때문이다. (보기와는 달리 그리 새 옷이 아니라 오래 입어서 옷단 끝이 닳은, 그러나 품위 있는 재킷. 바로 그거다, 품위 있는 재킷.) 오늘 오후는 순탄한 오후가 아니었으니 이 정도면 됐다. 사이렌 소리와 함께 무언가 공기 속으로 퍼지고, 마리오와 페드로는 지목 당했다는 느낌이 들기 시작한다. 길모퉁이마다 경찰들이, 어둑어둑한 현관에 경찰들이 보인다. 도시 구역을 전부 뒤덮은 채 모든 교차로마다 둘씩 짝을 지어 서 있는 경찰들이. 오토바이를 타고 우르릉 땅이 울리는 소리를 내며 돌아다니는 경찰들. 마치 이 나라의 발전이 자기들에게 달려 있기라도 한 것처럼. 어쩌면 그들에게 달려 있는지도 모른다. 그러니 상황이 지금 이렇게 돌아가는 거겠지. 마리오는 마치 마이크라도 숨겨 놓은 양 서류가방을 꼭 움켜쥐고 있기 때문에 감히 위험을 무릅쓰고 큰소리로 말하지 않는다. 그렇지만 이 무슨 편집증 같은 증상인가? 아무도 마리오에게 그 가방을 맡으라고 강요한 적이 없는데. 얼마든지 어두운 골목에서 가방을 놓아줄 수도 있는데 그러지 않는 것이잖은가? 하기야 저절로 굴러들어온 복을 어떻게 차버릴 수 있겠나? 아무리 그 복이 다이너마이트만큼의 부담을 갖고 있다 해도. 그는 서류가방을 최대한 자연스럽게, 더 많은 애정을 갖고 집어 든다. 마치 지금이 폭발하기 일보직전이 아닌 양. 바로 그때 페드로는 자기에게 다소 크지만 우스꽝스럽지는 않은, 전혀 우스꽝스럽지 않은 그 재킷을 걸치기로 결심한다. 품이 약간 크지만 우습지는 않은 재킷. 오히려 편하고,

13

착용감이 좋고, 정감 가고, 끝단이 헤지고, 손때가 묻은 재킷. 페드로는 재킷 호주머니(그의 호주머니) 안으로 손을 넣어 버스 승차권 몇 장, 손때 묻은 손수건, 지폐 몇 장과 동전 몇 개를 발견한다. 그는 마리오에게 아무 말도 못한 채 갑자기 뒤를 돌아보며 누군가 자기네를 따라오지 않는지 살핀다. 아마 그들은 알 수 없는 함정에 빠진 것이리라. 마리오도 무언가 비슷한 것을 느낀 듯하다. 그도 말 한 마디 없는 걸 보니. 그는 자기 일생이 그 가방처럼 우스꽝스러운 검정색 서류가방 만큼의 무게가 나간다는 얼굴로 휘파람을 분다. 이제 상황은 처음처럼 밝은 분위기가 아니다. 아무도 그들을 뒤쫓지는 않는 것 같다. 하지만 그걸 누가 알겠는가? 누군가 그들의 뒤를 밟다 검은 의도를 갖고 서류가방과 재킷을 놓아둔 것인지도 모르잖나? 마리오는 결국 결심하고서 페드로에게 속삭인다. 집으로 들어가지 말고, 아무 일 없는 것처럼 계속 걷자. 누가 우리 뒤를 밟는지 아닌지 알고 싶어서 그래. 페드로도 그러자고 한다. 마리오는 큰소리로 말하고 심지어 웃을 수도 있었던 지난 시간(불과 한 시간 전)을 떠올리며 그리워한다. 마리오는 점점 서류가방이 부담스러워지고, 그 행운을 버리고 싶다는 유혹을 느낀다. 가방 속에 무엇이 들었는지 제대로 살펴보지도 않고 버린다고? 그건 정말 비겁한 일이다.

혹시 있을지도 모를 추적자—있을 것 같지는 않지만—를 떼어버리기 위해 그들은 정처 없이 걷는다. 길을 걷고 있는 것은 더 이상 페드로와 마리오가 아니라 사람으로 분한 평상복 재킷과 서류가방이다. 그들은 계속 앞으로 나아갔다. 마침내 재킷이 결심하고 말을 꺼낸다. 바에 들어가서 뭐 좀 마시자. 목말라 죽겠어.

"이걸 다 갖고 가자는 거야? 무슨 영문인지도 모르는데?"

"음, 그래. 주머니에 몇 페소 있어."

불안한 손이 지폐 두 장을 꺼낸다. 그는 많고 많은 낡은 지폐를 다시 헤집을 엄두가 안 나지만 돈이 더 많이 있을 거라고 생각한다—냄새가 난다—. 그들은 샌드위치가 절실히 필요하고, 평온해 보이는 저 카페에서 주문하면 된다.

어떤 남녀가 매주 토요일마다 빵이 없다고 말한다. 무슨 일이든, 나는 뇌를 깡그리 세척하는 것이 무엇인지 궁금하다…… 시절이 어수선할 때에는 귀를 기울일 이유가 없다. 카페의 단점이 바로, 목소리들이 다른 목소리들을 뒤덮어버리는 것이긴 하지만. 반면 카페의 장점은 종합 토스트가 있다는 것이다.

잘 들어, 너는 똑똑하잖아.

그들은 잠시 다른 생각에 잠겨 있다가, 그들 또한 두뇌를 깡그리 씻어내는 것이 무엇일까 궁금해한다. 과거에 소위 똑똑하다고 하는 사람들은 자기가 지금도 똑똑하다고 믿는다. 순전히 믿기 위해 믿는 것. 빵 없는 토요일에 대해 믿으려고 하는 사람들이 있다. 토요일에는 일요일에 쓸 성찬의 빵을 만드느라 빵이 필요하다는 것, 일요일에는 평일이라는 지독한 황무지를 건너기 위해 포도주가 필요하다는 것을 모르는 사람이라도 있는 양.

순전히 경계심 때문에, 그리고 그들이 가지고는 있지만 사실 그들과는 아무 상관없는 물건 두 개 때문에 촉각을 날카롭게 곤두세운 채 세상을—카페들을—돌아다니면 온갖 종류의 고백을 낳게 되고, 얼토당토않은 각종 변명을 하게 된다. 그들은 그 어느 때보다도 지금 가방을 꼭 그러쥔 채 숨을 가쁘게 몰아쉬며 카페로 들어서고, 아무 일도 없었다는 얼굴로 테이블에 앉아 문서파일을 꺼내고 책을 펼치지만 이미 늦었다. 책들은 발뒤꿈치를 붙인 경찰들을 불러들이니까. 익히 알고 있겠지만 책들은 냄새를 잘 맡는, 법의 수호자들을 자극하면 자극했지 그들의 눈을 결코 속이지 않는다. 생도들이 잇따라 도착하더니 거칠게 검문을 시작한다. 신분증을 내놔, 가자, 가자, 밖에서 입을 쫙 벌리고 있는 감방으로 곧장. 페드로와 마리오는 여기에서 어떻게 빠져나갈지도, 카페를 빠져나가는 인파 사이를 어떻게 헤치고 나가야 할지도 알지 못한다. 평온하던 카페가 온통 어수선해진다. 청년 한 명이 나가면서 마리오의 발치에 소포를 떨어뜨린다. 마리오는 방정맞은 몸짓으로 소포를 발로 끌어당겨, 의자 다리에 기대놓은 그 유명한 서류가방 뒤로 소포를 숨긴다. 갑자기 그는 소스라치게 놀란다. 방금 자기 수중에 들어온 물건에 걸맞은 광기에 빠졌다는 생각이 든 것이다. 그 다음 그는 한층 더 기겁한다. 청년을 보호하기 위해 한 행동이 경찰에게 조사당할 빌미를 제공하는 것이라면? 경찰은 그에게서 안에 뭐가 들었는지 알 수 없는 서류가방과 설명할 길 없는 소포를 찾아내리라. (갑자기 그는 웃음이 나온다. 그 소포가 실은 폭탄이고, 이미 복부가 파열되어 두툼한 위조지폐 다발을 뱉어낸 서류가방과 함께 자기 다리가 사이좋게 공중으로 날아가는 것이 보이는 것만 같은 착각에 빠진다.) 이 모든 것이 소포를 감추는 아주 짧은 순간의 일이고, 그 후에는 아무 것도 없다. 차라리 머릿속을 백지상태로 두는 것이 낫다. 텔레파시와 그런 일들은 경찰들에게 일임해라. 평온이 지배하던 천 년 전에는 무엇을 주창했을까? 바로 두뇌세척이다. 미친 머릿속에 들어있는 것을 들키지 않기 위해서는 두뇌 자동세척이 필요했으리라—그런 일은 속으로 일어나는 법이다, 청년들—. 청년들은 조금씩 제자리걸음을 하며 멀어져 가고, 소포는 품위 있는 이 두 신사, 서류가방과 재킷 신사의 발치에 남아 있다. 조용한 카페에 고독하게 단 둘이 남은 품위 있는 신사, 이제 그 어떤 종합 토스트로도 위안 삼을 수 없을 신사들.

그들은 일어선다. 마리오는 지금 소포를 두고 나가면 웨이터가 불러 세울 테고, 그러면 모든 것이 들통 날 것이라는 걸 알고 있다. 그는 소포를 들고 나간다. 이렇게 해서 하루 동안 얻은 전리품에 소포가 포함되었다. 그러나 그건 잠시뿐이다. 그는 인기척이 없는 거리에서 소포를 쓰레기통 안에 버린다. 그 물건을 원하지 않는다는 듯이. 더구나 부들부들 떨면서. 옆에 있는 페드로는 통 영문을 알 수가 없다. 하지만 다행스럽게도 감히 물어볼 용기를 그러모으지는 못한다.

좋았던 시절에는 온갖 질문을 다 해도 되었다. 그러나 지금 같은 때에는 목숨을 부지한다는 당면문제 하나만이 질문 가능한 것이 되었고, 다른 것은 모두 부질없어지고 말았다. 오로지 길을 걸을 수 있을 뿐이다. 몇몇 사람들이 길에 멈춰선 채 한 남자가 왜 울고 있나 보고 있다. 그 남자는 아주 나직하게, 그러나 참을 수 없이 슬피 울고 있다. 혼자 삭이지 않고 심지어 다른 사람에게까지 심려를 끼치다니 이건 거의 죄받을 일이다. 가게 문을 닫을 시간이다. 집으로 향하던 여자 판매원들은 무슨 일인지 알고 싶어 한다. 모성본능이 늘 잠재되어 있기 때문이다. 남자는 하염없이 운다. 마침내 그가 또렷하게 내뱉는다. 더 이상은 못하겠어. 그의 주변에 모여들어 쑥덕거리던 사람들은 이해한다는 표정을 짓지만 실은 이해하지 못한다. 그가 신문을 던지고 "더 이상은 못하겠어"라고 소리치자, 어떤 이들은 그가 뉴스를 읽었고 삶의 무게가 그에게 너무 버거운 것이라고 생각한다. 이제 사람들은 나약한 그를 내버려둔 채 각자 제 갈 길을 가려고 한다. 마침내 그는 꺽꺽 울음소리를 내며 몇 달 전부터 일자리를 찾고 있지만 이제 그에게는 버스를 탈 동전 한 닢도, 계속해서 일자리를 찾아볼 1그람의 힘도 남아 있지 않다고 해명하기에 이른다.

"일자리라……" 페드로가 마리오에게 말한다. "가자, 여기에는 우리가 할 게 아무것도 없어."

"적어도 그에게 줄 만한 건 아무것도 없지. 뭔가 줄 수 있으면 좋으련만."

일자리, 일자리. 모여 있던 사람들은 합창하고 동요한다. 그 단어는 분명히 공감은 되지만(감정과 관련된 단어가 아니므로) 눈물을 흘릴 단어는 아니기 때문이다. 그 남자가 연신 방울방울 흘리는 눈물은 아스팔트에 계속 구멍을 뚫는다. 아스팔트 밑에서 무엇이 나올지 누가 알겠는가? 그렇지만 아무도 그것을 궁금해하지 않는다. 아마도 그는 궁금할 테지만. 아마도 그는 혼잣말을 하고 있으리라. 내가 눈물을 흘리기만 해도 땅에 구멍이 뚫리니까 통곡을 하면 석유를 찾을 수도 있을 거야. 내가 바로 여기에서 죽으면 아스팔트에 눈물을 흘리는 구멍을 통해 나를 걸러내고, 그렇게 천 년이 지나면 내가 석유로 변할 수도 있겠지. 나 같은 상황에 처한 다른 사람들도…… 아주 훌륭한 생각이다. 그렇지만 쑥덕대는 소리는 그가 어떻게든 생각에 잠겨 있도록 두지 않는다—쑥덕대는 이들은 직감으로 안다—. 그건 바로 죽음에 대한 생각이라는 것을(쑥덕대는 이들이 깜짝 놀란다. 그렇게 길 한가운데에서 죽음을 생각하다니, 죽음을 신문지면에서만 접하는 평균적인 시민들의 평화에 대해 이 얼마나 반역적인 일인가). 일자리가 부족하지, 그래, 모두들 일자리가 부족하다는 것은 잘 알고 있고, 그래서 그 남자를 돕고 싶어진다. 아무렴, 죽는 것보다야 낫지. 가전제품가게의 선량한 여판매원들이 지갑을 열어 꼬깃꼬깃한 지폐 몇 장을 꺼내고, 즉석에서 모금을 시작한다. 더욱 대담한 여자들은 다른 이들의 돈을 집어오고, 좀 더 많이 내라고 종용한다. 마리오는 서류가방을 열고 싶다는 유혹을 느낀다. 저 남자에게 나눠줄 만한 무슨 보물이 들어 있을까? 페드로는 마리오가 쓰레기통에 버린 소포를 다시 가져와야 했다는 생각이 든다. 아마 작업연장이나 무연페인트 깡통, 아니면 폭탄설치에 필요한 완벽한 장비가 들어있을 텐데. 좌우간 이 남자의 무기력증을 없애기 위해 줄 만한 물건이 뭐라도 들어 있을 게 아닌가.

이제 여판매원들은 모금한 돈을 받으라고 그 남자를 설득하는 중이다. 그는 동냥은 원치 않는다고 외치며 울부짖는다. 어떤 여인은 그가 계속 일자리를 찾는 동안 그의 가족이 좀 더 용기를 갖고 배불리 지내면서 난국을 헤쳐 나가도록 돕고자 자발적으로 낸 기부금일 뿐이라고 설명한다. 악어2는 이제 감격해서 운다. 판매원들은 자기들이 착해서 누군가를 구원했다는 생각이 들고, 페드로와 마리오는 그 남자가 행운의 사나이라는 결론을 내린다.

아마 이 남자 옆에서 마리오는 서류가방을 열어보겠다는 결심을 하게 될 테고, 페드로는 재킷 호주머니에 든 은밀한 내용물을 완전히 뒤져볼 수 있으리라.

그래서 남자가 혼자 남았을 때 마리오와 페드로는 남자의 팔을 끌고 함께 무언가 먹으러 가자고 권한다. 남자는 처음에는 거부한다. 이 두 사내가 무서웠기 때문이다. 방금 받은 돈을 자기에게서 가로채려는 것일 수도 있지 않나. 이제 남자는

---

2 [역주] '악어의 눈물'은 이집트 나일 강에 서식하는 악어가 먹이를 잡아먹은 후 눈물을 흘렸다는 전설에서 유래한 용어로 거짓 눈물이나 위선적인 행위를 빗대어 표현할 때 사용하는 용어이다.

일자리를 찾지 못했다는 것이 사실인지 거짓말인지, 절망한 척해서 지나가는 사람들의 심금을 울리는 것이 자기 직업인지 아닌지 알지 못한다. 남자는 재빨리 머리를 굴린다. 내가 절망해서 모든 사람들이 나에게 잘해준 것이 사실이라면 이 두 사람 또한 그러지 말라는 법 있나. 내가 절망한 척 가장한 거라면 내가 연기를 제대로 했고, 따라서 이 두 사람에게서 뭔가를 얻어낼 수 있다는 의미겠지. 남자는 그 둘이 눈초리가 이상하기는 하지만 정직해 보인다는 결론을 내리고, 다 함께 주점으로 가서 맛좋은 초리소3와 포도주를 먹고 마시는 호사를 부린다.

그들 중 누군가가 생각한다. '3은 행운의 숫자야. 여기에서 뭔가 좋은 게 나오나 봐야지.'

필경 확실한 자기네 인생 역정을 서로 이야기하는 데 어째서 시간이 걸렸을까? 그들 세 명은 어린 시절부터 시작해서 희한한 일들이 이토록 많이 일어나는 흉흉한 오늘날에 이르기까

---

3   [역주] 초리소는 내장에 돼지고기를 채워넣어 만든 소시지의 일종으로 소금에 절여 훈제한다. 스페인 및 중남미 지역에서 애용되는 전형적인 서민음식이다.

지 순서대로 상세히 이야기한다. 주점이 온세 역 근처에 있어서 그들은 순간순간 어딘가로 훌쩍 떠난달지, 열차가 탈선한달지 하는, 내부에서 점점 커져 가는 긴장감을 늦출 만한 오만가지 일을 꿈꾼다. 이제 상상의 나래를 펼칠 시간인데 세 명 중 누구도 계산서를 청구하려고 하지 않는다. 페드로도, 마리오도 뜻하지 않게 발견한 물건들에 대해 입에 올리지 않는다. 남자도 이 두 건달이 먹은 것을 계산할 생각은 꿈에도 없다. 더군다나 남자에게 뭔가 같이 먹자고 청한 것도 그들이 아닌가.

긴장감은 참을 수 없는 지경에 이르고 이제 결정할 때가 되었다. 벌써 몇 시간이 지났다. 종업원들이 그들 주위에 와서 식탁 위로 의자를 쌓아올리려고 한다. 조금씩 공간이 줄어들면서 그들을 통째로 삼켜버리려고 협박하는 건축용 비계飛階처럼. 종업원들이 무언가를 쌓아올리려는 무의식인 열망에 불타 열심히 의자 위에 의자를, 식탁 위에 식탁을, 의자에다 또 의자를 자꾸자꾸 쌓아올리기 때문이다. 그들 세 명은 목재 다리, 의자들의 무덤, 몇 개의 식탁으로 만든 덫에 사로잡힐 판이다. 계산서를 달라고 말할 용기를 내지도 못하는 비겁자 세 명에게 어울리는 최후다. 여기 그들이 누워 잠들다. 초리소를 넣은 샌드위치 일곱 개와 하우스 와인 두 항아리를 목숨으로 갚고서. 정당한 대가였다.

페드로가 마침내—대담한 페드로—계산서를 달라고 하고 겉주머니에 든 돈이 모자라지 않기를 간절히 빈다. 속주머니는 의자 때문에 막혀 여전히 탐지할 수 없는 미지의 세계다. 그에게 속주머니는 복잡하게 얽히고설킨 미로와 마찬가지다. 재킷 속주머니에 들어가서, 그에게 속하지 않은 곳으로 들어가서, 자기 자신을 잃은 채 광기라는 단계로 들어서면서 다른 이의 삶을 훑어야 하리라.

돈은 모자라지 않는다. 그들 셋은 마음 편히 사이좋게 주점을 나선다. 마치 깜빡 잊은 것처럼 마리오는 서류가방—이미 지나치게 부담스러워진 서류가방—을 식탁과 의자들이 겹겹이 쌓여 뒤얽힌 곳에 놓고 나왔다. 다음날까지는 아무도 그것을 발견하지 못할 거다. 몇 블록 지나 마리오와 페드로는 남자와 헤어지고서, 둘이 함께 사는 아파트로 향한다. 집에 거의 다 도착했을 때 페드로는 마리오가 서류가방을 들고 있지 않다는 것을 알아차린다. 그러자 그는 정성스럽게 소매를 잡아당겨 재킷을 벗은 후 주차된 자동차 위, 즉 원래 있던 자리에 재킷을 놓아둔다. 마침내 그들은 아무런 두려움 없이 아파트 문을 열고 아무런 두려움도, 돈도, 헛된 기대도 없이 잠자리에 든다. 그들은 깊이 잠든다. 마리오가 방금 자기를 깨운 큰 소리가 꿈인지 생시인지 알 수 없어 경악할 때까지는.

무기의 변화

Cambio de armas

말(言語)

그녀는 기억이 없다는 사실에도, 아무것도 기억하지 못한다는 사실에도 놀라지 않는다. 어쩌면 자신이 백지상태로 산다는 사실조차 모를 것이다. 그녀가 정말로 걱정하는 일은 따로 있다. 사물에 정확한 이름을 적용시켜, 차 한 잔을 원해요(이 '원해요'라는 말, 이런 의지의 행위조차 그녀를 혼란스럽게 한다)라고 말하고 차 한 잔을 받는 일이다.

마르티나가 자잘한 시중을 들어준다. 마르티나라는 이름도, 그녀가 기억해내도록 마르티나가 수없이 반복해서 일러

주었기 때문에 겨우 안다. 사람들은 그녀의 이름을 라우라라고 부르지만 이 역시 그녀의 삶 속에 흐르는 안개처럼 모호한 일이다.

그리고 그 남자가 있다. 생각나는 대로 아무 이름이나 붙여도 되는 이름 없는 그, 그 사람. 이름이야 어떻든 상관없다. 그가 집안에 있을 때에는 우고, 세바스티안, 이그나시오, 알프레도 등 어떤 이름으로 불러도 다 대답하니까. 그는 한 손을 그녀의 어깨, 팔다리로 차츰 부드럽게 뻗어가면서 그녀를 달랠 때와 같이 필요한 경우에만 집에 들르는 듯하다.

다음으로 평범한 물건들이 있다. 이 물건들은 접시, 화장실, 책, 침대, 찻잔, 식탁, 문이라고 한다. 그녀는, 예를 들어, 문이라는 것과 마주쳤을 때 어떻게 해야 할지 모르기 때문에 안절부절못한다. 문은 열쇠로 잠겼지만 선반 위로 손만 뻗으면 열쇠가 있다. 자물쇠가 쉽게 열리는 문, 문 저편의 매혹. 그런데도 그녀는 선뜻 나서지 못한다.

자물쇠라는 것과 열쇠라는 것으로 잠긴 문이라는 사물의 안쪽에 있는 라우라라는 여자. 열쇠라는 것은 그녀더러 경계를 넘어서라고 큰 소리로 외친다. 그러나 그녀는 아니라고, 아직은 아니라고 문 앞에 앉아서 생각한다. 겉으로는 누구도 상관하지 않을지라도 아직은 아니라는 것을 그녀는 안다.

갑자기 문이라는 것이 열리면서 그 남자가 나타난다. 지금은 그를 엑토르라고 부르자. 그 역시 열쇠라는 것을 갖고 있고, 열쇠를 아주 능숙하게 사용한다. 그리고 그가 들어올 때 주의 깊게 살펴보면―라우라라는 여자는 이미 몇 번 주의 깊게 살펴보았다―두 사내가 엑토르와 함께 와서 눈에 띄지 않게 문밖에 숨어 있다는 사실을 알 수 있다. 그녀는 그들을 '일'과 '이'라고 부르는데, 이런 일은 경우에 따라 안심이 되기도 하고, 등골이 오싹해지기도 한다. 그를 맞이하면서 '일'과 '이'가 아파트(아파트?) 밖, 문이라는 사물의 바로 건너편에 있다는 것이 느껴진다. 아마 그를 기다리거나 보호하려는 것이리라. 때로 그녀는 '일'과 '이'가 자신과 함께 있다고 상상한다. 특히 그가 그녀를 뚫어지게 쳐다보면서 혹시 그녀가 옛날 일을 기억하는데 그러지 않은 척하지 않나 살필 때에.

때로 그녀는 머리가 아픈데, 남자에게 호소할 수 있는 그 두통만이 온전히 그녀의 것이다. 그럴 때마다 그는 그녀가 무언가 구체적인 것을 기억해낼까 보아 넋 나간 사람처럼 불안해하고 초조해한다.

개념

그녀는 미치지 않았다. 적어도 이 점만은 확신한다. 도대체 확신이나 광기라는 개념이 어디서 생겨난 것인가—마르티나와 이런 얘기를 하기도 한다—싶지만 말이다. 하지만 적어도 이성이나 분별력을 상실한 것이 아닌, 전혀 불쾌하지 않은 일반적인 망각 상태라는 것을 알고 있다. 전혀 고통스럽지 않은 망각 상태.

고통이라는 것은 다른 문제이다. 고통이라는 것은 때로 명치를 눌러서 입술을 일그러뜨리며 소리를 내뱉고 싶게 한다. 마치 신음하듯이 말이다. 그녀는 신음이라고 말하는데—혹은 생각하는데—마치 단어의 이미지, 선명하지만 하나의 단어가 될 정도로 선명하지는 않은 이미지를 보고 있는 것 같다. 틀림없이 기억이 담뿍 담긴 이미지인데.(그녀의 기억은 어디에 숨어 있을까? 그녀 자신보다 그녀에 대해 더 많이 알고 있는 기억은 어디를 떠돌고 있을까?) 무언가가 숨어 있다. 그녀는 때때로 하늘을 날고 있는 기억을 붙잡기 위해 정신의 손을 뻗어보지만, 불가능한 일이다. 기억이 숨어 있는 두뇌의 저 구석에 도달하는 건 불가능하다. 그래서 아무것도 기억나지 않는다. 기억은 차단되어 있다. 마치 스스로를 보호하듯 내면으로 침잠한 채.

사진

　사진은 그 상황을 중언해 주고자 사이드테이블 위에 놓여 있다. 부부처럼 서로의 눈을 들여다보는 그와 그녀. 그녀는 베일을 썼고, 베일 뒤의 표정은 흐릿하다. 반면 그는 이제 됐다는 듯 승리자의 표정을 짓고 있다. 그는 거의 항상―목표지점이 눈앞에 보일 때에는 거의 항상―이제 됐다는 승리자의 분위기를 풍긴다. 하지만 그런 표정도 갑자기 꺼진다. 마치 스위치를 작동시켜 갑자기 꺼진 것처럼. 그리고 승리감은 의심으로, 훨씬 더 불명확한 것으로, 그래서 설명할 수도 헤아릴 수도 없는 것으로 변한다. 즉, 눈을 뜨기는 했지만 짧은 커튼을 친 것처럼 반쯤 감은 눈, 그녀에게 고정되어 있지만 그녀를 보지 않는 눈, 그녀가 어느 커브 길에서 잃어버린 것만을 바라보는 눈으로. 그녀가 지나온 길에 남겨둔 것, 근본적으로 되찾고 싶은 마음이 전혀 없기 때문에 되찾을 수 없는 것. 그렇지만 그 길은 분명 있었다. 인간이 살아가며 마주치는 갖가지 풍상(거대한 풍랑)이 몰아친 길은 분명히 있었다.

　그렇게 절대적인 현재, 매순간 새롭게 태어나는 세계, 혹은 불과 며칠 전(며칠이나 될까?)에 태어난 세계 속에 있다는 것은 솜이불 속에서 사는 것과 같다. 보드랍고 따뜻하지만 아무

29

맛도 없다. 쓴맛도 아니다. 이 안락한 아파트, 아주 작은 소리로 말하는 마르티나와 함께 사는 분홍빛 아파트에서 그녀는 인생의 쓴맛을 거의 알지 못한다. 하지만 쓴맛이 존재한다는 것은 느낌으로 알 수 있다. 특히 그(후안? 마르틴? 리카르도? 아니면 우고?)가 그녀를 너무 세게 누를 때, 사랑 또는 적어도 욕망 때문에 포용한다기보다, 증오심 때문에 짓누를 때에. 그녀는 그 모든 것 뒤에 뭔가 있을 거라고 의심하지만 그 의심조차도 구체적인 것이 아니라, 머리를 얼핏 스쳐 지나가고 그 후엔 사라지는 느낌에 불과하다. 그 후 보드라운 세계로 다시 돌아가 자신을 어루만지도록 가만히 있으면 안토니오 혹은 이름이 무엇이건 간에 그의 부드러운 두 손, 그의 길고 느슨한 두 팔이 그녀의 몸을 바싹 끌어안고 있지만 죄지는 않는다.

이름

그녀가 보기에 그는 때때로 무척 근사하다. 특히 그가 긴장을 풀고 나른하게 그녀 옆에 누워있을 때에.

"다니엘, 페드로, 아리엘, 알베르토, 알폰소."

그녀는 그를 애무하며 부드럽게 이름을 부른다.

"더 해줘."

그는 이렇게 말하는데 이게 애무를 더 해달라는 것인지, 이름을 계속 불러달라는 것인지는 모른다.

그래서 그녀는 그 두 가지를 다 해준다. 마치 그의 몸 구석구석, 가장 은밀한 부분에까지 세례를 베푸는 것 같다. 디에고, 에스테반, 호세 마리아, 알레한드로, 루이스, 훌리오. 이름의 샘은 고갈되지 않고, 그는 진실하지는 않지만 평온하게 미소 짓는다. 그 상태 뒤로 뭔가 경계하는 것이 있다. 그녀가 이름을 부를 때 아주 미세한 떨림에도 튀어나올 만반의 준비가 된 무언가가 도사리고 있다. 그러나 그녀의 단조로운 목소리는 아무 감정도 드러내지 않고, 동요하지도 않는다. 마치 연도蓮禱를 낭송하는 듯하다. 호세, 프란시스코, 아돌포, 아르만도, 에두아르도. 그는 그 모든 이름들이 그녀에게는 매한가지라고 느끼며 꿈속으로 빠져들 수 있다. 모든 것이란 아무것도 아니라는 것과 마찬가지다. 그녀는 그가 잠든 후에도, 그에게서 느낀 경이의 슬픈 잔재와 유희를 즐기며 오랫동안 이름을 낭송한다. 마치 기억력 훈련을 하듯 즐겁게 이름을 낭송한다.

무한한 이름의 그, 이름 없는 그가 잠이 들면 그녀는 싫증이라는 감정이 침범할 때까지 그를 탐구할 수 있다. 이름 없는 그는 그녀와 함께 보내는 시간을 사랑할 때와 잠잘 때로 양분하는 것 같은데, 이 분리는 균형이 맞지 않는다. 그는 대부분 잠을 잔다. 걱정을 잊고 편안하게 잔다. 하지만 무슨 걱정? 그들은 거의 대화를 하지 않고, 서로에게 할 말도 거의 없다. 그녀는 과거를 기억해낼 수 없고, 그는 마치 그녀의 과거를 다 알고 있는 것처럼, 마치 그녀의 과거에 상관하지 않는 것처럼 행동한다. 어차피 이러나저러나 마찬가지다.

그러면 그녀는 그를 깨우지 않기 위해 조심스럽게 일어난다. 마치 그가 조그만 소리에도 쉽게 잠을 깨는 사람처럼. 그리고 발가벗은 채로 침실을 돌아다닌다. 때로는 마르티나가 있는데도 개의치 않고 응접실로 가서, 여러 개의 자물쇠가 달린 출입문을 오랫동안 쳐다보면서 '일'과 '이'가 항상 거기에 있을지 궁금해 한다. 그들이 경비견처럼 문턱에서 자고 있을지, 단지 그림자에 불과한지, 이 낯선 여자의 그림자 친구가 되어줄 수 있을지 궁금하게 여긴다.

그녀는 스스로가 낯설다. 스스로를 낯선 사람, 다른 사람으로 느낀다. 누구와 다르다는 거지? 다른 여자들과? 아니면 자기 자신과? 그래서 그녀는 옷장에 붙은 거울에 자신을 비춰보려고 침실로 다시 뛰어간다. 그녀는 거기에 있다, 머리끝부터 발끝까지. 전반적으로 둥글지 않고 울퉁불퉁 보기 흉한 무릎과 오로지 거울로만 볼 수 있는, 등을 가로지르는 설명할 수 없는 긴 흉터. 두텁기도 하고 만지면 볼록하게 느껴지는 흉터. 잘 아물었고 아프지는 않지만 생긴 지 얼마 안 되는 흉터. 과연 그 흉터는 고통을 많이 받았을 것 같은 이 등에 어떻게 생겼을까? 매를 맞은 등이다. '매를 맞다'는 단어는 뜻을 생각하지 않으면 발음이 예쁘게 들릴 수도 있는데, 그녀는 소름이 돋는다. 이렇듯 그녀는 단어의 숨겨진 힘에 대해서 생각한다. 그건, 그래, 맞아, 다시는 사진에 집착하지 않으려는 것이다. 다시는 아니라고 하지만 결국에는 또 다시 사진에 집착한다. 그 낯설고 따뜻하고 조그만 집에서 진정 그녀의 관심을 끄는 것은 사진뿐이기 때문이다. 그녀가 골랐을 리 없는, 그 집의 낯선 파스텔 톤. 그러나 그녀가 골랐다면 어떤 색을 골랐을까? 더 불분명한 색상, 아주 짙은 밤색인 그의 성기 색처럼 분명 앙큼스러운 색깔을 골랐을 것이다.

모든 게 낯선 그 집 안에서 온전히 자기 것이라고 할 수 있는 최소한의 물건은 바로 이 결혼사진이다. 그 사진에서 그는 너무 긴장하고 있으며, 그녀는 베일 뒤에서 공허한 분위기를 자아낸다. 얇은 베일로 그녀의 얼굴 윤곽이 비치고 코가 도드라진다(지금 거울에 비춰보는, 바로 그 코와 같은 코, 마치 지금 막 입 위에 생긴 것처럼 무의식중에 만져보는 코. 덜 부드러운 코를 위해 만들어진 굳은 입).

라우라, 앞으로의 나날이 우리가 결합하는 이 행복한 날 같기를. 그리고 '로케'라는 또렷한 서명. 사진 속의 여자는 그녀다. 비록 베일에 가려졌지만 틀림없다. 라우라라고 불리는 그녀다. 따라서 사진 속의 그 남자는 로케이다. 돌덩이처럼 딱딱하다. 딱딱하다는 이미지가 그의 이름과 잘 어울리기도 하고 그렇지 않기도 하다.[4] 하지만 그가 풀잎이 되어 그녀를 껴안을 때와는 어울리지 않는다.

식물

뭔가 하나가 기억난다. 무엇보다도 이 사실이 그녀를 놀라게 한다. 행복한 추억이지만 설명할 수 없는, 씨앗처럼 그녀의 내부에서 자라나는 씁쓸한 맛이 나는 기억이다. 모든 기억이 으레 그렇듯이. 아주 오래되거나 특별한 기억은 결코 아니다. 잠못 이루는 시간에 그녀를 부드럽게 감싸줄 기억에 불과하다.

---

[4] [역주] 로케(Roque)의 어원은 '포효하다', '함성을 지르다'는 뜻의 게르만족 이름. 그러나 이 이름은 '바위'를 뜻하는 이탈리아어 'rocco', 스페인어 'roca'를 연상시키기도 한다.

그 기억은 식물에 관한 것이다. 화분에 심어진 하얀 잎맥의 식물. 아름답고, 거만하고, 어두운 잎이 그를 많이 닮았다. 하지만 그걸 고른 사람은 마르티나다. 마르티나 역시 어둡고, 거만하고, 모든 것을 하나하나 제자리에 둔다─번갈아가며 잎사귀 하나는 오른쪽에, 하나는 왼쪽에─. 마르티나는 그가 선택했다. 마르티나는 꼭 그를 위해 만들어진 맞춤형 인간 같다. 만약 라우라가 선택했다면, 청소할 때 노래를 부르는 그런 생명력 있는 여자를 택했을 테니까. 그러나 그가 마르티나를 선택했고, 마르티나는 오래 생각한 끝에 그 식물을 골랐다. 그 식물은 아주 아름답고 활력 있는 노란 꽃을 피운 채 도착했지만 아무리 활력 있고 아름다운 꽃일지라도 꽃이면 으레 그렇듯이 시드는 중이다.

그러나 마르티나는 시들지 않는다. 그녀가 자신을 불러서 "식물을 원해요"라고 말했을 때 마르티나는 깜짝 놀라 한쪽인지 양쪽인지 모르지만 눈썹을 치켜떴을 뿐이다.

"원해요"라는 말에 대한 반응이 거의 즉각적이라는 것을 그녀는 알고 있었다. 그녀가 "원해"라고 했을 때 거의 즉시 응답이 온다는 것을 그녀는 알고 있었다. 커피나 토스트나 홍차나 베개를 원한다고 했을 때 원하는 것(요구하는 것)은 아무런 문제없이 그 즉시 제공되었다. 하지만 보아하니 식물은 평소 원하는 것과 다른 것이기 때문에 마르티나는 어떻게 대처할 줄 몰랐다. 불쌍한 저 부인은 도대체 뭣 때문에 식물을 원할까, 병이 든 멍청이 여자가. 조금 더 일상적이고 조금 덜 난처한 물건, 이를테면 값어치가 있는 물건을 부탁할 수도 있을 텐데. 하긴 그 남자에게서 꼭 필요한 것 이상의 어떤 것을 기대할 줄 아는 여자라야 그럴 수 있지. 갇혀 사는 저 불쌍한 멍청이.

다음날 그가 왔을 때 마르티나는 부인이 식물을 청한다는 것을 은밀히 얘기했다.

"어떤 종류의 식물을 원하지?"

"잘 모르겠는데요. 그냥 식물이라고만 했어요. 특별히 원하는 식물은 없는 것 같아요."

"그런데, 대체 식물은 왜 원할까?"

"모르죠. 물을 주거나 자라는 것을 보려고 그러겠죠. 시골을 그리워할 수도 있고요."

"아무것도 그리워하지 않으면 좋겠는데…… 그녀에게도 해롭고. 약은 다 먹였지? 시골을 생각할 이유가 없는데…… 그녀가 시골과 무슨 상관이 있다고. 도무지 모르겠군. 그러면 작은 식물 하나만 갖다 줘요. 그게 그녀를 기쁘게 한다면야. 하지만 시골풍의 식물은 말고, 아주 도시적인 것으로. 무슨 뜻인지 알아듣겠어요? 좋은 꽃집에서 사도록 해요."

그들은 늘 그랬듯, 부엌에서 라우라라는 여자와 아무 상관없는 자질구레한 집안일을 의논했다. 그러나 그녀는 무심결에 그 대화를 들었다. 어쩌면 원해서 들었을 수도 있고, 무언가를 파헤치고 싶어서 들었을 수도 있고, 자기가 지금 하는 일이 뭔지도 모르면서 들었을 수도 있다.

아무튼 식물이 도착했다. 인조식물처럼 보이지만 살아 있었고, 자라고 있었다. 꽃은 시드는 중이지만 그것 역시 생명이었다. 그런 게 생명이다. 약간의 찬란함과 많은 슬픔으로 시작할 때부터 죽음의 고뇌를 안고 있는 게 생명이다.

그녀의 찬란함은 언제 빛났을까? 그 순간은 이미 지났을까? 아니면 다가오고 있을까? 이러한 질문은 그녀가 방심할 때 생겨나지만 거기에 문제의 본질이 있는 것은 아니기 때문에 즉시 떨쳐낸다. 진정한 단 하나의 문제는, 그녀가 어쩌다 거울 앞에서 자기의 모습을 발견할 때, 오랫동안 자기의 모습을 탐구할 때 드러난다.

거울

설명할 수 없는 증식이다. 제일 당황스러운 것은 거울의 증식과 거울에 비치는 그녀의 증식이다. 맨 마지막에 보이는 거울은 커다란 침대 위, 천장에 있는 거울이다. 그는 그녀에게 그 거울을 보게 함으로써, 다리를 벌린 채 위를 쳐다보며 누워 있는 그녀의 모습을 보게 했다. 그녀는 처음엔 의무적으로, 나중엔 즐겁게 자기의 모습을 바라보고, 평평한 천장에 달린 거울에 비친, 침대에 엎어지고 뒤집힌 아득한 자신의 모습을 바라본다. 발끝에서부터 자신의 모습을 쳐다보는데 그 순간 그는 그곳에다 침으로 지도를 그린다. 그녀는 자신을 보면서 자신의 다리, 음부, 배꼽, 무겁게 짓눌려서 자신을 놀라게 하는 가슴, 긴 목, 그리고 돌연히 식물(살아 있지만 인조식물 같은)을 연상케 하는 자신의 얼굴을—하나하나 빼놓지 않고 자세히—훑어보고, 무의식중에 눈을 감는다.

"눈 떠." 자기 모습을 바라보는 그녀를 쳐다보고 있던 그가 눈을 뜨라고 명령한다.

"눈 뜨고 내가 너한테 무슨 짓을 하나 잘 봐. 아주 볼만할 테니까."

그리고 그는 혀를 이용해 그녀의 왼쪽 다리를 올라타기 시작하면서 그녀에게 그림을 그려 나간다. 그녀는 저 위에서 자기를 알아본다. 자신의 다리가 혀 밑에서 살아 있다는 걸 느끼면서, 그녀는 그 다리가 자신의 것이라는 걸 알아차린다. 그리고 갑자기 거울에 비치는 그 무릎도 역시 그녀의 것이다. 그 무릎과 허벅지의 뒤틀림―아주 민감한―도. 그가 혀로 원을 그리며 배꼽에 머물지 않았더라면 사타구니도 완전히 자신의 것이라고 느꼈을 것이다.

"계속 쳐다봐!"

자신의 모습을 계속 쳐다보는 것이 힘들다. 혀가 위쪽으로 올라오고, 그는 그녀의 몸을 뒤덮지만 그녀가 천장에 비치는 자신의 모습을 보도록 너무 많이 덮지는 않는다. 그녀는 자신의 젖꼭지가 깨어나는 것을 느끼고 자신의 것이 아닌 양, 벌어지는 입을 본다. 하지만 그 입은 그녀의 것이다. 느낄 수가 있다. 그녀를 그려나가는 혀는 목을 지나 입에까지 닿지만 탐욕스럽지 않게 잠시 닿을 뿐이다. 입을 느낄 수 있을 정도로만 닿다가 혀는 다시 아래로 내려가고, 젖꼭지가 요동친다. 그것은 그녀의 것이다. 그녀의 것. 더 밑에 있는 신경도 떨리고, 혀가 그곳에 닿기 일보직전이다. 그녀가 다리를 한껏 벌린다. 다리가 완전히 벌어졌다. 그녀가 통제할 수 없지만 그녀에게서 생긴 충동에 반응하는 두 다리는 분명 그녀의 것이다. 너무나도 쾌락적인 전율이다. 그의 혀가 쾌락의 중심지에 닿는 순간 마치 고통의 절정에 도달하는 것 같다. 그녀는 이 전율이 지속되길 바라는 것처럼 눈을 꼭 감고, 이 때 그가 소리친다.

"눈 떠, 이 년아!"

그 고함이 그녀를 조각조각 내는 것 같고, 속에서 그녀를 깨무는 것 같다―어쩌면 그녀를 깨물었을지도 모른다―. 그 고함소리는 마치 그녀의 팔이 부러질 때까지 비트는 것 같고, 그녀의 머리를 발로 차는 것 같다. 눈 떠, 어서 불어, 누가 널 보냈는지 말해, 누가 명령을 내리는지 말해. 그녀는 아주 완강하게 '싫어'하고 외친다. 그 소리는 너무 깊은 곳에서 나서 전혀 그들 주위로 퍼지지 않고, 그는 그 소리를 듣지 못한다. 마치 한 발의 총알처럼 천장의 거울을 파열시키는 듯한, 그의 모습을 증식시키고 잘라내고 조각내는 것 같은 그 '싫어'라는 외침을. 비록 그는 느끼지 못하지만 거울 속에서는 그의 모습도, 거울도 흠 없이 완전하고 침착하다. 그녀는 참았던 숨을 토해내면서, 그의 실제 이름인 로케를 처음으로 속삭이지만, 속이 갈기갈기 찢어져서 딴 사람이 되어버린 그는 이 소리도 듣지 못한다.

창문

항상 그렇듯, 그녀는 또 다시 혼자 있다(이 밖의 다른 것은 우연이다). 그에게 다수의 이름을 붙여줄 수 있지만 그래도 그는 그녀의 인생에서 우연이다. 당연하다는 듯이 그녀는 잠자코 혼자 있다. 창문 앞에 앉아서 쓸데없이 정면을 가로막고 있는 하얀 벽을 보고 있다. 이 벽이 무엇을 감추고 있는지 어떻게 알겠는가마는, 어쩌면 그를 감추고 있는지도 모른다.

창문에는 흰색으로 칠한 나무 창틀이 있고, 정면의 벽 또한 흰색인데 빗물이 흘러내린 자국이 숱하게 많다. 그녀는 6층이나 7층일 거라고 추측한다. 하지만 창문에 손잡이가 없고, 그만이 창문을 열 수 있기 때문에 그녀는 창밖을 내다볼 수 없다. 하지만 무슨 상관이랴. 그녀는 신선한 공기 따위는 필요도 없고, 창문을 내다봤다가는 주체할 수 없는 현기증에 시달릴 것이다. 문득 그녀는 타원형의 창문손잡이를 주머니에 넣고 산책하는 그를 상상한다. 그 손잡이는 마치 구타하기 위해 손에 꼭 쥐는 무기 같다.

무기, 길거리, 혹은 주먹? 왜 이런 것들이 그녀에게 떠오르는 걸까? 사실 길거리에 대한 생각은 그녀를 혼란스럽게 하지 않는다. 하지만 무기에 대한 생각은…… 거리에 설치해둔 무

기, 시한폭탄, 그를 기다리던 시한폭탄이 터질 때 거리를 걷던
그. 폭발음, 어두운 거리를 걷는 그, 그의 호주머니에 있는 창
문손잡이. 청동으로 만든 달걀처럼 타원형의 단단한 물건. 그
리고 안팎을 보지 못하게 하는 이 창문, 경치를 펼쳐 주기보다
는 제한하는 창문.

　그러나 그는 그녀에게 모든 진실을 밝혀줄 수 있을 것이다.
하지만 진실은 그와 아무 상관없다. 그는 자신이 원하는 것만
말해 주고, 그가 말해 주고 싶은 것은 절대 그녀의 관심을 끌
지 못할 테니까. 아마 그에게 진실은 그다지 중요하지 않을지
도 모른다. 그에게는 이런 면이 있지만 다른 면도 있다. 그들
이 함께 있을 때 그녀를 바라보는 그만의 방식이 있다. 마치
그녀를 완전히 빨아들이려 하고, 자신의 몸을 그녀의 몸속에
깊숙이 넣으려 하고, 그녀 자신으로부터 그녀를 보호하려는
듯하다. 그녀의 옷을 천천히 벗기는 의식도 있다. 단추를 하나
하나 풀 때마다 드러나는 그녀의 살을 빼놓지 않고 구석구석
보기 위해 아주 천천히 벗긴다.

　때때로 그녀는 그것이 사랑이라는 것일 수도 있다고 생각
한다. 잠깐밖에 지속하지 않는 내부의 열기처럼, 한껏 고양된
순간에 타오르는 불꽃처럼 그녀에게서 솟아나는 도무지 알
수 없는 감정이. 하지만 진정한 사랑이라고 할 만한 것은 하나

도 없다. 이따금 그녀를 엄습하는 욕망, 얼른 그가 와서 자신을 애무해주길 바라는 욕망조차 진정한 사랑은 아니다. 그가 손으로 그녀를 애무하거나 그의 목소리가 그녀를 협박하면서 "움직여, 이 년아. 네가 개 같은 년이고 갈보라고 말해. 다른 남자들은 너랑 잘 때 어떻게 하든, 이렇게 해 주디? 어떤지 말해 봐"라고 할 때만이, 그녀가 살아있다는 것을 알 수 있는 유일한 때이다. 어쩌면 다른 곳에서 일어나는 일을 들려주는 그의 목소리 때문에 그럴지도 모른다.

때로 그녀는 이렇게 대답하고 싶은 충동을 느낀다. 그럼 네 눈으로 직접 봐. 밖에 있는 남자더러 들어오라고 하면 될 것 아냐. 그러면 적어도 다른 남자들, 같이 잘 수 있는 남자들이 있다는 것을 알게 될 것이다. 하지만 이런 종류의 생각은, 알더라도 입 밖에 내지 않는 게 나을 것이다. 게다가 그녀의 기억(기억?)의 어두운 부분이 남아있기 때문이다. 이 부분은 그녀가 원치 않아도 침묵하는 부분이다.

기억이라는 어두운 우물. 이것은 마치 물 흐른 자국이 남은 흰 벽을 마주보고 있는 창문 같은지도 모른다. 그는 그녀에게 아무것도 얘기해주지 않을 것이다. 하지만 궁극적으로 그녀와 무슨 상관이랴? 그녀에게는 그저 그곳에 있는 것, 플라스틱 같은 식물에 물 주기, 플라스틱 같은 자신의 얼굴에 로션

바르기, 창문을 통해 칠이 벗겨진 벽을 바라보는 것만이 중요
하다.

동료들

그 후 그는 또 다시 그곳에 있고, 여러 가지 상황 변화가 있
을 수 있다.

"내일 친구들이 술 한잔하러 올 거야"라고 그는 무심한 척
말한다.

"한 잔?" 그녀는 물어본다.

"응. 밥 먹기 전에 위스키 딱 한 잔만. 오래 있다 가진 않을
거니까 걱정 마."

위스키? 그녀는 이런 말을 하려다 입속에 삼킨다.

"어떤 친구들인데요?" 입을 닫으려고 하는 순간 이 질문이
그녀에게서 새어나간다. 뭔가 알아내기 위해선 입을 다무는
게 나았을지도 모른다.

하지만 그는 대답해준다. 그녀가 존재한다는 것을 인정하
듯 처음으로 그는 고개를 들고 그녀에게 차근차근 대답한다.

"사실 친구까지는 아니고, 동료 서너 명이 잠시 오는 것뿐

이야. 잠시 당신 기분전환도 할 겸.”

이상해. 라우라라는 여자가 생각한다. 동료들, 기분전환, 잠시. 언제부터 나를 그토록 배려해 줬지? 그 다음 그는 정말 놀라운 말을 내뱉는다.

“이봐, 새 옷 한 벌 사 줄게. 당신 기분도 좋고, 또 그래야 예쁘게 보이지.”

“새 옷 때문에 좋아해야 되는 거야? 새 옷이 그렇게 대단한가?”

아차! 그가 싫어하는 종류의 질문이다. 상황을 수습하기 위해 그녀는 덧붙인다.

“하지만 친구들이 온다니 기뻐.”

“동료라니까.” 그가 단호하게 바로잡는다.

“알았어요, 동료. 새 이름을 알게 되겠네. 당신을 다른 이름으로 불러 줄 수 있겠다.”

“그만두지. 다들 이상한 이름이라서 듣기도 싫어. 그리고 조금만 노력해서 내 진짜 이름으로 불러줄 수 없겠어? 그냥 해본 소리야. 변화 좀 줄까 해서.”

이튿날, 그는 아주 예쁘고 척 보기에도 값비싼 옷을 그녀에게 가져다준다. 그녀는 아름답고, 속으로 웃고 있다. 정확히 기억할 수 없는 이름의 동료들이 같은 시각에 우르르 도착해 군인 같은 힘찬 걸음걸이로 들어와서, 그녀를 '라우라'라 부르며 손을 내민다. 그녀는 내민 손을 받고, '라우라'가 자기 이름인 양 그 이름을 듣고 고개를 끄덕인다. 그와 동료들은 소파에 앉아서 그녀를 조사하기 시작한다.

무엇보다도 그녀의 건강에 관한 끈질긴 질문 때문에, 그녀는 이해할 수 없는 이상한 불편함을 느낀다.

"이제는 좀 괜찮아요? 남편이 말하길 등에 문제가 좀 있다고 하던데, 척추는 이제 안 아파요?"

그리고 "참 미인이시네요, 코가 잘 생겼네요" 하고 그들은 생각나는 대로 의례적인 말들을 한다.

그리고 당신은 어떻게 생각하느냐로 시작되는, 마치 심문하는 듯한 질문들이 이어진다. 그녀는 그들이 진정 묻고 싶은 것은 다른 거라는 걸 파악한다. 바로 "당신은 생각하나요?"라는 질문이다. 그녀는 가능한 한 자제하려고 한다. 왜 자신이 심문이나 테스트 따위를 생각하는지, 통과하건 통과하지 못하건 그것이 왜 중요한지 잘 모르지만 이 첫 테스트를 통과하고 싶다. 그리고 술 한 잔을 받아 한 모금을 마신다(너무 많이 마시지마라고, 약을 먹고 있으니까 해로울 것이라고 그가 다정하게 속삭인다). 그리고 누가 그녀를 '라우라'라고 부르면 고개를 돌리고 열심히 듣는다.

"그때가 팔레르모 병영에 폭탄을 설치했을 때였죠, 기억나세요?"

누군가 어떤 말을 하다가 자연스럽게 그녀를 돌아보며 물어봤다.

"아니요, 기억나지 않아요. 사실은 아무것도 기억이 안 나요."

"그때 북쪽지방에서 게릴라전이 있었을 때 말이에요. 고향이 투쿠만5 아닌가요? 기억 못할 리 없는데."

그 이름 없는 남자는 자기 잔을 뚫어지게 바라보며 말한다.

"라우라는 신문을 안 읽어. 이 집 밖의 일에는 관심도 없어."

그녀는 자랑스럽게 여겨야 하는지, 화를 내야 하는지 모른 채 나머지 사람들을 쳐다본다. 그들도 동시에 그녀를 쳐다보지만 어떻게 처신해야 할지 힌트를 주지는 않는다.

오랫동안 잡담을 나눈 후, 드디어 동료들이 가 버리자 그녀는 공허함을 느끼고, 빨리 옷을 몸에서 떼어내고 싶어서 새 옷을 벗는다. 그는 자신이 만든 작품을 만족스럽게 바라보듯이

---

5 [역주] 아르헨티나 북쪽지방. '추악한 전쟁(Dirty War: 1976~1983)'이라고 불리는, 아르헨티나 군부독재시기에 투쿠만에서 게릴라 활동이 활발하게 이루어졌다.

그녀를 바라본다. 그녀는 갑자기 토하고 싶어진다. 아마 위스키 한 모금 때문에 그럴 거다. 그는 평소에 그녀에게 먹이던 것과는 다른 알약을 건네준다.

'일'과 '이'는 언제나 그렇듯이 밖에 있다. 그들이 복도에서 수군거리는 소리가 들린다. 아마 손님들을 1층까지 바래다주고 돌아온 것 같다. 그녀는 그들이 "네, 나리"라고 말하는 것을 듣고 있다. 그가 떠나야만 그들도 떠난다는 것을 알고 있다. 그러면 그녀는 언제나 그렇듯 그가 돌아올 때까지 홀로 남게 될 것이다. 이런 일이 항상 반복된다. 한 명은 안에, 둘은 밖에. 좀 더 정확히 말해서, 한 명은 그녀의 몸속에 있고, 나머지 둘은 마치 그녀의 침대를 같이 쓰면서 그를 지키는 것 같다.

우물

그와 사랑을 나누는 순간만이 진정 그녀의 것이다. 그 순간들은 진정으로 그녀의 것, 라우라라는 그녀의 것, 여기에 있는 이 몸(그가 만지는 몸)의 것, 그가 혀끝으로 그려내는 그녀 몸 전체의 것이다. 전체라고? 더 이상은 없을까? 이를테면, 뭔지 잘 모르지만 어두운 우물 속에 있는 듯한 것, 그녀의 몸속에 있는 것, 어둡고 깊은 것, 그래서 그가 쉽게 접근할 수 있는 그녀의 자연적인 구멍과 다른 어떤 것은 없을까? 어둡고 도달할 수 없는 그녀의 핵심, 이곳이라는 장소, 그녀가 알고 싶어 하지도 않으며 또 정말로 알지도 못하는데도 그녀가 알고 있는 모든 것이 갇혀있는 내면의 장소는 없을까. 그녀는 요람에 든 것처럼 의자에 앉아 몸을 흔든다. 그녀가 잠이 드는 장소는 그녀의 어두운 우물이다, 잠자코 있는 동물이다. 하지만 그 동물은 존재하고, 우물 내부에 있는 동시에 우물 그 자체다. 그녀는 그것이 할퀼까봐 무서워서 자극하지 않는다. 그녀에게 냉대 받고 무시당하고 버림받은, 그녀의 깊고 어두운 가엾은 우물. 그녀는 자기 내면의 우물 속으로, 따뜻하고 축축한 자궁의 어둠 속으로 침잠하여 장갑처럼 뒤집힌 채 오랜 시간을 보낸다. 우물의 벽은 때때로 울리지만 그녀에게 하려는 말이 무엇인지는 중요하지 않다. 이따금 그녀는 메시지(채찍질)를 받는 것 같고, 발바닥이 불타는 기분이 들어 문득 자신의 외피를 되찾지만 그 메시지를 감당하기는 너무도 벅차기 때문에 차라리 극심하게 진동하는 어두운 우물 밖에 있는 것이 더 낫다. 사람들이 그녀의 방이라고 말하는, 달콤한 장밋빛 방으로 복귀하는 것이 낫다.

그는 그 방에 있을 수도 있고, 없을 수도 있다. 대개 없기 때문에 그녀는 자기 자신에게로 침잠한다. 지금 그녀는 자신이 완전히 거부하던 인식을 되돌려주는 다수의 거울을 향해 미소 짓는다.

그때 그가 다시 나타난다. 그가 다정하게 굴 때 우물은 저 멀리 심연에서 빛의 구멍으로 변한다. 그가 엄격하고 깐깐하게 굴 때 우물은 심연의 입을 벌리고, 그녀는 그 속으로 뛰어내리고 싶은 충동을 느낀다. 그러나 어두운 우물 속의 무無가 우물 밖의 무無보다 못하다는 것을 알기 때문에 뛰어내리지는 않는다.

우물 밖에는 무無와 함께, 외양으로 봐서는 그이의 남성 같은 그것이 있다. 그리고 그와 작은 구멍도 함께 있다. 이 작은 구멍은 우물로 변하고, 우물을 통해 그물망 안에 들어온 그이를 훔쳐본다. 작은 구멍 뒤의 그를, 그를 중심에 맞춘 십자모양의 얇은 두 줄 뒤에 있는 그를. 그녀가 구멍-우물을 통해 조준하듯이 그를 보는데, 그는 이런 것을 굉장히 싫어한다. 둘 중에 누가 소총을 들고 있을까? 분명히 그녀일 것이다. 그는 조준경 눈금 안에 들어가 있는데 그녀는 그가 왜 그렇게 보이는지 이해하지 못하며, 그것을 의아하게 생각하지도 않는다. 그가 조준경 속에서 그녀를 향해 미소 지으면 그녀는 다시 한 번 방어를 포기해야 한다는 것을 안다. 방어를 포기하고 고개를 숙여야 한다. 그녀는 이런 일에 서서히 적응해간다.

채찍

"얼마나 예쁜지 좀 봐." 그는 상자의 포장을 풀면서 그녀에게 말한다. 그녀는 다소 무관심한 눈으로 그를 쳐다본다. 마침내 상자 속에서 깨끗하고 순수한 최상품 가죽채찍이 모습을 드러낸다. 반들반들하게 무두질한 천연 가죽제품으로, 끈이 넓고 끝이 두툼해서 회초리에 가깝다. 그녀는 이런 것들에 대해 잘 모른다. 말에 대한 기억도 모두 사라졌으니까(언젠가 말을 가까이서 본 적은 있지만). 그렇지만 그녀는 절망에 빠져 비명을 지르기 시작한다. 마치 누가 그녀의 내장을 들어내기라도 할 것처럼, 마치 그 회초리 끝으로 그녀를 강간하기라도 할 것처럼 울부짖기 시작한다.

어쩌면 그것이 그의 목적이었을지도 모른다. 그녀에게 대체물을 갖다 주는 것. 아니면 그녀를 채찍질하고 싶은 몽상에 젖었거나, 그녀에게 채찍으로 때려달라고 하거나, 채찍으로 강간해 달라고 부탁하고 싶었는지도 모른다.

그녀가 울부짖자, 그는 입 밖에 낼 수 없는 몽상에서 깨어난다. 그녀가 부상당한 동물처럼 한 구석에서 흐느껴 울고 있기에 채찍은 다음 기회로 미루는 것이 낫겠다. 그래서 그는 쓰레기통에 버린 종이를 주워 손바닥으로 편 후 다시 채찍을 싼다. 비명소리가 듣기 싫어서.

"놀라게 하려던 건 아니었어." 그는 그녀에게 이렇게 말하지만 그녀는 듣지 않는 것 같다. 그에게 어울리지 않는 말이기 때문이다.

"미안해, 내가 멍청했어."

그가 사과를 하다니. 상상조차 할 수 없는 일이지만 그는 지금 그러고 있다. 미안해, 진정해, 응, 응. 그는 고양이처럼 말한다. 고양이에 대한 생각이 그녀를 따스하게 감싸주면서 그녀의 발작을 순식간에 멈추게 한다. 그녀는 고양이를 생각하면서 그로부터 멀어진다. 웅크리고 있던 구석에서 다른 곳으로 떠난다. 그곳에는 모든 것이 탁 트이고, 하늘이 있고, 그녀를 진정으로 좋아하는ㅡ채찍을 갖고 있지 않은ㅡ남자가 있다. 즉 사랑이 있다. 손길처럼 그녀의 피부를 돌아다니는 사랑의 느낌. 그러다가 사랑하는 사람이 죽었다는, 갑자기 밀려드는 이 무시무시한 느낌. 그가 죽었다는 것을 그녀가 어떻게 알 수 있을까? 생전에 얼굴 한 번, 모습 한 번 보지 못한 사람의 죽음을 어떻게 그토록 확실히 알 수 있단 말인가? 하지만 그는 살해당했다. 그녀는 그 사실을 안다. 그리고 이제 그녀 혼자 임무를 수행해야 한다. 그녀가 바란 것은 오직 하나, 사랑하는 남자와 함께 죽는 것이었지만 이제 모든 책임이 그녀에게 달려 있다.

기억/느낌의 복잡한 구조가 울고 있는 그녀를 관통한다. 그러나 조금 뒤에는 아무것도 생각나지 않는다. 그녀는 뭔가 밝혀지기 일보직전이었다고, 명쾌해지기 직전이었다고 느낀다. 그러나 고통을 통해 명쾌함에 도달하느니 차라리 이런 상태, 떠다니는 듯한 상태, 구름이 잔뜩 끼어 있는 상태가 더 낫다. 푹신푹신한 구름이, 갑자기 기억 속으로 추락해 머리를 부딪치지 않도록 그녀를 보호해준다.

그녀가 흐느끼자, 그는 그녀의 머리를 쓰다듬으며 그녀를 망각의 지대로 되돌리려 한다. 그녀의 머리를 쓰다듬으며 달콤한 목소리로 속삭인다.

"생각하지 마. 자신을 학대하지 마. 이리 와. 그럼 괜찮을 거야. 눈 감지 마. 생각하지 마. 자신을 학대하지 마(내가 널 학대하게 해줘, 네 모든 고통과 고뇌의 주인이 되도록 해 줘. 달아나지 마). 더욱더 행복하게 해줄게. 이 빌어먹을 채찍은 잊어버려. 더 이상 그 생각은 하지 마, 응? 갖다 버릴게, 내가 치워버릴 테니까 필요 이상으로 불안해하지마."

그는 손에 채찍(지금은 채찍이 든 상자)을 들고 거실을 가로질러, 천천히 출입문 쪽으로 간다. 주머니에서 열쇠를 꺼내(어째서 선반 위에 있는 다른 열쇠를 쓰지 않지? 손닿는 곳에 있잖아? 그녀는 궁금하게 여긴다) 문을 열고, 거의 쇼에 가까운 과장된 몸짓으로 상자를 밖에 던진다. 상자는 고무처럼 작은 소리를 내며 떨어진다. 됐지? 이제 없어졌어, 그는 마치 아이를 대하듯 말한다. 그런데 그녀는, 의심 많은 아이처럼, 그것이 거짓이라는 것을 안다. 문 밖의 '일'과 '이'는, 그가 던져주는 것이라면 무엇이나 받을 준비가 되어 있고, 동물이 먹이를 덮치듯 그 상자 위로 몸을 날릴 테니까.

'일'과 '이'. 그녀는 그들을 잊을 수 없다. 그녀와 아무 상관 없는 사람들이지만 계속 그곳에 있다. 선반 위의 열쇠처럼 상관없다. 채찍처럼 현존하지만 상관없다. 이는 채찍이 그녀에게 어마어마한 절망을 일깨웠다는 단순한 사실 때문이다. 뇌관이 되었기 때문이다.

그러면 거기에 그녀의 폭발물, 깊이 숨겨진 폭발물이 있다. 그런데 뇌관 가운데 하나가 예기치 않은 순간에 작동하여 폭발한 것이다. 흔히 말하듯이 공명에 의해 폭발하거나 어떤 진동의 여파로 폭발할 수도 있다.

분명한 건 폭발이 일어나고, 그녀는 폭발의 충격이나 그 비

슷한 것 때문에 자신의 잔재 속에 분리된 상태로 이렇게 남아
있다는 것이다.

문구멍

  새로운 느낌은 결코 아니다. 아니, 오래된 느낌이다. 아득한
곳에서 찾아온 느낌이고, 오래 전 과거에서 찾아온 느낌이며,
침수 지역에서 찾아온 느낌이다. 그녀를 불안하게 만드는 감
정이나 육감 비슷하다. 뭔가 비밀이 있는 것 같은데, 그렇다면
그 비밀은 무엇일까? 그녀가 아는 무언가가 있지만 그녀에 관
한 아주 심각한, 금지된 것이 무언지 밝혀내야 할 것이다.
  모든 사람에게 일어나는 일이라고 한다. 그러나 이런 생각
마저 그녀를 혼란스럽게 한다.
  무엇이 금지된(억압된) 걸까? 어디에서 두려움이 끝나고 앎
의 욕구가 시작될까? 또는 어디에서 앎의 욕구가 끝나고, 두
려움이 시작되는 걸까? 비밀을 알면 죽음으로 대가를 치르기
마련이다. 그토록 꼭꼭 숨겨진 것, 존재할 것이라고 추측하지
않는 편이 좋을 정도로 깊숙이 숨겨놓은 심각한 폭발물은 과
연 무엇일까?

간혹 그는 어떤 형태의 도움도 거절함으로써 그녀를 도와준다. 그녀를 돕지 않음으로써 실제로 그녀가 내면의 문을 열수 있도록 도움의 손길을 뻗는다.

그것은 알고 싶지만 동시에 알고 싶지 않은 것이며, 있기를 바라지만 동시에 있지 않길 바라는 것이다. 그는 그녀에게 거울 속의 자기 모습을 볼 기회를 주었고, 이제는 다른 사람의 눈에 비친 자기의 모습을 볼 수 있는 무시무시한 기회를 주려고 한다.

그는 거실에서 그녀의 옷을 천천히 벗길 거고, 이제 그 순간이 왔다. 처음부터 그런 순간이 올 거라는 걸 그녀가 어떻게 알았는지는 잘 모른다(어쩌면 그가 침실이 아닌 거실에서 옷을 벗기는 게 처음일지도 모른다). 그는 출입문 정면에 있는 소파에 그녀를 기대게 하고, 자기도 말없이 옷을 벗는다. 다른 사람의 눈을 위한 게 분명한, 무언의 의식이다. 갑자기 벌거벗은 그는 소파를 뒤로 하고 문으로 걸어가서 문구멍의 덮개(네모난 청동 덮개)를 올린 후, 그 상태로 놔둔다. 아주 간단하고, 합당한 이유도 없는 듯한 행동. 하지만 그는 망설인다. 뒤돌아서 다시 그녀에게 다가가기 전에 망설인다. 문구멍을 등지기 싫다기보다는 오히려 당당하게 발기한 성기로 정면에서 문구멍을 조준하고 싶은 것처럼.

그녀는 문구멍의 반대쪽을 볼 수는 없지만 그들의 존재를 느끼고, 심지어 그들의 냄새까지 맡을 수 있을 것 같다. '일'과 '이'는 눈을 문구멍에 바짝 붙인 채 앞으로 무슨 일이 벌어질지 예상하고 마른 침을 삼키며 그들을 바라본다.

이제 그는 거무스름한 성기를 내두르면서 천천히 다가간다. 그녀는 궁지에 몰린 동물처럼 다리를 모으고 머리를 다리 사이에 집어넣은 채 소파의 한 모퉁이에 웅크리고 있지만 어쩌면 궁지에 몰린 동물이 아니라, 자신의 몸에서 뭔가 해방되길 기다리는 여자일지도 모른다. 그 남자가 어서 다가와서 도와주기를, 또 문구멍에 눈을 바짝 붙이고 그녀를 뒤흔드는 감정에 넋을 놓고 있는 두 남자도 합세하기를 바라는지도 모른다.

잔인하고 계획적인 성행위가 시작되고, 시간도 길어진다. 그는 엉덩이를 짓찧어 그녀를 둘로 쪼개고 싶어 하는 것 같다. 헐떡거리며 멈추고, 몸을 빼더니 물러난다. 그리고 그녀를 움직이지 못하게 하거나 이빨로 깨물면서, 다시 난폭하게 그녀의 몸속으로 삽입한다.

그녀는 때때로 이 휘몰아치는 격랑에서 빠져나오고 싶어 문구멍 반대편에 있는 눈을 보려고 애를 쓴다. 가끔은 눈이 있다는 것을, 아마도 저기 바깥에 그녀가 몸부림치는 것을 보고 싫어 안달하는 눈이 있다는 것을 잊을 때도 있다. 그러나 그는 그녀에게 한 마디 소리를 지르고(개 같은 년), 그녀는 그가 이 욕설 주위에 무성한 촘촘한 시선의 거미줄을 짜고 싶어 한다는 것을 깨닫는다. 그때 그녀가 저도 모르게 긴 신음소리를 내뱉으면, 그는 공격을 두 배로 강화하여 이 신음소리를 울부짖는 소리로 바꿔놓는다.

물론 밖에는 눈만 있는 것이 아니라, 귀도 있다. 어쩌면 밖에는 '일' 과 '이'만 있는 것이 아니라, 그의 동료들도 있을지 모른다.

문 반대편에 있어서 그 경계를 넘지 못하는 그들의 눈이 되고, 귀가 되고, 이빨이 되고, 손이 되려는 것이다. 그 경계 때문에, 그 경계를 설정하려고, 그는 계속 쾌락 없는 분노만으로 그녀를 연신 소유하는 것이다. 그녀를 돌리고, 뒤틀고, 갑자기 멈춘 후, 그녀에게서 떨어져, 일어선다. 그리고 갇힌 맹수처럼 또 다시 거실을 돌아다닌다. 만족하지 못한 짐승의 생명력을 유감없이 드러내고, 으르렁거리면서.

그녀는 바깥에서 그들을 보고 있을(그녀를 보고 있을) 많은 사람들을 생각한다. 그래서 그를 곁으로 오라고 부른다. 쾌락을 위해서가 아니라, 그의 몸으로 자신을 가리기 위해. 마치 덮개처럼 그의 몸으로 자신을 가리기 위해. 다른 사람들과 마주하기 위해 보호막이자, 가면 역할을 해 주는 몸(당연히 그녀의 몸이 아닌 다른 몸)이다. 또는 다른 사람들로부터 숨거나, 다른 몸의 뒤나 밑으로 영원히 사라지기 위한 보호막이다.

하지만 무엇을 위해? 그녀가 사라진 지 이미 오래고, 다른 사람들은 늘 문 반대쪽에서 작은 문구멍으로만 그녀를 바라본다.

의사소통? 그런 것은 전혀 없다. 그래서 그녀는 다른 사람들(밖에 있는 사람들)에게 대역을 통해서만, 밖에 있는 다른 사람들과 그녀 사이에서 다리 역할만 해 주고 있는 그를 통해서만 자신의 열기를 전할 수 있다는 것을 불분명하게, 안개 속을 헤매듯이 어렴풋하게 예감한다.

씩씩거리는 데 지친 그는 그녀의 곁으로 돌아와, 예상치 못한 태도 변화를 보이며 그녀를 애무하기 시작한다. 그녀는, 모든 말초신경이 그에게 반응하고, 그 짜릿함이 핏속을 전속력으로 달리다 결국 폭발할 때까지 애무가 온 몸에 스며들어 본연의 임무를 다하도록 가만히 있는다.

그러다 두 몸뚱이는 소파 위에 누워 있고, 문구멍에 붙어 있던 밝은 시선이 어두워진다.

조금 뒤 마르티나가 살그머니 들어와, 둘에게 이불을 덮어 준다.

열쇠

얼마 후, 그는 떠난다. 그는 항상 떠나는 모습이다. 서 있는 모습을 볼 때마다 그는 등을 돌리고 문으로 걸어간다. 진짜 작별은, 그녀 혼자 안에 남겨두고 출구를 잠가버리는 열쇠소리다.

그녀는 이제 더 이상 문 옆의 선반 위에 있는 열쇠에 속지 않는다. 비록 그 열쇠를 사용해본 적은 없지만 자물쇠에는 맞지 않는다는 것을 알고 있다. 자신이 그 열쇠를 집어들 마음이 생기도록 하기 위한 함정, 또는 미끼로 그 열쇠가 놓여있다는 것도 알고 있다. 그래서 열쇠를 집어들고 친구에게 말하듯 말을 걸어보고 싶지만 열쇠 근처에 얼씬도 하지 않는다. 그녀에게 함정을 파고 있는 그 불쌍한 열쇠에게 무슨 죄가 있는가? 그녀는, 그가 들어오면서 곁눈질로 열쇠가 제자리에 있는지 확인하는 것을 몇 번 보았다. 열쇠 위에 먼지가 쌓이면 마르티나가 대충 불어내고, 아주 연약한 수정으로 만든 열쇠인 듯 가벼운 깃털로 털어낸다.

그는 나갈 때에도 자물쇠에 맞지 않는 열쇠가 자물쇠에서 한 발짝도 안 되는 곳에 제대로 있는지 확인한다. 그 후, 문을 닫고 갖고 있는 열쇠를 두 번 돌린다. 그녀(라우라라는 여자)가,

시간이 존재하지 않는 어두운 우물에 자유롭게 침잠할 수 있도록 놔둔다.

목소리

시계소리, 시계가 규칙적으로 째깍째깍 하는 소리만 존재한다. 마치 어떤 존재가 있는 것 같다. 존재하는 것이 많은 것 같지만 진정으로 존재하는 것은 아무것도 없다. 그녀를 그녀 자신에게서 끌어낼 만한 목소리는 없다.

그의 목소리가 그녀를 자주 부르지 않는 것은 아니다. 그의 목소리가 라우라의 이름을 멀리서(옆방에서) 외치지 않는 것은 아니다. 혹은 그는 그녀 위에 있을 때 귓가에 대고 소리친다. 그는 그녀의 이름을 부르며 자신의 존재를(그녀의 존재를) 억지로 각인시키고, 그곳에 있으면서 자신의 목소리를 들어야 한다고 강요한다.

그가 후안, 마리오, 알베르토, 페드로, 이그나시오, 혹은 누구이건 항상 그런 식이다. 그의 이름을 바꾸는 것은 아무 의미도 없다. 그의 목소리는 언제나 똑같고, 강요하는 것도 항상 똑같기 때문이다. 그는 그녀에게 자기와 같이 있도록, 그러나 지나치게 같이 있으면 안 된다고 한다. 그는, 기억이 사라진 그녀를 요구한다. 자기 마음대로 만들 수 있는 물렁한 존재를. 그녀는 원하지 않지만 그의 애무 아래서 빚어지는 진흙이 된 것만 같다. 그가 마음대로 그녀를 빚어내는 동안, 그녀는 그에 의해 빚어지고 변하는 걸 원치 않기에, 내면의 목소리가 분노에 사로잡혀 으르렁거리고 자신의 몸의 벽을 두드린다.

이런 반란의 발작이 일어날 때마다 두려움이라는 또 다른 감정과 밀접한 관련을 맺게 된다. 그러나 그 후에는 아무것도 없다. 해변을 부드럽고 촉촉하게 만든 후 빠져나가는 썰물처럼.

그녀는 만조 때 느꼈던 공포에서 벗어나려고 맨발로 젖은 해변을 돌아다닌다. 많은 파도가 그녀를 덮치지만 머리를 맑게 해 주지는 못한다. 파도가 몰려와서 메마르고 짭짤한 흙만 남겨놓는다. 흙 위에는 몹시 왜소해진 불분명한 공포만 자랄 수 있다. 그녀는 젖은 해변을 돌아다니고, 동시에 그녀는 해변이다―때로는 자신의 해변, 물웅덩이이다―. 따라서 그녀는 진흙이 아니라, 그가 마음대로 빚어내길 바라는 젖은 모래이다. 그녀 전부가 젖은 모래이기에, 그가 어린아이처럼 모래성을 만들 수 있고, 환영을 만들 수 있다.

그는 이런 일을 위해 목소리를 사용하고, 그녀의 이름을 부르고, 그녀를 다시 빚어내겠다는 불명확한 의도로 그녀 몸의 각 부분의 이름을 부른다.

껍질을 뚫지는 못하지만 그것은 때때로 그녀를 부르는 그 목소리이다. 그 다음, 그는 미소를 짓는다. 거의 억지로 짓는 미소이다. 그가 웃을 때에만(그가 웃는 건 아주 드문 일이다) 그녀의 내부에서 무언가 깨어나는 것 같다. 좋은 것은 아니다. 웃음과 거리가 먼, 아주 깊은 쓰라림이다.

그녀를 표면으로 불러내기에는, 그녀를 깊은 우물에서 꺼내기에는 미끼가 부족하다. 아무튼 아파트 밖에서 생기는 그어떤 일도 그녀의 주의를 끌지 못했다. 그러나 이 순간, 끈덕지게 울리는 벨소리가 갑자기 그녀를 지금, 이곳으로 되돌린다. 누군가가 미친 듯이 자기 말을 들어달라고 애원하는, 끊임없는 벨소리가 예사롭지 않다. 그는 무슨 소란인지 알고 싶어 조심스럽게 문 쪽으로 다가가고, 그녀는 온통 불안에 사로잡혀 잔뜩 경계하며 무의식중에 그들의 목소리를 듣는다.

"대령님, 죄송합니다. 대령님. 폭동이 일어났습니다. 대령님께 보고해야 하는데 이렇게 찾아오지 않고는 다른 방법이 없었습니다. 반란이 일어났습니다. 탱크를 타고 대령님의 본부로 향하고 있습니다. 보병 3연대가 그들과 손을 잡은 것 같습니다. 해군도 참여했습니다. 무장반란입니다. 대령님. 죄송합니다, 대령님. 어떻게 보고드려야 할지 몰랐습니다."

그는 서둘러 옷을 입고, 늘 그랬듯이 그녀에게 인사도 않고 나간다. 몹시 허둥대느라 아마 문 잠그는 것도 잊었을 거다. 그러나 단지 그뿐이다. 그녀는 다른 자잘한 일에는 신경 쓰지 않는다. 뜻밖의 소리처럼, 열망하던 소리지만, 아직도 귓가에서 웅웅거리는 그 목소리에도 신경 쓰지 않는다. 그녀는 무슨 말인지 해석하려고 하지 않는다. 해석한다? 무엇 때문에? 그녀의 빈약한 이해력으로는 이해하기 힘든 것을 무엇 때문에 이해하려고 하겠는가?

비밀(비밀들)

그녀는 밝혀져서는 안 될 무언가가 밝혀질 것 같다는 생각이 든다(정확하게 알지는 못하지만). 얼마 전부터 그녀는 두려워한다. 깊이 뿌리박은 비밀들이 존재하는데 이제는 접근할 수 없는 것이 아니기 때문이다.

이따금 그녀는 그 비밀 속에 손을 넣어 휘젓고 싶지만 그러지 않는다. 그런 짓은 절대 안 한다. 비밀은 가만히 두는 게 더 낫다. 깊이를 알 수 없이 고인 물속에.

그때 그녀는 먹고 싶은 음식이나 먹기로 하고, 마르티나에게 수시로 밀크커피, 비스킷, 과일을 달라고 하는데 마르티나는 틀림없이 속으로 이렇게 말할 것이다. 불쌍한 여자, 몸매가 망가지겠네. 몸을 움직이지도 않고 움직여도 아주 조금밖에 안 움직이면서 저렇게 퍼먹으니. 주인은 돌아오지도 않고.

하지만 그녀도 마르티나도, 그가 제법 오랫동안 돌아오지 않는다는 말은 꺼내지도 않는다. 그녀는, 그들이 그를 찾으러 왔을 때의 목소리를 기억하고 싶지 않다 — 기억할 수 없다 —. 마르티나는 그때 가게에 갔기 때문에 아무것도 알지 못했다.

마르티나는, 그가 집에 있을 때 식료품을 사러 나갔는데, 이제는 이 정신 나간 여자를 혼자 둬야 할지, 하루 더 기다려야 할지, 아니면 영원히 이곳을 떠나야 할지 모른다. 그는, 마르티나가 마음대로 쓸 수 있을 만큼 충분한 돈을 주었다. 어쩌면 이제 그는 이 놀이가 지루해졌고, 마르티나도 적당한 때 그 집을 나가서 모든 것을 잊는 게 좋을지도 모른다.

이런 문제는 라우라라는 여자의 문제가 아니라, 마르티나의 문제다. 라우라는 이제 침실에서 나오지도 않고, 하루 종일 침대에 누워 이런저런 어지러운 느낌을 곱씹고 있다.

'대령님이라……' 그녀는 이따금 되풀이 말한다. 이 단어는 가슴속에서 뭔가 찌르는 듯이 따끔한 느낌만 줄 뿐이다.

시간이 흘러 일주일쯤 지난 후, 마침내 그가 돌아와, 비밀의 물 위를 젖지 않고 걷는 꿈을 꾸던 그녀를 깨운다.

"일어나. 얘기할 게 있어. 이제 너도 알아야지."

그는 그녀를 흔들면서 말한다.

"뭔데?"

"모르는 척하지 마. 지난번에 조금 들었잖아."

"그게 나랑 무슨 상관이야······."

"알았어, 너랑 상관은 없어. 하지만 너도 알아야 해. 안 그러면 찜찜하니까."

"찜찜해?"

"응, 찜찜해."

"아무것도 알고 싶지 않으니까 그냥 내버려둬."

"뭐? 내버려두라고? 알고 싶지 않다고? 이 집에서 언제부터 여자가 마음대로 이래라저래라 하는 거야?"

"알고 싶지 않아."

"하지만 모든 걸 알게 될 거야. 처음에 얘기해주려던 것보다 훨씬 더 많이. 알고 싶지 않다고? 네가 싫어하든 좋아하든 너와 나 사이에 비밀 따윈 없을 거야. 네가 무척 싫어할까 봐 걱정하는 거지."

그녀는 손으로 귀를 막고, 눈을 가리고, 머리를 감싸고 싶은

데, 그는 들고 온 가방을 열어 핸드백을 꺼낸다. 그 핸드백이 그녀의 주의를 끈다.

"이 핸드백 생각나?"

그녀는 아니라고 격렬하게 머리를 흔들지만 그녀의 눈은 그렇다고 말하고 있다. 오랫동안 꺼져 있던 그녀의 눈빛이 살아있는 눈빛으로, 경계하는 눈빛으로 변한다.

"안에 뭐가 있나 잘 봐. 아마 정신이 번쩍 들 거야."

그녀는 가방 안에 손을 집어넣지만, 끈끈한 두꺼비 피부를 만지기나 한 것처럼 재빨리 다시 손을 빼낸다.

"그렇지, 손을 넣어. 무서워하지 말고 꺼내봐."

그가 부추긴다.

싫어, 그녀의 머리가 다시 소리친다. 싫어, 싫어, 싫어. 그녀는 벽에 머리를 찧을 때까지 절망적으로 몸을 흔든다. 벽에 머리를 찧고 싶다는 듯이.

그는 이런 상황에서 어떻게 해야 할지 잘 안다. 따귀를 한 대 때리고 명령한다.

"어서 꺼내라니까!"

그 다음에는 부드럽게 말한다.

"물지도 않고 쏘지도 않아. 생명 없는 물체니까. 오직 한 사람만 생명을 줄 수 있지. 그 사람이 원한다면 말이야. 하지만 이제 너는 하기 싫지? 그렇지 않아?"

"하기 싫어, 하기 싫어." 그녀는 신음한다.

그리고 그는 그런 일(머리를 벽에 부딪는 것과 따귀 때리기)을 다시 반복하지 않으려고 직접 핸드백에 손을 넣어 물건을 꺼낸다. 그 물건을 손바닥 위에 얹어놓고 그녀에게 보여준다.

"받아. 이 권총을 알 텐데."

그녀는 한동안 쳐다만 보고 있고, 그는 그녀에게 권총을 내민다. 마침내 그녀는 권총을 받아들고, 무슨 일인지 제대로 알지도 못한 채 자세히 살펴본다.

"조심해, 장전돼 있으니까. 나는 장전되지 않은 총은 갖고 다니지 않아. 아무리 남의 것이라도."

그녀는 고개를 들고 그를 바라본다. 그가 하는 말을 거의 알아들은 채, 거의 벼랑 끝에 서서.

"걱정 마. 너도 알고 나도 알아. 우리는 비긴 셈이지."

아니야, 아니야, 그녀는 또 다시 머리를 흔든다. 비기기는 싫다. 이 권총으로 비기기는 싫다.

그는 고함을 지른다. 울부짖는 것에 가깝다.

"그래, 네가 그렇게 상황의 반대편에만 있으면서, 아무것도 알려고 하지 않으면 아무것도 완벽해질 수 없어. 내가 널 구했어. 알아? 정반대라고 생각할 수도 있지만 나는 네 생명을 구했단 말이야. 그들은 네 친구, 네 동료를 죽인 것처럼 너도 죽였을 테니까. 그러니 내 말 들어. 그래야 네가 아름다운 꿈에서 깨어나지."

폭로

이윽고 그의 목소리가 짓누르기 시작한다. 이 개 같은 년아, 너를 살리느라 그랬어, 너에게 한 일은 모두 널 살리느라 그런 거야. 그런 걸 너도 알아야 원이 닫히듯이 앞뒤가 명확해지고, 내 일도 끝나지. 그 순간 그녀는 실꾸리처럼 벽에 기댄 채, 응결된 페인트 한 방울을 발견한다. 그는 줄기차게 말한다. "나였어, 나뿐이었어, 그들이 너를 건드리지 못하게 했어, 나 혼자서, 너랑 같이, 말이 쓰러지는 것처럼 너를 부숴버리고, 네 의지를 파괴하고, 너를 변화시키기 위해 너를 다치게 하고, 너를 망가뜨리고, 너를 학대하면서." 이제 그녀는 부드럽게 손가락 끝으로 페인트 방울을 만진다, 마치 아무 일도 없는 것처럼, 다른 생각을 하듯이. 그러자 그는 계속 "너는 내 것이었어, 전부 내 것이었어. 나를 죽이려고 했으니까, 바로 이 총으로 나를 겨눴잖아, 기억나? 기억이 나야 돼." 하지만 그녀는 촉감이 보드라운 방울 친구를 생각하고, 그 동안 그는 말을 계속한다. "너를 산산조각 낼 수도 있었어, 뼈를 몽땅 부러뜨릴 수도 있었지만 겨우 코만 부러뜨렸지, 네 뼈를 하나하나 부러뜨릴 수도 있었어, 내 것인 너의 뼈를 하나도 남김없이." 그때 그녀의 손가락과 방울은 합일을 이루어, 다정함을 느낀다. 그는 계속해서 "너는 정말 엿 같은 년이었어. 쓰레기만도 못한 좆 같은 년이었다고. 나를 겨누고 정조준하려고 할 때 붙잡혔지." 그녀는 어깨를 으쓱거린다. 그러나 그 때문이거나 그가 말하는 내용 때문이 아니라, 대답하려 하지 않는 혹은 변하지 않는 페인트 방울 때문이다. 그는 악에 받쳤다. "넌 나를 모르는데도 나를 죽이려 했어, 나를 죽이라는 명령을 받고 나를 모르는데도 증오했지, 안 그래? 차라리 잘 된 거야, 네가 나를 좋아하게 만들려고 했으니까, 갓난아기처럼 나에게 의존하게 만들려고 했으니까, 나에게도 나만의 무기가 있어." 하지만 거기에는 그녀와 함께, 부드럽게 마른 페인트방울이 있고, 저쪽에는 뚫을 수 없는 매끄러운 벽, 얼굴색 하나 변하지 않고 이 말을 되풀이하는 그가 있다. "나에게도 나만의 무기가 있어."

결말

"너무 피곤해, 더 이상 듣고 싶지 않아, 이제 그만 좀 해. 말을 이렇게 많이 한 적 없잖아. 이리 와, 잠이나 자자. 나랑 같이 누워."

"미쳤구나, 내 얘기 못 들었어? 이제 끝이야. 우리 게임은 끝난 거라고, 알았어? 나한테 끝났으니까 너한테도 끝난 거라고. 막은 내린 거야. 이제 좀 알아들었으면 좋겠어. 나도 화가 나니까."

"떠날 거야?"

"당연하지, 내가 남길 바래? 더 할 말 없어. 끝났다고. 어쨌든 고마웠어. 너는 말 잘 듣는 모르모트였어. 그래서 즐겁기도 했으니까. 이젠 아주 얌전해졌군. 모든 게 잘 끝나려고 말이야."

"나랑 같이 있자. 이리 와서 누워."

"이 짓도 이제 끝났다는 걸 모르겠어? 그만해, 정신 차려. 이 웃기는 짓은 끝난 거라고. 내일 아침에 문을 열어줄 테니까 나가든 말든 네 마음대로 해. 아무튼 나는 아주 멀리 떠날 테니까."

"안 돼, 가지 마. 돌아오지 않을 거야? 여기에 있어."

그는 어깨를 으쓱한 후, 평소처럼 뒤로 돌아 출입문으로 걸어간다. 그녀는 멀어져가는 등을 본다. 그녀의 내부에서 안개가 조금씩 걷히는 것 같다. 그녀는 뭔가를 깨닫기 시작하고, 무엇보다도 그가 권총이라 부르는 이 검정색 물건의 기능을 깨닫는다.

그래서 권총을 들고 겨눈다.

대칭

La simetría

무수한 원인불명의 죽음 중에서, 왜 이 두 죽음만 부각시키는 걸까? 엑토르 브라보는 이따금 스스로에게 질문을 던지고, 자기 자신을 3인칭으로 지칭하면서 혼잣말을 한다. "왜 엑토르 브라보는 이 두 죽음을 끄집어내는 것일까?" 그렇다고 엑토르 브라보가 자신에게 박수를 보내지는 않는다. 하지만 부분적으로는 대답을 알고 있다. 두 죽음이 신화의 양쪽 끝을 묶어 원을 완결시키기 때문이다. 그렇다 해도 엑토르 브라보의 집착, 그의 완고함의 동기를 설명해 주지는 못한다.

엑토르 브라보는 망각을 원한다. 기억에 빗장을 지르고 싶다. 그러나 두 사건 모두 한 대령이 권총을 겨눈 것 같다.

우리는 감방에 갇힌 여인들을 끄집어내어 외출을 시켰다. 우리가 비인간적이었다고는 할 수 없을 텐데, 감사하는 여인은 거의 없다.

"어떤 면에서는 그렇습니다. 우리를 감방에서 끄집어내어 외출을 시키고, 최고로 아름다운 구역질나는 의복을 가져오고, 은촛대가 있는 구역질나는 최고의 장소로 데려가 진수성찬을 맛보게 해줍니다. 구역질납니다. 그들은 전혀 인간적이지 않고, 인도주의와는 더 거리가 멉니다. 우리는 예의 그 성찬에 거의 입도 대지 못하고, 옷은 흉부를 조릅니다. 어쨌든 나중에 우리를 두려움에 다시 몰아넣고 먹은 것을 토하게 만들고 옷을 찢어발기고 모든 것을 되돌려주게 만듭니다. 더 심하게 말입니다. 단지, 단지, 우리는 영혼 한 구석에서나마 최소한의 존엄성을 지켜서 결코 다른 사람들을 고발하지는 않습니다."

"아니야. 그들은 비인간적이야."

엑토르 브라보가 혼잣말을 한다. 가장 고귀한 감정도 변질될 수 있고, 고귀함을 송두리째 상실할 수 있어.

사랑이 찾아오면 온 세상이 다 환해지지.

미안하지만 이 판에 박힌 소리를 비웃어야겠어. 우리에게
는 웃을 여지도 사라져가니 실컷.

더 적절한 말도 없으니 웃을 여지를 사랑이라고 부르려 한
다.

총알처럼 최악의 것이 될 수도 있을 단어이다. 총알이라는
단어가 의미하듯 꿰뚫고 들어가 머무는 그 무엇이다. 혹은 머
무르기는커녕 그대로 관통하든지. 나를 관통한 다음, 풀썩. 관
통하기 전, 탕.

우리 손아귀에 있는 여인들은 이를 안다. 이 여인이 알고,
그 여인과 또 다른 여인이 알고, 저 여인도 안다. 여인들은 우
리들 사이에서 이제 자기 이름을 잊었고, 관통시키도록 내버
려둘 줄 안다. 우리가 고분고분하게 만들었기 때문이다. 우리
는 주도면밀했고, 그녀들도 이를 안다.

여인들은 다른 것들도 알고 있어서 육군과 해군의 장성들
도 이를 알고 싶어 한다. 하지만 여인들은 침묵을 지킨다. 공

포에도 불구하고, 형벌 성격의 화려한 외출에도 불구하고 여인들은 침묵을 지킨다. 그래서 장군들은 감탄해 마지않는다. 민간인인 엑토르 브라보도 감탄해 마지않는다. 엑토르 브라보는 유사한 고통을 겪지만, 육신으로 겪은 것이 아니라 집착이라고 부르는 대리인을 통해 겪었다.

엑토르 브라보의 집착은 생략을 특징으로 한다. 또 다른 초점은 30년 전의 다른 시절인 1947년에 맞추어져 있다. 그는 그 시점이 모든 일의 시작이라고 생각한다. 총알은 그 당시에는 더 유순했지만, 열정도 그렇지는 않았다. 한 여인이 부에노스아이레스 동물원의 오랑우탄 우리 앞에 있다. 아마 고릴라는 없었거나 적이라서 그랬을 것이다. 구릿빛 갈기, 거의 붉은색의 구릿빛 통갈기를 지닌 아름다운 오랑우탄이기는 하다. 미지근한 불길이 일어난다. 여인과 오랑우탄이 서로 바라본다.
더 수월하게 감정을 교환하던 시절이라 시선만으로 충분했다.

우리는 여인들을 바라보지만 여인들은 우리를 보지 못한다. 두건을 쓰고 있거나 눈이 가려져 있다. 우리는 칸막이녀라고 표현한다. 우리는 여인들을 위에서 아래로 훑어본다. 속도

훑는다. 물건을 집어넣고, 쑤셔 박고 찌르고 탐색한다. 물건을 더 집어넣는다. 항상 우리 물건만 집어넣는 것이 아니라 가끔은 더 끔찍한 것들도 넣는다. 여인들은 소리칠 힘이 남아있으면 비명을 지른다. 그 다음에는 여인들을 데려가, 칸막이도 두건도 씌우지 않고 저녁을 먹인다. 여인들은 소리조차 지르지 못하고, 공허한 시선으로 고개를 숙이고 식사를 한다.

우리는 최고로 아름다운 옷을 입힌다. 최고로 아름다운 옷을.

우리는 자주 우리 물건보다 끔찍한 것을 집어넣는다. 그 물건들도 우리 자신의 연장선상에 있는 것이고, 여인들은 우리 소유이기 때문이다. 여인들 말이다.

"그들은 자주 수용소에 미용사와 메이크업 전문가를 데려왔고, 기다란 수놓은 옷을 우리에게 강제로 입혔습니다. 거부하고 싶었지만, 다른 순간들과 마찬가지로 거부할 수 없었습니다. 우리는 그들이 옷을—반짝이 옷이었고, 우리 흉터를 돋보이게 하고 빛나게 하려는 듯 어깨가 없었습니다—어디서 구했는지 잘 알고 있었습니다. 옷을 어디서 구했는지는 알고 있었지만, 옷을 입혀서 어디로 데려갈지는 몰랐습니다. 모두 머리를 빗고, 화장을 하고, 매니큐어를 바르고, 변신을 해서 절대로 우리 모습이 아니었습니다.”

엑토르 브라보의 집착, 첫 집착—이러한 형상화가 시간적 순서를 존중하는 것이라면—은 이렇다. 여인은 길게 머리를 땋아 이마를 꾸미고 있다. 당시에는 아마 바나나머리라고 불렀을 것으로, 머리 둘레에 테를 두른 듯하다. 나머지 머리카락은 생머리이고 거무스름한 색이다. 오랑우탄의 머리카락은 불그스름하다 해야 할 터이다. 오랑우탄은 궁둥이를 뺀 자세로 몸을 곧추세우고 있다. 여인과 오랑우탄은 서로 응시한다. 뚫어지게.

첫 번째 시선 교환, 즉 첫 만남은 언제였을까?

“머리에 씌운 것을 벗기고 옷을 입히면, 자기 자신에 대한 의식을 상실하는데 그것이 제일 위험합니다. 자신이 어디에 서 있는지도 모릅니다. 차디찬 운동장에 서 있는 경우는 아주 드물지만 말입니다.”

제자리에 앉아! 우리는 신병 다루듯 여인들에게 소리 지른다. 사타구니를 벌리고 누워, 더 활짝 벌려, 여인들에게 고함지른다. 정말 훌륭한 생각이다. 여인들을 병사들처럼 서서 죽게 할 수는 없다. 바퀴벌레처럼, 일급 창녀들처럼 드러눕혀 놓고 배때기를 터뜨려 버려야 해.

(하지만 여인들은 전사戰士이다. 우리보다 더한 전사이다. 그녀들이 우리보다 더 용감할까? 그녀들은 이념 때문에 죽을 걸 알면서도 이념을 지킨다. 우리는—즐겁게—여인들을 죽이는 것뿐이고.)

항의가 들어온다. 누가 '즐겁게'라는 말을 큰소리로 하지 않고 속삭이는 거야? 정확한 부사는 '영광스럽게'일 것이다. 내 말이 그렇다는 것이다. 조국의 영광과 명예를 위해 우리처럼 여인들을 죽이는 것은 '영광스러운' 일이다.

여인과 유인원도 나름대로 생생한 그림을 형상화한다. 겨우 생생하다 싶은 그림인데 둘 다 거의 움직이지 않기 때문이다. 여인과 유인원은 시간과 공간을 통해 서로 바라보고 있다. 호壕가 둘을 가르고 있다. 둘을 가르는 차이가 무수하게 더 많지만, 그들에게는 별로 중요하지 않다. 여인은 호를 둘러싸고 있는 울타리에 팔꿈치를 대고—혹은 훨씬 더 순결하지 못한 모습으로 몸을 기대고—오랑우탄을 바라본다. 오랑우탄도 그녀를 바라본다.

여인이 오면, 오랑우탄은 세상을 잊는다.

호 너머에서 마른 나뭇가지에 뛰어올라 매달리고, 우스꽝스럽게 껑충껑충 뛰던 커다란 동물은 더 이상 그가 아니다. 더이상 동물이 아니다. 정말로 인간의 눈을 하고, 사랑에 빠진 눈을 하고 여인을 바라본다. 여인은 이를 안다.

바라본다. 바라보아야 한다. 한쪽이 얼굴을 돌리면, 한쪽이 동정심이나 혐오감을 느끼면, 우리가 직면하게 된 이 일에 한쪽이 동정심이나 혐오감을 느끼면 숭고함이 사라지기 때문이다.

"그건 악마 같은 일입니다. 우리는 그 일을 뭐라고 부르는지 아는데, 그들은 진짜 이름으로 부르지 않고, 심문입네, 벌입네 합니다. 우리는 뼈가 조각조각 으스러져 넝마처럼 내팽개쳐지고, 인간의 형상을 완전히 상실하고 피를 흘리며 바닥에 널브러져 있는 동료들에 대해 알고 있습니다. 우리는 다른 남녀 동료들에 대해서도 알고 있습니다. 밤이면 그들의 비명소리가 들리고, 그 소리가 가끔 머릿속을 파고드는데, 이는 우리 자신에 대한 기억이기도 합니다. 너무나, 정말로 너무나 끈질기게 지속되는 기억이죠. 손가락이나 구두 혹은 그보다는 덜한 것으로 우리의 질을 아가리 벌리듯 할 때, 별별 것을 다

집어넣을 줄로만 알았습니다. 하지만 다른 여인들에게처럼 너무나 끔찍하고 혹독하고 민감하고 파괴적이고 돌이킬 수 없는 상처를 남기는 것은 결코, 결코 집어넣지 않았습니다. 모든 면에서 '포획물'이라는 단어에 딱 들어맞는 우리와 외출을 같이 하면서 자신을 과시하려고 했던 것이죠."

전에는 왜 알려지지 않았을까. 어째서 아무도 말하지 않았을까. 어째서 심문과 심문 사이에 메손 델 리오나 다른 고급 식당에 여인들을 데려가고 했는데도 아무도 그녀들을 보지 못했을까? 아마 고문자들이 모욕이나 형벌을 가할 권력 이상의 무소불위의 힘을 지니고 있음을 입증하려고 아름답고, 완벽하게 차려 입고, 상처에 화장을 하고, 잠자코 있던 그 여인들을 그런 곳들로 데려갔으리라.

이는 고문자들이 공유하던 실험이었는데, 갑자기 개념을 상실한 군인이 생겼다.

유인원이 고개를 돌리자, 여인이 고개를 돌린다.

유인원은 복슬복슬한 붉은 털을 긁적이고, 여인은 난간에 유방을 기댄 채 혀로 입술을 부드럽게 훔친다. 유인원은 흥분하고, 여인은 유인원을 보고, 보고 또 본다(1947년).

1977년. 나 이 여자를 원해. 건드리지 마. 앞으로는 나만 이 여자를 상대할 거야. 그 여자를 가만히 놔둬. 내가 여기 있으니 그 여자와의 전쟁은 나만 하면 돼.

이 여자는 이제 내 것이다. 허벅지로 손을 뻗어 부드럽게 애무한다. 그녀는 내가 때리지 않으리라는 것을 알거나 믿는다. 손이 내 의지와 상관없이 움직이더니 손등이 분노하며 그녀를 가격한다. 손이 제멋대로 움직여 다시 그녀를 애무한다. 나는 긴장을 풀고, 내 자신을 바칠 수 있다. 마침내 나를 한 여인에게 바치며 방어 자세를 풀고, 무기를 풀 수 있다

이 여인이 우리 모두보다 더 영웅적이기 때문에.

우리는 죽여야 하기 때문에, 죽이라는 명령 때문에 죽이지만, 이 여인은 대의를 위해 사람을 죽였기 때문에.

이 여인은 내 것이니까 내가 차지한다. 내가 원하면 그녀를 구출할 수 있지만 그러기는 싫다. 최후의 순간까지 내 소유로 하고 싶을 뿐이다. 그녀 때문에 문가에서 훈장과 금줄 장식을 떼어내고, 제복을 허겁지겁 벗고, 나체가 되고, 그녀를 녹여버린다. 나만 그녀를 품을 수 있다. 그리고 녹여버릴 수 있다.

엑토르 브라보는 두 이야기, 두 여인의 이야기를 포갤 수 있다. 이따금 두 여인이 닮았다고, 비슷한 점이 있다고 느낀다.

유인원이 사랑하는 여인과 군인이 사랑하는 여인이. 이따금 엑토르 브라보는 두 개의 사랑을 시간적으로 혼동한다. 오랑우탄이 군인의 여인을 사랑하고, 군인과 오랑우탄의 여인이 사랑을 나눈다. 브라보는 가끔 또 다른 우스꽝스러운 커플을 상상하고 싶을 때도 있다. 하지만 어떠한 집착도 웃음이라는 위안을 허락하지도, 허락해서도 안 된다는 것을 안다. 그래서 군인과 유인원 커플에 대해서는 결코 상상하지 않는다.

유인원의 연인과 30년 뒤의 군인을 커플로 만드는 상상을 하기는 쉽다(유인원의 여인 자체가 어쩌면 상상의 산물일 수도 있다). 유인원의 여인이 군인과 연고가 있기 때문이다. 그녀의 남편도 대령이다. 지금까지 남편 이야기가 등장하지 않은 이유는 여인의 동물원 방문이 죄악이 아닌 것 같았기 때문이고, 남편이 진지한 고민―가령, 조국의 운명에 대한―이 있어서 부부 문제 같은 사소한 일에 정신을 팔 수 없었기 때문이다.

더 젊은 대령도 부부관계가 파탄으로 치닫게 내버려두고 있다. 또한 자신의 운명도. 지금 대령에게 핵심적인 일, 관심사는 감방에 있는 그 여인, 고문대 위에 언제나 다리를 벌리고 누워 그를 기다리는 그 여인이다. 갇혀 있는 연인.

유인원도 갇혀 있지만 쾌락은 허용된다.

오랑우탄은 짧고 강렬하게 여러 번 진저리를 치는데, 철제 탁자 위에 드러누워 있는 그 여인이라면 전기충격을 가했을 때나 그런 반응을 보였으리라.

군인이 가한 전기충격, 물론 이제 보통 연인 역할을 수행 중인 대령이 가한 전기충격이다.

동물원 여인은 유인원에게 캐러멜과 달콤한 군것질거리들을 가져간다. 아동용으로 파는 것이지 동물용은 아니다. 동물에게 음식을 주는 것은 금지되어 있다. 돈으로는 몇 푼 되지 않아서 남편인 대령이 그 지출에 대해서는 알아챌 수 없다. 하지만 부인이 점점 단정하지 못한 모습으로 돌아오고, 중요한 이야기 중에도 멍한 눈길로 있다는 것은 알아챈다. 남편 이야기를 들을 때 그녀는 주택가의 산뜻한 아파트 대신 정글에서 동물들 틈에 있는 듯하다.

다른 여인은 진짜로 맹수들 틈에 있다. 그러나 군인 연인이 그녀에게 남아 있는 미소를 이끌어내는 데 성공한다. 다행스러운 혹은 기적이라 할 만큼 천사 같은 미소이다. 이전에 여인을 데리고 즐기던 이들이 이빨 부러뜨리는 놀이를 하지 않은 덕분이다.

벽 저편에서는 비명소리가 들린다. 밀림에서 들리는 소리는 아니지만, 구석기시대 동굴 깊은 곳에서 상처 입은 고대 동물들이 내는 소리 같다. 울퉁불퉁한 시멘트 바닥에 높지막한 탁자, 사실은 철제 간이침대가 놓여 있고, 핏자국이 덕지덕지 묻은 벽에 붙어 있는 그 침대 위에서 대령은 여인과 사랑을 나눈다. 사랑에 빠진 대령과 선택된 여인. 섹스 냄새가 또 다른 달콤한 냄새와 뒤섞인다. 전에 그곳을 거쳐 간 사람들의 냄새, 바닥과 천장과 벽과 고문대에 흩뿌려져 영원히 남은 냄새이다.

망각에 빠지지 않는 것이 중요해, 이제 엑토르 브라보가 인정한다. 범죄의 몸통을 지워버릴 목적으로, 또 언젠가 공포가 다시 새롭게 태어날 수 있도록 공포의 기억을 에누리하려는 확고한 목적으로 헐어버린 그 벽들을 기억해야 해. 공포가 망각되지 않도록, 냄새도 고통도…….

그 고통과 다른 고통 사이를 30년 세월, 또한 몇 킬로미터가 가른다. 어느 역사적 시기에 대한 기억의 도움을 받아 엑토르 브라보의 집착은 두 고통을 결합시킨다. 교수형 틀을 다루듯 또 한 번 줄을 조인다.

유인원의 여인은 날이 갈수록 점점 헝클어진 머리로 집에 돌아온다. (엑토르 브라보는 믿지 않지만, 동물원 관리인들은 오랑우탄이 점점 야위어 간다고 조롱하는 듯하다.) 군부 소유의 비밀수용소의 여인은 날이 갈수록 머리가 단정해진다. 그녀 자신과 멀어지게 만드는 일이다.

이 두 여인의 머리카락이 대칭을 이루고 있다는 것이 아니다. 다른 면에서 대칭을 찾을지어다.

1947년에는 극소수가 유인원 걱정을 하는데, 머리가 아주 단정한 여인, 약간 살이 빠졌지만 아름다운 허벅지를 지닌 여사제 같은 1977년 여인을 걱정하는 사람은 더 적다. 사실 단 한 사람의 남자만 그 여인을 걱정한다. 그것도 많이 걱정한다. 지나칠 정도로. 대령은 불순한 의도로 벌이는 수색에서 얻은 옷과 보석을 여인에게 갖다 주는 것만으로는 성이 차지 않는다. 이제 대령은 민간인 복장을 하고 부에노스아이레스의 속옷 전문점과 최신 의류점을 직접 전전하며 옷을 산다. 여인의 목을 약간 조르면서 치수를 잰 뒤, 보석가게 안토니아치로 가서 지나치게 꽉 끼고 엄청 비싼 목걸이 제작을 주문한다. 대령은 목걸이를 사랑의 증표로 여인에게 선사하고, 강제로 착용시킨다. 안토니아치의 장기인 청색 금고리 목걸이인데 어쩌개목걸이 같다. 고급 뱀가죽 벨트만 개줄처럼 채우면 세상 어디라도 여인을 끌고 갈 수 있을 듯싶다. 하지만 그것이 대령의 희망사항은 아니다. 그는 여인 스스로 자신을 따르고 사랑하게 만들고자 한다.

여인에게 사랑은 언젠가 받은 심문과는 아주 다른 일이었지만, 이제 기억도 하지 못한다. 아니 기억하기 싫은 것일 수도 있다. 지금은 생존과 침묵의 시대이다. 어떠한 정보도 제공하지 않고 거리를 유지해야 한다. 가능하면 어렴풋한 미소를 짓고 답례의 키스를 할 일이지, 입을 열어 말하고 고발하면 안된다. 결코. 혐오는 감옥 벽 외부 어딘가에 머물게 해야 한다.

대령이 여인을 비밀감옥 감방에서 끄집어냈으니 그가 벽이다. 대령은, 동물 목도리를 벽처럼 두르고, 아름다운 의상으로 변장하고, 정성스러운 화장과 머리손질로 가면을 쓴 여인을 오페라 하우스인 콜론 극장과 최고의 레스토랑 여러 곳에 데려간다. 이 여러 차례 외출에서 아무도, 아무도 여인을 알아보지 못하고, 접근하지도 않는다. 늘 그렇듯이, 전 부관이 대령을 둘러싸고 있기 때문에 접근하고 싶어도 할 수 없었으리라.

여인도 아무도 알아보지 못하고, 시선도 들지 않는다. 자신의 행위 하나, 시선 한 번이 타인의 운명을 결정짓는 것을 막연하게나마 알기 때문이다. 행동 하나, 시선 한 번만으로 나중에 대령이 자신을 가해할 것이라는 것도 안다. 하지만 다른 멋진 옷들을 입혀 다시 여인을 사람들에게 자랑하려고 가슴골 아래로만 흉터를 남길 것이다.

그저 흉터를 남기고 싶어서 그러는 것도 아니고, 이제 동료들 이름을 대라고 닦달하지도 않는다. 단지 여인을 완전히 소유하기 위해서 새로운 핑곗거리를 찾아 좀 더 여인 마음에 파고들려는 것이다. 대령은 여인을 사랑한다. 유인원이 또 다른 여인을 사랑하는 것보다 훨씬. 그 어느 남자 혹은 고등동물의 사랑보다 자신의 사랑이 훨씬 더 크다고 대령은 생각한다. 그래서 도를 넘어서 더 자주 외출을 시키고, 급기야는 여인을 정식 부인으로 소개하거나 부부 침대로 끌어들이기를 바란다.

군 수뇌부가 기겁하기 시작한다.

엑토르 브라보는 유인원의 여인이 유인원을 우리에서 빼내기를 원하거나, 이를 시도하거나, 외출을 시키거나, 침대로 끌어들이려 했는지 아닌지는 모른다. 이는 상당히 우스꽝스러운 가능성이다. 약간 덜 추잡한 시절인 1947년의 군 수뇌부는 부인이 바람난 대령, 유인원이 라이벌이 된 대령을 비웃기 시작한다. 고릴라도 아니고 오랑우탄이라니. 그것도 털이 붉은 유인원이라니.

부인의 바람보다 군 동료들의 비웃음이 더 아팠으려나?

유인원의 여인은 그런 입방아와 상관없이 자신이 무죄라고
느낀다. 그녀는 바라보기만 할 뿐이기 때문이다. 그러나 바라
보는 것으로 여인의 삶이 달라지고, 영혼이 달라지고, 길고 긴
촉수를 내밀어 유인원의 비단결 피부를 어루만진다. 유인원
은 인간처럼 표현하고, 이와 동시에 유순하고 때가 묻지 않았
다. 유인원은 여인의 시선에 응답할 줄 알아서 쾌락에 정신줄
을 놓는다.

1977년 대령의 쾌락은 그의 지위에 맞게 더 조신하다. 겉보
기에 조신한 쾌락이지만, 칸막이녀에게 느끼는 사랑은 헤아
릴 수 없이 크다.
"나는 그녀를 사랑하게 되었어." 언젠가 대령이 말했고—무
심코 흘러나왔고—, 귀머거리에게 그 말을 한 것이 아니었다.
대령의 상관들은 그를 주시하고, 우려하기 시작한다. 자신들
도 마음에 드는 희생자 여인들과 여기저기 큰 호텔 살롱으로
외출하면서도 말이다. 그들은 대령을 관찰하기 시작한다. 사
랑하는 여인의 목선이나, 속으로는 두려움에 떨면서 샴페인
잔을 입에 서투르게 대는 여인의 모양새만 관찰하는 대령을.

이 모든 일 어디에 품격이 있다는 말인가? 품격이 마치 유통되는 화폐인 양 엑토르 브라보가 갑자기 자문한다.

결코 호壕를 뛰어넘으려는 시도도 하지 않고, 또 아무런 불평도 없이 거리距離를 받아들이는 유인원은 일종의 품격을 보여준 셈이다.

그러다 어느 날 밤 우리에 갇혀 구성지게 울기 시작한다. 동물원에서 몇 블록 떨어져 있지 않은 병영에서 울음소리를 들은 대령은 라이벌 유인원이 부인을 부르고 있음을 알고 탄창집이 달린 허리띠를 두르고 권총을 집어 들고 단호한 발걸음으로 병영을 나선다.

동물원은 닫혀 있고, 야간 경비원은 문을 열라는 명령도 욕설도 듣지 못한다.

한편 30년 뒤의 군 수뇌부는 사랑에 빠진 대령에게 공식 임무를 주어 유럽에 보낸다. 대령이 감싸고 있는 여죄수는 위험한 반체제 인물이고, 군인은 조국의 적과 연루되면 안 되었다. 아니 조국의 적과 연루될 수도 있고, 심지어 그래야 하지만, 의무를 게을리해서 욕망의 진흙탕에 빠지는 것은—물론 의도한 바는 아니겠지만—용서받지 못할 일이었다. 이는 군에 대한 진정한 모독이다. 국가의 대령이 군보다 여인을 선호할 수는 없다. 아무리 군 소유의 여인이라 해도 말이다.

이 두 경우가 치러야 하는 대가는 말살과 새 계산서이다.

1977년 대령은 유럽에서 임무를 수행 중이고, 1947년 대령은 넘기 불가능한 동물원 창살을 기어오른다.

엑토르 브라보의 집착 속에서 두 시대가 헛갈린다. 즉 적어도 어느 순간 두 시대가 하나가 된다.

총알도 하나인 듯하다.

사랑에 빠진 두 사람이 각각 욕망의 장소로 되돌아올 때, 즉 여인은 동물원으로 가고, 대령이 유럽에서 돌아올 때, 두 사람은 각각 텅 빈 우리와 감방과 조우한다. 두 사람은 등을 타고 올라오는 한 줄기 공포와 조우하고, 날이 갈수록 커져 갈 증오와 조우한다.

다른 한 쌍, 즉 유인원과 예의 탁자 위 여인은 과분한 사랑의 결실을 맺는다. 그들이 조우한 유일한 것은 죽음이었다.

침대에서 본 국가현실

Realidad nacional desde la cama

1

현실에는 여러 층위가 겹쳐져 있을지 모른다는 의심도 하지 않고, 군부대나 빈민촌에 대해 아무 것도 모르는 한 여자가 은신처를 찾아 머나먼 컨트리클럽으로 갔다.

그녀는 스스로의 의지로, 혹은 누군가와 함께 있고 싶지 않아서 혼자 있는 중이고, 순전히 시간을 때우기 위해 속으로 긴 독백을 계속하려고 한다. 그러니까 이를 테면

남들이 산양자리나 사자자리를 타고 나는 것처럼 나는 질문자리를 타고 났다. 그렇다고 해서 내가 남보다 의문을 더 많이 제기하거나 자아를 더 깊이 있게 탐구하는 성향이라는 말

은 아니다. 하지만 진정한 두 개의 원자가를 알고 있기는 하다. 내 성운은 두 눈[目]이다. 두 개의 유두나 고환, 쌍둥이 빌딩처럼 한 쌍으로 이루어진 운명. 그렇지만 유두를 가진 사람들은 수동적이며 양분을 주고, 고환을 가진 사람들은 단호하다는 말이 있고, 쌍둥이 빌딩 사람들은―머큐리[6] 신의 지배를 받는―교묘한 상업적 감각을 갖고 있다. 나는 이 모든 특징(이렇게 불러도 된다면)을 조금씩 다 갖고 싶었다. 많이는 말고 아주 조금씩, 아마도 필요할 때에만.

그녀는 상황에 좀 더 알맞은 무언가에 정신을 집중하려고 애썼다. 그러나 그러지 못하고, 아까 하던 이야기로 돌아온다.

성운의 눈으로 나는 뭔가를 하염없이 바라보고 있어야 했을 것이다. 그러나 도착한 이후 줄곧 내 눈을 반쯤 감기도록 해서 내 두뇌에 빛이 들어오지 못하도록 하고, '나 같은 여자가 이런 곳에서 뭘 하지?' 같은 새로운 의문을 품지 못하게 하는 뭔가가 있다.

이곳은 내 고국이고―나는 고국으로 돌아왔다―나는 이제

---

6 [역주] 머큐리는 그리스 신화에서 제우스 신의 사자로 등장한다. 상인, 제조, 도적, 웅변, 짐의 신으로 알려져 있다.

그리 젊지도 않다. 오히려 정반대다. 나는 또 다시 부차적인 일에 신경 쓰고 이런저런 생각을 하며 방황하는 중이다.

그렇다. 그리고 그것을 피할 수 없다.

그녀는 사람을 피해 혼자 있을 곳을 찾아 시골에 있는 이 클럽으로 들어왔다. 천천히 생각하면서 끝나지 않는 의문의 해답을 찾기 위해. 숲이나 바다, 꿈을 찾아가는 게 아니라 병원에 가듯이 그렇게 들어왔다. 피할 곳을 찾아서. 사람들은, 뜨거운 바람 한 자락이 돛을 부풀게 해서 앞으로 나아가게 되기를 기다리며 정신적으로 피해 있으라고 말한다. 그녀의 마음속에서 태어난 이 잔잔한 바다가 그녀를 당혹스럽게 한다. 그러나 세상을 그토록 많이 돌아다닌 후에 누가 또 다시 돌아다니려 하겠는가?

여자는 휴식이 필요하다. 오랜 동안 떠나 있다가 드디어 고국으로 돌아왔으니 말이다. 게다가 예전에 그녀가 뒤에 남겨두고 떠났을 때의 현실과는 굉장히 다른, 지금의 현실로 돌아오는 것이 힘들다. 그녀는 침대에 누워 생각을 달리해 보려 할 것이고, 아마 할 수 있는 한 생각하고 또 생각할 것이다.

요전 날 친구 카를라, 썩 친하지도 않고 오랜 친구도 아닌, 새 친구 카를라가 시체처럼 축 늘어져 있는 그녀를 보고 말했다.

"그렇게 집 안에 있지 말고 시골에 바람이라도 쐬러 가. 컨트리클럽에 있는 내 방갈로 열쇠를 줄게. 사실은 스튜디오지만. 아주 작긴 해도 아늑한 곳이야. 최소한 기분전환은 될 거야. 도시는 쓸데없이 너무 덥기만 하잖아. 그러고 있으면 시체 같아. 꼭 좀비 같다고."

"움직일 수가 없어" 하고 그녀는 반박했다. 어떻게 어딘가로 가길 바랄 수가 있지? 그렇지만 친구 카를라의 얼굴을 더 보지 않으려고 그 제안을 받아들였다. 가방에 꼭 필요한 물건인 하얀 홑이불, 흰 셔츠, 백지노트만 꾸려 넣었다. 모두 다 전형적인 물건들이다. 그리고 거의 위협적이지 않은, 미지의 목적지를 향해 떠났다. 적어도 그때는 그렇게 믿었다.

카를라가 이렇게 말했다. 내 방갈로는 컨트리클럽의 다른 방갈로처럼 그렇게 화려하지 않아서 외국에서 온 너에겐 별 느낌 없을지도 몰라. 하지만 아주 조용하고 안전한 곳이야. 아무나 들어오지 못하는 곳이거든.

카를라는 클럽의 위치에 대해서도, 정규활동 이외의 활동에 대해서도 단 한 마디 일러주지 않았다. 좌우간 그녀는 이중 어느 것도 카를라의 의무가 아니라고 생각했을 수도 있다. 출발할 때만 해도 그녀는 아주 순진했다.

이제 컨트리클럽에 왔는데도 그녀는 정말 아무 것도 알고 싶지 않았다, 여전히. 카를라는, 마리아가 그녀를 잘 돌봐줄 거라고 했지만 마리아가 누군지는 확실하게 말해주지 않았다. 그녀는, 마리아가 누구인가는 관심 없었고, 어떤 사람인지에만 관심이 있었다. 그래서 도착했을 때 거의 마리아에게 말을 걸지도 않았고, 자기 이름을 말해주지도, 무언가를 부탁하지도 않았다. 그래서 마리아는 그녀를 마님이라고 부르고, 그녀는 침대에서, 움직일 생각 없는 마님이 된 것처럼 느낀다.

그곳에는 가구가 거의 없어 보인다. 도착하자마자 그녀는 커튼이 쳐진 것을 보았고, 무더운 어스름 속에서 최대한 빨리 침대 속으로 들어갔다. 홑이불을 머리 위까지 뒤집어쓰고 **아랍지방** 사막 한가운데의 텐트에 있다 셈 치며 놀았다. 청소년 시절, 그 당시엔 황당무계하다고들 했지만 본인은 가장 짜릿하다고 생각하며 몰래 숨어서 읽던 책에 나오는 사막 말이다. 아주 오래 전에 자신에게 책을 빌려준 마누차를 생각했고, 후앙호와 리차, 또 다른 사람들을 생각했다. 그들이 호들갑 떠는 걸 듣고 싶지도 않았고, 그들에게 "안녕, 나 돌아왔어. 이곳에서 살려고 온 거야. 우리 몇 년 동안이나 못 만났지?"라고 말하고 싶지도 않았다. 그들에게 아무 말도 하고 싶지 않았다. 아무 말도. 그렇기는 하지만 전화기가 손닿는 곳, 나이트 테이블 위에 있다. 그 옆의 지갑 안에는 전화번호 목록이 들어 있다.

아무튼 잠이 그녀를 이내 사로잡았다. 첫날밤을.

지금도 그녀는 자고 있다. 낮이지만 커튼이 쳐 있어서 그녀는 알아차리지 못했다. 잠의 치유력, 누군가 이렇게 말했다. 밖에서 소음이 들어오진 않나? 소음은 제음기 안에 있는 것 같다, 지금은.

2

마리아가 들어온다. 그녀는 가정부다. 그런데 시중을 잘 들어주려고는 하지 않고 어울리지도 않은 참견을 하려고 든다. 가정부 역을 맡은 이 배우는 그녀가 도착하던 날 그녀를 '마님'이라고 불렀고, 마님은 마리아를 거의 쳐다보지도 않았다. 하나뿐인 방 한가운데 있는 커다란 침대 때문에 그녀는 무대 한가운데 있는 느낌이 드는 것이리라. 그녀, '마님'은 개인적으로 연기하는 것을 좋아했다. 그래서 침대를 보자마자 자신의 역할을 파악했다. 잠자는 숲속의 공주. 다소 전통적이면서도 경박한. 하지만 그녀는 바로 그런 것이 필요했다. 그곳에는 그녀의 주의를 끄는 것이 거의 없었다. 왼쪽에는 앞서 언급한, 숲으로 향한 가상의 유리문을 가리는 예의 그 묵직한 커튼이, 오른쪽에는 커튼이 드리워졌고 널찍한 최신식 텔레비전 화면이 필요한 장비를 완벽하게 갖춘 채 거의 벽 한 면을 차지하고 있었다. 그녀는 무심하게 바라보았고, 곧 잊어버렸다.

그녀는 침대로 들어가 몇 시간씩, 아마 며칠씩 시간이 흘러가도록 내버려두었다. 때로는 꾸벅꾸벅 졸면서, 때로는 깊이 잠든 채로. 마리아가 갑자기 노크해서 그녀를 화들짝 놀라게 한 후 들어왔을 때에도 다소 놀라기는 했지만 잠이 든 채였다.

"죄송합니다, 마님" 하고 마리아가 변명한다. "마님께서 주무시는 줄 몰랐어요. 아침 드시러 클럽하우스로 가셨을 거라고 생각했거든요. 아니면 점심 드시러나요. 시간이 늦었으니까요. 하지만 주무셨다니 잘 하셨어요. 결국은 이 컨트리클럽으로 쉬러 오신 거니까요. 모든 근심걱정을 잊으러요. 잊기엔 이상적인 곳이지요. 바로 마님이 원하시는 대로 말이죠."

왜 나를 가만히 내버려두지 않는 걸까, 마님이라는 이는 궁금하다. 그러나 다시 잠들 수 없다는 걸 알고 있다.

"귀찮게 해 드렸다면 용서하세요, 마님."

그녀는 절대 용서 안 할 테니 꺼지라고 말하고 싶었을 테지만 예의 때문에 이렇게 말한다.

"깜짝 놀랐잖아요, 마리아. 꿈을 꾸고 있었단 말이에요. 악몽을 꿨다고요."

마리아는 이 말이 마음에 들지 않는다. 컨트리클럽은 이런 복잡한 일에 익숙하지 않다. 마님은 마리아를 달랜다. "대단 찮은 악몽이었어요. 제법 우습기도 했고. 게다가 스페인어로 꿈을 꿨죠, 신기하게도. 영어로 한참 꿈을 꾸다가, 드디어 스페인어로 꿈을 꾸게 되었어요." 그리고 자기가 바로 이것을 위해 돌아왔다는 걸 깨닫는다. 다른 이유도 있었지만 외국어로 생각하거나 외국어로 꿈을 꾸지 않기 위해서. 바로 그래서, 관용과 아마도 누군가에게 말을 할 필요성 때문에 그녀는 이제는 악몽 같지 않은 꿈에 대해 가정부에게 이야기한다.

"물가에 관한 꿈이었어요. 아주 지역적인 악몽, 아주 현실적이죠, 들어볼래요? 괜찮다면요. 꿈에서 내가 '모두 수입품인데 그 가전제품은 왜 그렇게 비싼 거죠?'라고 물었어요. '톱니바퀴가 국산 옥수수기름으로 작동하니까 그렇죠. 식료품값이 얼마나 뛰었는지는 알 거 아뇨?' 판매원이 이렇게 대답하더라고요."

마님은 자신의 꿈을 비웃는다. 감은 눈꺼풀에게는 불길하게 느껴졌던 그곳의 잠 못 이루던 밤에 씻겨버린 꿈.

마리아는 그 얘기가 우습지 않다. 마리아는 아무 것에나 그렇게 단순히 웃어주는 영광을 허용하는 부류의 사람이 아니고, 한편으로 사실을 지키고 싶기도 하다.

"괜찮으시다면 저도 한 말씀 드릴게요." 그녀는 마님에게

얘기한다. "그 꿈은 한낱 악몽이 아니에요. 마님께선 오랫동
안 외국에 가 계셨죠? 카를라 마님께서, 마님이 외국에서 오
셨다고 하셨어요. 그러니 이곳 물가가 얼마나 올랐는지 모르
시는 거겠지요. 믿기 어려운 일이지요. 초인플레이션 때문이
라고 하더군요. 그 점에선 우리도 챔피언이에요. 한 번은 방갈
로 7A호의 사진사가 외국잡지사로부터 물가를 취재하라는
지시를 받았는데 그러질 못했대요. 할 수가 없었지요. 모든 게
변해서 그랬다는군요……."

　다른 때 이런 부류의 거친 아이러니를 들었다면 재미있었
을 것이다. 오히려 국가현실 혹은 그 비슷한 것에 관한 사회학
적 모델을 생각하게끔 했을 것이다. 그러나 지금은 죄책감이
인다. '내가 왜 돌아왔을까?' 그녀는 자문한다. '내 주변에서
일어나는 일을 알려고 들지도 않으면서. 타조놀이를 하며 얼
마나 오래 이곳에 머물게 될까?' 그리고 직감한다. 보지 않으
려고 머리를 모래 속에 묻고 있지만 아마 모래 속에 그녀가 보
게 될 뭔가가 있을 거고, 불꽃을 튀기고 춤을 추고 표면장력
덕분에 이리저리 움직이는 작은 알갱이들이 픽! 갑자기 움직
이는 모래가 되어, 머리를 묻어도 다치지 않을 것이라는 걸.

　"마리아, 신문 좀 갖다 주겠어요?" 그녀는 세상으로 나가는
첫 번째 방법으로 신문을 부탁한다.

마리아는 얼굴을 찡그리더니 그곳엔 신문이 배달되지 않는다고 대답한다. 너무 비싼데다, 마님의 휴식을 방해하기 때문이다. 아니, 무슨 신문이 나쁜 사건이 있을 때에만 발행되는 건가! 이 나라에 좋은 일이라곤 일어나지 않는 것처럼.

"좋은 일이 생기면 말씀드릴게요." 그녀를 위로하려고 마리아가 이렇게 제안한다.

"구술신문이군요." 마님이 혼잣말을 한다. "내게 유일하게 없는 거네요." 그녀는 자기를 가만히 내버려두길 바라고, 기억을 들춰내는 걸 바라는 한편 바라지 않기도 한다. 아마 들춰내는 것을 조금 더 원할 테고, 무엇보다도 왜 기억을 들춰내기를 바라는지 자신의 마음에서 무엇을 찾고 있는지 깨닫기를 원한다. 마치 다락방이 없는 할머니네 다락방에서 돌아오기라도 하는 것처럼.

마리아는 신중하지 않다.

"마님은 여기 오신 후 내내 침대에만 계셨어요. 시트를 갈아드리려고 잠깐씩 침대를 제가 차지하긴 했지만요. 경기장에도 한번 가시지 않고. 야외에 나가는 것 좋아하지 않으세요? 운동 안 좋아하세요? 이곳에선 모두들 운동을 많이 해요, 건강한 삶을 위해서요. 테니스를 쳐 보세요. 여기에는 아주 훌륭한 코트가 많이 있으니까요. 골프는 권하지 않겠어요. 아시겠지만 그린에는 사람들이 있잖아요. 수영도 괜찮겠죠. 혹시 어디 편찮으세요? 뭘 좀 갖다 드릴까요? 아스피린이라도? 지금은 거의 떨어졌지만 운이 좋으면 매점매석해둔 사람에게서 살 수 있을 거예요. 달러로 지불하실 거죠?"

"아니오." 마님은 고개를 젓는다. "아뇨, 아니에요."

"아쉽네요, 달러로는 뭐든지 구할 수 있는데."

마님은 두 눈을 맑은 하늘에 두고 입 속으로 웅얼거리며, 자신에게 달러 얘기는 하지 말라고, 자기 것이 아닌 세계를 좇지 않기 위해, 모국어에 완전히 스며들기 위해 이 나라에 돌아왔노라고 헉헉거리며 말한다. 그리고 마침내 마리아에게 커튼을 걷고 창문을 열어달라고 부탁한다. "이만 가 봐요, 나는 괜찮아요, 걱정 말고. 고마워요."

마리아는 성을 낸다. 세상에서 하기 싫은 유일한 일을 꼽으라면 마님에게 창문을 열어주는 것이다. 그냥 창문을 여는 것, 모든 게 제자리에 있어야 하는 것, 보이지 않는 눈, 그런 것들. 마침내 마님이 외국에서 왔고, 아무도 그것을 모른다. 절대 모른다. 그곳의 평온이 갑작스레 들이닥친 빛이나 소리 때문에 깨져선 안 된다.

그러나 날카로운 음이 들린다. 나팔소리 같다.

"저게 무슨 소리죠?" 마님이 침대에서 벌떡 몸을 일으키며 귀를 기울인다.

"아마 앙헬루스일 거예요." 마리아가 심히 걱정스러운 투로 대답한다.

"클라리넷 연주자 앙헬루스요? 그게 무슨 뚱딴지같은 소리예요? 창문을 열어요, 마리아. 신선한 공기를 마시러 들판으로 나온 걸 거예요."

마리아가 화를 낸다.

"컨트리클럽이에요, 똑같은 게 아니죠. 여기에선 공기가 어디나 다 좋아요."

"창문을 열어요, 마리아."

"싫어요. 창밖을 내다보는 것보단 텔레비전을 보는 편이 나아요. 제가 TV를 틀게요."

마리아는 상황에 적절하게 기계를 맞춰둔다. 앞치마 호주머니에 리모컨을 넣어뒀다가 텔레비전을 켤 정도로 성미가 급하지는 않다. 대형 브라운관이 번쩍 하고 켜진다. 마님은 화가 치밀려고 한다. 화면 위의 즐거운 듯한 이미지들은 그녀를 달래주지 못한다. 오히려 정 반대다. "도시 전체가 축제 분위기입니다." 아나운서가 이렇게 말한다. 이미지들이 그 말을 확인시켜준다. 예전처럼 사람들이 쇼핑가는 기분으로 거닐고 쇼핑을 할 수 있는, 혹은 커피 한잔 하러 제과점에 가서 값을

치를 수 있는 플로리다 거리의 모습. 직장이 있어서 바삐 출근하는 사람들의 모습이 보인다. 나무들이 온통 한가롭게 반짝이는 널찍한 광장.

한순간 그녀는 분노를 접고 집중한다. 아마 저게 맞을 거야. 그녀는 혼잣말을 한다. 시골에 처박혀 있다 보니 내가 제정신을 잃고 있는 걸 거야. 아무래도 다시 가야겠어, 이곳에서 나가 내 주변에서 무슨 일이 일어나는지 알아봐야겠어. 수도가 많이 변했다고들 했지. 다른 얘기도 들었는데. 하지만 누가 알겠어? 도시가 축제분위기가 되고, 나는 도시를 잃게 되는 걸까?

"마리아, 창문을 열어줘요." 그녀는 떠나려고 다시 말한다.

"좋은 프로그램이에요, 마님. 지금은 모든 채널이 민영화되었죠. 하지만 재미없으시면 다른 걸 하실 수도 있어요. 비디오 플레이어 대여가 가능할 거예요. 제가 구해드리지요. 현금으로 내실 때에는 20퍼센트 할인도 해요. 추첨해서 보너스도 주고요. 괜찮으시면 보너스는 제가 가질게요."

갑자기 마님은 가정부의 수다에 자기가 숨이 막히는지 아닌지, 자기가 바깥세상과 접촉할 필요가 있는지 아닌지 알 수가 없다. 그러나 그녀는 지지 않고, 침대에서 녹초가 되지 않고, 조금 더 몸을 일으켜 마리아에게 텔레비전을 완전히 꺼 버리라고 부탁한다. "그리고 창문도요" 하고 덧붙인다. 마리아는 말을 듣지 않는다.

"마님이 명령하시면 저는 그걸 따라야 하지요. 하지만 마님은 곧 여기를 떠나실 거고, 저는 남을 거예요. 제 진짜 주인은 카를라 마님이시고, 카를라 마님은 텔레비전 보는 걸 아주 좋아하세요. 그리고 절대 창문을 여시는 법이 없죠. 그 창문은 열리지 않아요."

마리아는 모르는 척 주머니에 손을 넣고 리모컨으로 텔레비전 볼륨을 높인다. 음악이 기분을 좋게 해 주겠지 라고 생각하면서.

그러나 전혀 그렇지 않다. 그런 류의 음악은 가엾은 마님을 짜증나게 할 뿐이다. 호화롭지만 시대에 뒤떨어진 먼 제과점으로 들어가는 큰 홀이 답답한 기분을 더해준다. 마님이 일어난다. 마리아가 흠칫한다.

"일어나지 마세요, 몸에 나쁘다고요. 편찮으시잖아요."

"난 아프지 않아요. 텔레비전을 꺼 줘요."

"베르무데스 의사선생님이 계셨더라면 전화를 할 텐데." 하고 마리아가 아쉬워한다. "그렇지만 새로 오신 알프레디 의사선생님은 보기보단 대단한 인물인가 봐요. 어떻게 이 클럽에 들어오게 됐는지 모르겠다니까요. 아마 베르무데스 선생님의 부인이 지나치게 돈이 많아졌다고 선생님께서 총알받이가 되신 것 같아요. 지금은 추천받아 들어온 알프레디 선생님이 계시지만 어떤 사람인지 알 게 뭐예요. 그 사람은 '수지를 맞추려고 낮에는 택시운전수로 일한다고 생각하세요'라고 하더군요."

"의사는 필요 없어요."

"마님은 이 나라에서 살려고 돌아오셨어요. 내 나라. 우리 나라로요. 전에는 뉴욕에 사셨다고 들었어요. 그래서 지금 편찮으신 게 분명해요. 뉴욕은 대도시라고들 하더군요. 왜 그곳이 그렇게 폭력적인지는 관심 없어요. 늘 텔레비전에서 비춰 주니까요. 하지만 이곳은 아주 다르죠. 질서정연하고 좋은 모습만 보세요."

마님은, 바로 이런 때 돌아왔다고 사람들이 자신을 미쳤다고 여기지 않을까 생각하기 시작한다. 그러나 이런 식의 수다, 무엇보다도 묵시록 같은 장면, 허위로 꾸며 더욱 위협적인 장면을 계속 참아내야 한다면 정말 미쳐버리고 말 것이다. 허위? 아마 그것들은 사실일 것이다. 그것들은 합성되어, 그녀가 보길 원하지 않지만 보아야 할 것을 지워 버리면서 거기에 존재한다. 하지만 어떻게 그렇게 갑자기 받아들이겠는가?

나의 도시가 지금 그런가? 보이는 그대로인가? 공항에서

수도로 들어오면서 깨진 보도, 잘 먹지 못해서 누렇게 뜬 얼굴
들을 본 기억이 난다……

"뉴욕은 확실히 폭력적인 도시예요." 마리아가 계속 우긴
다. "그런데 마님은 거기에서 십 년을 사셨다면서요. 아마 무
슨 사정이 있으셨겠지요. 게다가 뉴욕에는 중심가에 거지랑
노숙자가 득실대는 것 같더라고요. 정말 끔찍한 일이에요."

마리아는 마님이 말하는 걸 들으려고 텔레비전 소리를 낮
췄고, 마님은 그녀의 말을 듣고 곰곰이 생각했다. 좀 더 조용
하게, 혹은 멍하니. 이것은 결코 같은 게 아니다. 곰곰이 생각
하고, 궁금해하고, 궁금해하기 시작했다는 것에 행복해한다.
메커니즘이 서서히 가동하기 시작했다. 그 모든 것 이후 조금,
아주 조금이라도 아프지 않은지 스스로에게 묻는다. 어떤 증
상이 자신을 돌아오고 싶게, 그러면서도 동시에 이곳에 있고
싶지 않게 만들었는지, 모든 것을 알 수 없게 만들었는지 말이
다.

"의사를 부르는 게 낫겠어요."

"창백해지셨어요, 마님. 헤르바시오 선생님을 모셔올게요.
강장제를 주실 거예요. 이런 일을 잘 아시고, 아무 일도 없었
던 것처럼 눈감아 주시거든요."

마님은 정신병원에 온 듯하다. 기운이 있었다면 얼른 짐을

획 챙겨들고 도시로 돌아갔을 텐데. 기운 있을 때가 얼마나 좋았던가. 마님은 기억을 더듬어 본다. 여행, 변화를 통해 건강을 회복해야 한다고 생각한다. 십 년간 다른 나라에 살다가 돌아온다는 건 쉬운 일이 아니다.

마리아는, 말하자면 마님이 현실과 맞닥뜨리도록 돕고 싶었을 것이다. 그녀는 텔레비전 볼륨을 높인다. 보세요, 마님 하고 마님에게 말한다. 뭐라도 주는 것처럼.

"생각 좀 하게 내버려둬요!" 마님이 거의 소리를 지른다. 그리고 목소리가 너무 과격했다고 느낀다.

"생각은 건강에 좋지 않아요." 마리아가 반박한다. "지금 마님이 하실 일은 기분전환이에요. 제가 틀리지 않다면 마님은 삼 일 정도 침대에 계셨어요. 도착하자마자 수위실에서 달러를 바꾸셨고, 아직 우리나라 돈은 쓰지 않으셨지요. 제 기억이 틀리지 않다면요. 이건 잘 지내시는 게 아니에요. 마님 상태는 지금 최악이에요. 아직 마음의 준비가 안 되셨군요. 자, 냉장고에 아무 것도 없어요. 아무 것이라고 해도 된다면요. 그래서 미치겠다고요. 내가 무슨 말을 하는 거야? 마님을 위해 알려드리죠. 그 돈은 어서 써 버려야 해요. 가치가 떨어지지 않았다면."

때때로 어떤 이는 돈으로 침묵을 사고, 때로는 고독을 사며,

때로는 자신이 원하는 유일한 것인 잠깐의 평온을 사려고 온갖 구실을 대야 한다. 비프스테이크가 평온으로 포장되어 나온다면, 커피가 평온에 싸여 나온다면 아이러니하지만 앞으로.

"이봐요, 마리아, 나가서 물건 좀 사다 줘요. 필요해 보이는 걸 갖다 줘요." 그녀는 구석에 몰린 듯 한숨을 쉰다.

그리고 나이트 테이블 위의 지갑에서 마리아를 꼬드기고자 즉시 고액의 빳빳한 지폐를 부시럭거리며 꺼낸다. 마리아는 가로채듯 지폐를 받아들고 마님은 그 순간을 놓치지 않는다.

"그리고 커튼 좀 걷어줘요!" 하고 요구한다. 그건 명령이다. 그녀는 그게 명령하는 것으로 들리길 바라지만, 그렇게 간단한 부탁이 왜 명령으로 변해야 하는지 이해하지 못한다. 그녀는 스스로에게 변명하려고 한다. 누구에게 명령을 하러 이곳에 온 게 아닌데, 하지만 공기가 부족한 것 같았다.

"창문을 열어요, 숨이 막혀요. 의사도 불러줘요."

마리아는 첫 명령을 훌륭히 행하고, 리모컨으로 텔레비전을 끄면서 그녀의 주변을 깔끔하게 마무리한다. 그 다음 큰 창문으로 향한다.

"커튼만 걷지 않고 유리문도 열어드릴게요. 열쇠가 있거든요. 여기 있죠? 마님께서 찾으셨네요."

그리고 마님이 창문을 다 열어달라거나 몰상식한 다른 일을 부탁하기 전에 마리아는 빗자루를 들고 서둘러 나가면서 문을 닫는다.

"의사!" 하고 마님이 소리를 지르지만 이미 늦었다. 하녀는 가 버렸다.

3

지금은 반쯤 열린 창문을 통해, 마님을 잠들게 하는 해질녘의 부드러운 산들바람이 들어온다. 그녀가 지각하지 못하거나 지각하고 싶지 않은, 헤아릴 수 없는 다른 것들도 들어온다. 그녀는 지각하고 싶지 않다. 방 한가운데 있는 커다란 흰 침대에 누워 있는 것은 이렇게 깜짝 놀라기 위해서가 아니다. 그녀는 잠든 것처럼 보인다. 혹은 생각에 잠겨 있거나, 최근 몇 년간 유행 중인 획기적인 명상기법에 돌입한 것일지도 모른다.

그래서 창문 맞은편에서 훈련하는 것도 알아채지 못한다. 사람 마음을 상당히 불안하게 하는 그림자에 불과하지만.

창문 건너편의 훈련모습은 군사훈련을 연상케 한다. 컨트리클럽에서 군사훈련이라고? 그렇다, 그곳에서 비논리적으로―확실히 설명할 수 있는―보이는 사건이 발생한다. 마님은 이 지역에서는 방갈로라고 불리는, 친구 카를라의 스튜디오가 컨트리클럽의 가장자리에 있다는 것, 국경이라 명명될 수 있는 곳에서 불과 몇 미터밖에 떨어져 있지 않다는 것을 아직 지각하지 못했다. 창문을 등진 채 웅크리고 텔레비전 화면을 정면으로, 마님은 컨트리클럽의 잘 손질된 잔디가 흉물스럽고 넓은 인간닭장 같은 철조망 쪽으로 쓰러졌다는 것도 알아채지 못한 채 잠들었다. 새까맣게 탄 쓸모없는 관목 덕에, 마분지와 깡통으로 된 건축물이 솟아나오는 불모지에서 분리 가능한 인간닭장.

총성 몇 발이 들린다. 군인들이 사람 모양의 표적을 향해 사격연습을 한다. 군인들이 훈련장에 있는 것으로 보일 수도 있을 것이다. 그녀에게 알려야 할까? 그녀를 깨워서, 순식간에 없애버려야 할까? 이런 경우 어떻게 하는 게 좋을까? 반쯤 열린 문으로 그림자가 스며들듯 의심이 스며든다. 매복한 호랑이도 아니고, 전설의 동물도 아니고, 군복을 입은 채 팔꿈치로 땅을 박박 기어가는 일개 군인일 것이다─이다─. 그는 헐떡거리고 한숨을 쉬며 용을 쓰면서 힘겹게 앞으로 나아간다. 그러나 포기하지 않는다. 그래서 힘을 내기 위해 입속으로 "으싸! 으싸!" 중얼거린다.

"저는 이제 막, 열여덟 살이 됐습니다, 아버지께서 제게 말

111

씀하셨습니다, '사내답게 되거라', 어머니께서는 '아버지, 말씀, 듣지 마라'고 하셨습니다, 여동생, 파트리시아는 '와서 나랑 같이 놀자'고 했고, 제, 가장 친한, 친구는, 뭐라고 했냐면…… 음, 상관없어, 이렇게 말했습니다. 후앙호가, 저랑 가장 친한 친구입니다. 저는, 루초입니다. 다들 저를, 루초라고 부릅니다, 실명은 호세 루이스지만 다들 루초라고 부릅니다. 그리고 저를 다른 이름으로도, 부릅니다. 군바리라고도, 부릅니다. **그래서 제가 지금 여기 있는 것입니다.** 사내는 무릇 사내다워야 한다, 아버지께서 이렇게 말씀하셨습니다."

만약 마님이 그것을 알기만 한다면, 침대로 가면서, 자기 침대, 청동색 높은 침대 밑의 레이스 사이로 천천히 미끄러져 들어가면서 그것이 그토록 가까이 있다는 것을 본다면. 자기 침대가 알고 지금 그 신병을 게걸스럽게 꿀꺽 삼켜버릴 것 같다는 것을 알 수 있다면.

그 방 안에서는 시간이 전연 다르다. 시간이 멈춰 있고, 어슴푸레한 그림자의 격렬한 움직임과 아무런 연관도 없다. 그림자들이 땅에 몸을 바짝 붙였다가 개구리뜀을 뛴다. 이런 소란은 마님의 꿈결, 혹은 평화로운 꿈속을 비집고 들어갈 틈이 없다. 적어도 지금은.

4

오직 마리아만이 그녀를 그런 행복에서 떼어낼 수 있다. 필시 마리아는 노크를 했지만 (잠든) 마님이 들어오라고 할 때까지 기다리지는 않았을 것이다. 물건 꾸러미로 얼굴을 가리고 왔기 때문에 이번에는 마님이 잘 맞아줄 거라고 생각했고, 그래서 발끝으로 살금살금 들어가려고 하지 않는다. 오히려 정반대다. 마님은 눈을 뜨고 침대에서 일어나 뭔가를 말하려고 한다. 틀림없이 불평하려는 거다. 이 마님은 늘 불만이니까. 마리아가 선수를 친다.

"제가 뭘 가지고 왔는지 좀 보세요, 마님. 이제 배고프다고 하실 수 없을 거예요."

배고픔, 하고 마님이 생각한다, 배고픔. '최근 그 단어를 참 많이 들었네. 예전에 이곳에서는 그 단어를 쓰지 않았는데.'

마리아는 말하지 않은 것은 신경 쓰려 하지 않는다. 그녀는 크리스마스 트리(트리는 불평하지 않는다) 주위에 선물을 두듯이 굉장히 거만하게 마님 주위, 즉 침대 위에 꾸러미를 올려놓는다.

"밀가루, 설탕, 달걀, 햄, 치즈, 쌀, 강낭콩, 편두콩" 하고 가정부가 일일이 나열한다.

'선물을 푸는 건 즐거워.' 마님은 크리스마스 생각이 나서 즐거운 것 같다.

"이건 세계적인 곡식이에요." 마님이 자랑스레 말한다.

"예전에는 그랬죠, 마님, 과거에는요. 하지만 이제 시대가 바뀌었잖아요. 아닌지 보세요. 이탈리아 스파게티, 칠레 자연산 토마토, 브라질산 종려순, 스페인산 정어리."

사물이 과장되어 유머를 잃어간다. 마님이 마음 졸이기 시작한다. "내가 여기 얼마나 있을 거라고 생각하나요?" 하고 마리아에게 묻는다. "나는 이렇게 음식이 많이 필요하지 않아요, 이건 연대 하나를 먹일 만한 분량인데요."

"마님께서 주신 돈으로 산 건데요. 모두 유통기한이 긴 음식이에요."

"그럼 거스름돈은요? 거스름돈은 갖고 왔겠죠?"

마리아는 생각하는 것 같다. "제가 외계인과 있나 보군요. 이게 다 어떻게 생겼겠어요?" 모든 사태를 아주 잘 이해하는 카를라 마님께 충성하기 위해 마리아는 침입자에게 친히 설명해 준다.

"마님의 거스름돈은 내일이면 아무 짝에도 소용없을 거예요. 여기에서는 수중에 돈이 있을 때 빨리 써 버리는 게 상책이라고요. 가치가 떨어지기 전에. 그러니 종려순 한 깡통, 올리브기름 한 통, 설탕 1킬로를 집으세요." 그녀는 중간판매자

자격으로 말한다. "여기에서는 그렇게 하는 거라고요. 마님께서 설탕이 부족하다는 걸 아신다면……."

그녀가 많은 것을 안다면. 그녀는 이제 막 무언가를 어렴풋이 추측하기 시작하고, 반쯤 열린 유리문 맞은편에서 일어나는 일을 곁눈질로 엿보기 시작한다. 뒤에 있는 것을 있는 그대로 보여주지 않고 열린 각도 덕분에 멀리 떨어진 측면의 풍경을 비쳐주는, 눈속임하는 문. 철조망 저편의 황량한 들판 밖에는 아무 것도 보이지 않도록 푸르고 푸르고 푸른 들판, 나무들. 골프장 풍경이다.

아마 이런 것들이 내가 봐야 하겠지만 보길 원치 않는 것, 또는 보이길 원치 않지만 내가 직감한 뭔가를 보는 것을 막는다. 아마 유리문이 완전히 활짝 열리면 결국 내가 이 현실로 들어갈 수 있으리라. 그런데 무슨 현실? 여기 진수성찬으로 덮인 이 침대에서 내가 무슨 말을 하는 거지? 입을 다물게 하기 위한 음식인가? 입에 가득 물려서.

마리아는 그녀의 시선을 다시 붙잡아둬야 한다.

"텔레비전을 켜 드릴게요. 이 시간대 프로그램이 끝내주거든요."

"아니, 싫어요."

"마님은 제가 마님을 위해 하는 수고를 고마워하지 않으시는군요. 슈퍼마켓이 어떤지 보셨더라면! 만원이어서 발 디딜 틈도 없었다고요. 모두들 물가가 또 오르기 전에 물건을 사길 원하거든요. 물건 한 수레치가 얼마인지 모르니까요."

마님은 그 말을 듣고 있지 않다. 그녀는 생각한다. '내가 하품을 하면 가 버리겠지, 적어도 내가 쉬도록 배려는 해 줘야지. 하품은 한 번 하면 계속 하게 돼. 하품을 하면 피곤해지겠지. 나에게 맞춰주기 전까지는 우선 그렇게 해야겠어.'

"마님, 피곤하시군요. 그럼 쉬세요." 마리아가 말한다. 아마 그녀를 동정하면서, 혹은 달콤한 말로 구슬리면서. 그렇다, 마님이 다시 잠들고 계속 자느라 테니스를 치지 못하도록. 멀리서 골프장의 강렬한 조명이 켜지고, 군사훈련은 이제 더 이상 그림자가 아니다. 외부조명 때문에 거울의 성질을 상실한 유리문을 통해 훈련모습이 또렷이 보인다. 보초가 한 번 교대한다. 마리아가 그 모습을 곁눈질로 엿보더니, 마님의 침대에 꾸러미들을 놓고, 침대에 옷을 입힌다. 더 자세히 말하자면, 침대시트를 약간 매만지는 것이다. 식료품더미를 무너지지 않게 하려는 것이다. 그녀는 마님에게 낮은 소리로 말하고, 마님은 "생각……"이라고 속삭이고, 마리아는 마님에게 권한다. "생각하지 마세요." 아주 낮은 목소리로 부드럽게 말한다. 계속해서 "생각은 몸에 좋지 않아요. 생각하지 마세요"라고 말한다. 마님이 눈을 꼭 감자 마리아는 창문 앞에서 군대 분열식 걸음을 흉내 내고, 출입문을 향해 군대식으로 나아간다.

5

이 침대는 표면이 매끄러운, 가짜 물속을 항해한다. 이 침대는 순간순간 때때로 흔들리고, 마님은 꿈, 또는 기억, 또는 부적절한 어떤 추억, 또한 나쁜 인식이 자신에게 장난친다고 생각한다. 전혀 그렇지 않다. 그녀는 유리에 군대의 모습이 비친 걸 보았다고 생각하고, 지금은 이유를 이해하지 못한 채 자신을 흔드는 부드러운 진동 같다고 느낀다. 자신이 보다 가벼워진 것 같다. '침대가 더 가벼워졌네' 하고 느낀다.

그녀는 마리아를 쫓아버리려고 잠을 청했고, 하나 혹은 그 이상의 이유로 잠을 청해야 할 경우를 생각한다. 깨어나야 할까? 그것도 완전히? 그녀의 의식……

무언가가 그녀의 생각을 방해한다. 그녀는 갑자기 손 하나가 무척 조심스럽게 살짝 침대 밑에서 나오는 것을 본다. 그 손은 천천히 꾸러미 하나를 훔친다. 곧바로 다른 손이 나타나고, 점점 더 빨리 또 다른 손이 나타나서 음식 꾸러미를 가져간다.

실제로 떨지는 않지만 마치 떨고 있는 것 같은 침대 밑에서 웃음소리도 들린다. 그녀는 그렇게 느끼고, 그래서 손의 수가 늘어나는 것에 완전히 전율한다.

"뭐야?" 그녀가 소리 지른다. 그러자 손들이 침대 밑에서 나오며 응답한다.

"아니, 기다려……" 그녀는 두려움은 제쳐두고 놀라움을 드러내며 우물우물 말한다.

손들이 짧은 순간 그녀의 말을 고분고분 듣고 멈추더니, 서둘러 자신의 몫을 다시 집는다.

"필요한 건 가져가요. 하지만 아무것도 찢지는 말아요." 마님은 거의 한숨을 내쉬며 소리친다.

손들은 그녀를 훌훌 쓰다듬으려 한다. 손가락들이 감사하며 깃털처럼 그녀를 문지르고, 그녀는 황홀경에 빠져든다.

"내…… 것을 찢지 마."

그러나 이미 모든 것이 잠잠하다. 침대는 아무 것도 없었던 것처럼, 작은 수프박스 하나도 없었던 것처럼 매끄럽다.

그녀는 놀람을 빨리 가라앉힐 줄 알고, 사물을 긍정적으로 볼 줄 안다. '내가 이것을 위해 돌아왔나?' 그녀는 자문한다. '약탈당한 후 새롭게 다시 시작하기 위해서? 아니면 나만의 침대에 대한 꿈을 실현하기 위해?' 적어도 침대는 빼앗기지 않았다.

"그래, 좋아." 그녀는 제법 큰 소리로 논한다. "결국 내가 요리하는 법은 없군."

그리고 그녀는 비밀을 밝혀내려고 침대 밑을 들여다볼 참이다, 그녀는 보고 싶지만 동시에 보고 싶지 않다, 어린 시절 두려웠을 때처럼, "난 절대 요리 안 해, 걱정하지 말아요." 그녀는 되풀이한다, 거기 있을지도 모를 괴물들을 달래기 위해. 어렸을 때처럼, 그녀가 해결할 만하지는 않지만, 그녀 대신 해결할 사람들은 다른 이들이고 필요한 용기를 동원해서 굴복하려고 할 때, 무럭무럭 허연 연기가 그녀를 숨 막히게 한다. 최루가스다. 그녀는 학창시절부터 그 가스를 알았다, 그녀는 기침하고, 눈물 흘리고, 침대 끝에서 나오는 날카로운 총검을 얼핏 보고 거의 미쳐버릴 것 같다. 그러나 구타 소리가 들린다.

그녀는 외친다.

단 한 번의 억누를 수 없는 마른 외침이다.

"마리이이이아!"

마리아가 곧, 혹 아닐 수도 있지만 문 맞은편의 초소에 숨어 있기라도 했던 것처럼 지나치게 곧장 대답한다.

"마님, 필요한 게 있으신가요?"

"여기 사람들이 있어요. 아니, 군인들이요. 대체 여기가 어디죠?"

그러자 마리아가 아랫사람, 세상물정 하나 모르는(어쩌면 그녀가 맞을 수도 있지만) 가엾은 바보에게 말하는 것처럼 설명해 준다. "네, 물론이죠, 군대가 있어요. 무척 영광스럽게도 이곳은 최고로 특혜 받은, 선택된 사람들로 북적이는, 보호받는 컨트리클럽이니까요."

"별로 그렇진 않아요, 그들이 전부 가져가 버렸으니까."

"누가요?"

마님은 알지 못해 머리를 젓는다. 그 모든 기이함, 그 혼란을 표현할 만한 단어를 떠올리지 못한다. "모르겠어요." 그녀는 중얼거린 후, 덧붙인다. "침대 밑에 있었어요." 손을 물릴까 봐 무서워서 깊이 넣지는 못한 채 조심스럽게 침대 밑을 가리키면서.

"침대 밑에요?" 마리아는, 마님이 자기의 어리석음을 스스로 깨닫도록 반복해서 말한다. "침대 밑에는 아무것도 없어요. 제가 직접 청소를 하는 걸요. 그래서 침대 밑에는 아무것도, 먼지 하나 없다는 걸 아주 잘 안다고요. 저는 청소를 완벽하게 해요, 마님, 저를 믿으셔도 돼요. 이제 시트를 더 갈지 않아도 되겠지요? 겨우 부스러기 때문에 말예요."

당연히 마님은 무슨 부스러기를 말하는 거냐고 묻고, 마리아는 마님을 미친 여자 취급하고 싶지는 않다, 절대로, 하지만 만약 자신이 갖다 준 음식을 갖고 놀았다면, 모든 것을 다 먹어버렸다면…….

"여기에 군대가 있다면 나는 가겠어요." 마님이 마리아의 말을 막는다, 하나밖에 모르는 고집불통 여자가.

어떤 이유인지 그 말이 마리아에게 겁을 준 것 같다. 결국 카를라 부인이, 이 부인을 잘 모시라고 전화로 부탁했다. 그녀를 그토록 쉽게 가게 하느냐 마느냐의 문제가 아니다. 먹을거리를 다 탕진한 이후, 그녀가 언짢은 채 가 버린다면 그곳에 무엇을 흩뿌리고 갈지 그것이 문제이다. 지금 그녀를 만족시키고 납득시키는 것이 낫다. "그러나 이곳은 세상 최고의 나라, 최고의 장소, 특혜 받은 장소인데." 이미 마리아는 마님에게 이 얘기를 했다. 카를라 마님은 마리아에게 이유는 곧 알게 될 테니, 아픈 것 같진 않지만 휴식이 필요한 이 부인을 잘 모시라고 신신당부했다.

"가지 마세요, 마님, 적어도 이렇게 빨리는요. 이제 이곳의 특권을 누리게 되실 거예요. 지금 당장은 걱정하지 마세요, 마님은 지나치게 생각을 많이 하신다고요."

"지나치다고요! 생각은 절대 지나칠 수 없는 법이에요. 차나 한 잔 갖다 줘요, 마리아. 그것만 부탁할게요."

"커피를 가져오라고 하지 않으시니 다행이군요. 커피값이 얼마나 올랐는지 몰라요. 더욱이 커피는 마님 신경을 예민하게 만들 거예요."

"난 커피 얘기한 적 없어요."

"하긴, 갖고 올 수나 있으면 좋겠네요. 이곳의 생활은, 클럽 선전 그대로 평화롭고 느긋해요. 철조망 건너편과는 딴판이지요. 그곳은 정말 무섭거든요. 국가가 맞은편에 있어요. 결국은요. 사람들은 그걸 현실이라고 하더군요. 하지만 마님은 이곳에서 조금도 걱정하실 이유가 없어요. 모든 것이 잘 보호받고, 출입절차가 까다로우니까요. 질서정연하고요."

6

요전 장면에서와 마찬가지로―그러나 아무도 그를 보고 있지 않다―그 병사 루초가 침대 밑 은신처에서 나왔다. 머리는 더욱 헝클어졌고, 군복 셔츠 단추가 일부 풀어졌지만 아무도―계속 그렇게 할 만한 가치가 있다―그를 보지 않으므로 상관하지 않는다. 그래서 그는 차려 자세를 취하거나, 다른 방법으로 땅을 기지 않는다. 그는, 마리아가 마님을 붙잡아두려고 하는 동안, 가장 좋은 방법으로 포복해서 참호를 빠져나와 바닥에서 뭔가를 찾는다. 그는 찾고자 한 것을 아주 빨리 발견한다. 아까 약탈할 때 굴러서 달아난 파테7 한 깡통 말이다. 그는 충직한 개처럼 통조림을 입에 문다. 그래서 이번에는 중얼 댈 수가 없다. 입에 뭐가 가득 들었기 때문이다. 이것은 말할 때의 모양새다. 그는 포복해서 다시 침대 밑으로 미끄러져 들어가 시트 주름 사이로 사라진다.

그 동안 마리아는 그 지역의 장점에 대해 마님을 설득하려는 뜻을 꺾지 않는다.

"그렇다니까요, 여기는 아름답고 아주 조심스러운 곳이에요. 군인 양반들이 잎을 말려 죽이려고 생울타리를 없애버리다니 유감이에요. 하지만 그 양반들은 최신 군장비로 놀라운 일을 하지요. '그들은 새로운 유형의 군인을 위해 새로운 무기를 갖추고 있다'고 써 있어요. 고엽제로 생울타리를 죽이면 철조망 건너편으로부터 이곳을 훤히 다 볼 수 있겠죠. 보기 좋은 풍경이 아니에요, 절대. 그래서 방갈로 북쪽에는 늘 커튼을 쳐두는 거예요, 아시겠어요? 미관상. 이런 일에 대해 많이 아시는 카를라 마님 표현에 따르자면요."

"난 상관없어요. 군대가 있다면 여기를 떠나겠어요."

---

7 [역주] 짓이긴 고기나 간을 요리한 것을 말한다.

"모두들 이 나라를 떠나고 싶어하죠."

"난 클럽을 떠나겠다는 거예요."

"결국 마찬가지예요."

하녀가 장광설을 늘어놓는 바람에 마님은 관심도, 기운도 잃어간다. 밤은 깊어가고, 군인들은 평온하게, 혹은 긴급하고도 동시에 신중을 요하는 의무를 띤 것 같다. 기존의 방법과 다른 형태로 정렬하면서 과도하지 않게 기동연습하는 법을 아는 것 같다. 그렇다고 훈련을 느슨하게 하지는 않는다. 안전수칙도 마찬가지다. 탐조등 하나가 철조망 건너편 구역, 예전엔 황무지와 초라한 집이 있었으나 오늘날엔 사람들이 우글거리는 장소로 변한 곳을 샅샅이 훑는다. 군대는 아무것도 할수 없다. 마을은 군대의 관할 밖이기 때문이다. 하지만 군인들은 민중의 솥으로 보이는 것이 끓는 과정을 차츰 불안하게 지켜본다.

그것은 사람들이 먹을 음식을 끓이는 큰 솥이다. 쌀부대를 나르는 이들도 있고 스파게티 면, 야채통조림, 수프박스를 나르는 이들도 있다. 모두들 부글부글 끓는 커다란 가마솥에 부을 것을 들고 있고, 다들 만족스런 표정이다. 그러나 다들 침착하려고 한다. 건너편에서 쳐들어와 자신의 음식을 먹어치우지 않도록 말이다. 솥을 비우고 배를 채우려고 깡통과 나무

그릇을 들고 다가서는 무리에서 한 소녀가 떨어져 나온다. "파트리시아, 파트리." 누군가 소녀를 부른다. 그러나 경솔한 소녀는 철조망 쪽으로 가더니 약간 괴로워하면서 부르기 시작한다. "루초!" 소녀가 부른다. "루초, 이리 와서 나랑 놀아 줘." 다른 사람들은 절망과 기쁨을 느끼며 음식을 먹기 시작했다.

고엽제인가, 아닌가. 마리아는 늘 생울타리가 아직도 있는 것처럼 행동하고, 컨트리클럽 경계 저편에 있는 존재를 절대 받아들이려 들지 않는다. 그래서 마님과 처참한 광경 사이에 끼어들어 쉼 없이 말한다.

"군대가 있어요, 네, 안전을 보장해 주잖아요? 대단한 영광이지요. 모두들 최고의 젊은이 중에서 뽑힌 젊은 장교들이에요. 그런 사람들이 우리들 틈에 있다는 건 감격할 만한 일이죠. 그들은 사령부를 지휘하니까요. 가장 용맹스럽고, 가장 용감한 사람들이에요."

그리고 나서 자신이 한 말의 진실성에 대해 추호의 의심도 하지 않도록 앞치마 호주머니에 깊숙이 손을 넣어 미군에 관한 손때 묻은 소책자를 꺼낸다. "이게 관련 소책자예요" 하고 마리아는 깊이 존경하는 말투로 마님에게 말한다. "이걸 보면 자연히 미국인들을 동경하게 돼요. 마님은 그곳에서 오셨으니 잘 아실 거예요. '전쟁무기의 경쟁'이라고 적혀 있죠? 보세요, 여기 적힌 걸 좀 보세요. 안경을 가져오진 않았지만 외워 뒀거든요. 들어보세요. '특수부대에서 한 자리 차지하려면 자원과 저항이 필요하다.' 멋지지 않나요? 이건 바로 우리나라의 특수부대를 말하는 거고, 우리도 여기 있잖아요? 군인 양반들 표현대로 한 자리 얻기 위해 투쟁한 적도 없는 소수의 특권층이요."

"난 떠나고 싶어요." 이것이 유일하게 마님이 분명히 한 점이다. 그러나 움직이지는 못한다.

"그들은 조국의 자랑이에요, 마님. 대단한 영광이지요. 여기 적힌 걸 좀 들여다보세요. '당신의 무기가 최고입니다, 당신의 훈련이 가장 뛰어납니다. 우리랑 함께라면 경쟁자를 물리치고 우두머리가 될 겁니다. 바로 당신이!' 보세요, 마님, 잘 읽어보시라고요."

그리고는 거들먹거리는 몸짓과 여태껏 보지 못한 아량을 베풀며 그 보물 같은 팸플릿을 침대 위에 던진다. **군사교범敎範이다.** "책자를 읽어보세요." 마리아가 거듭 말한다. "기분이 나아지실 거예요."

7

마침내 마리아가 물러갔다. 마님은 마리아가 다시 오지 않을 거라고 생각한다. 마님은 주변에서 일어나는 일에 신경을 더 써야겠다고 생각하지만 이미 늦은 시간이고, 잘 시간이다. 이 나라, 그리고 이토록 불길한 때에 이해한다는 것이 지나친 바람이 아닐지라도 이해하려고 노력하기.

이제 마님은 미덥지 않은 별자리는 더 이상 생각하지 않는다, 그녀는 생각해야 한다고 생각하지만 그럴 수가 없다, 그녀는 무의식적으로 마리아의 명령에 따를까 봐 두렵다. "생각하지 마세요, 생각은 마님에게 해롭고 마님을 신경질적으로 만들어요." 신경질은 아니지만 피곤하게 한다, 피곤하게. 결국 그녀는 헤르바시오 의사에게 강장제를 달라고 하게 될 것이다. 아니면 택시기사라는 그 의사나. 그 의사는 분명 재미있고 생기 넘치는 사람일 것이다. 이야깃거리가 부족할 리도 없다. 바로 지금 그녀에게 필요한 것. 그녀에게 필요하다고? 아무튼 수동성이라는 그 설명할 수 없는 규율을 위반하며 그녀는 수화기를 들고 전화교환수에게 의사와 연결해 달라고 부탁한다. 그리고 멍하니 가만 있는다. 겨우 수화기를 들고 있을 만큼의 힘만 남은 채.

그렇게라면 누구라도 상처를 줄 수도, 거의 눈에 보이지도 않게 될 것이다.

　군인들은 그녀에게 신경도 쓰지 않는다. 침대에 처박혀 있는 가엾고 불행한 한 여자에게. 그녀가 외국에서 어떤 전염병을 들여왔는지 누가 알겠는가? 무관심이라는 병. 그래서 군인들에게서, 군인들에 의해 체현되고 구체화된 조국의 빛나는 운명을 예측하지도 못하게 된다. 그 여인은 쓸모없는 잉여인간이고 잠들어 있는 것이 분명하기 때문에 군인들은 주저하지 않고 그녀의 영역에 들어가 모험을 행한다.

　부관이 제일 먼저 유리문으로 들어왔는데 그는 침대 쪽은 쳐다보지도 않는다. 그는 야전용 식탁을 들고 들어오더니 널찍한 방의 한쪽, 서랍장 근처에 놓는다. 그 다음에는 접이식 의자를 들고 와서 식탁 쪽에 둔다. 그녀를 등지고서. 위치를 세심하게 연구한 게 확실하다. 틀림없이 방갈로가 비어 있는 동안 그랬으리라.

　벤토 소령이 군인이라면 응당 그러하듯 늠름한 성격과 장화의 훌륭한 품질로 인해 군대식이면서도 유연한 걸음으로 그곳에 들어와서 식탁 앞에 앉는다. 그가 손가락으로 소리를 내자 또 다시 부관이 이번에는 쟁반을 들고 나타난다. 부관은 샴페인 한 병, 플룻이라고 하는 길다란 잔 한 개, 붉은 점액질의 액체가 철철 넘칠 정도로 가득 든 큰 머그를 가지고 왔다.

벤토 소령은 술잔 이름을 알고 있다는 것에 우쭐해하며 잔을 조심스럽게 살펴본다.

부관이 야전 식탁 위에 머그를 놓을 때 소령이 부관에게 묻는다. 부관, 신병은 어디 있나?

"모르겠습니다, 소령님, 아직 아무 것도 모르는 신참입니다."

"망나니 같으니라고!" 벤토 소령이 버럭 화를 낸다. 동시에 그는 샴페인의 코르크마개와 싸우고 있다. 코르크는 한순간 소령을 이길 것 같다. "이 망나니는 우리 같지 않다, 그런 녀석이 도대체 어떻게 클럽에 들어오게 되었는지 모르겠군… 내 말은 우리 연대에 어떻게 들어왔느냐는 거네. 그를 찾아서 데려오도록. 바로 여기, 지금 당장."

그리고 코르크마개를 이기면서 말을 덧붙인다. 코르크마개 소리가 마치 축포祝砲 소리 같다.

"그 신병이 포복해서 팔꿈치로 기어가도록 한다. 그게 그가 해야 할 행진방식이다, 오늘은."

한편 마님은 마리아가 놓고 간 군사교범을 집어들고, 다소 불편한 마음으로 읽고 또 읽는다. "당신은 최상의 무기로 최고의 훈련을 받게 됩니다. 여기에서 우리와 함께 당신은 인생의 가장 큰 도전을 맛보게 될 것입니다. 바로 당신이."

루초는 소령의 명령 때문이 아니라 샴페인이 내는 총성 소리 때문에 침대 밑, 시트주름 사이에서 나타나 복종하며 기어간다. 자기 상사가 있는 곳까지.

"남자가 되어야 한다고 제 아버지께서 말씀하셨습니다"라고 그가 우물우물 말한다. 그러나 소령은 루초의 효심 어린 감상적인 태도에 전혀 동요하지 않는다. 오히려 소령은 부드러운 가죽장화를 신은 발로 루초를 걷어차려고 한다. 그 군화는 타박상을 입혀 꼼짝하지 못하도록 하려고 만들어진 것만 같다. 그래서 루초는 군화가 가까이 보이자, 갑자기 벌떡 뛰어일어나 부동자세를 취한다.

"죄송합니다, 소령님. 제가 생각하는 것은 입밖으로 나오지 않고, 생각하지 않는 것만 자꾸 입으로 나옵니다."

"생각하지 말라! 모든 걸 말하라. **모든 것을 말이다.** 군대에게 비밀이란 없다. 조국에게도 마찬가지다."

불길한 조짐을 머금은 침묵이 흐르지만 루초는 그것을 듣지 못한다. 대신 루초는 파트리시아가 판자촌에서 연신 자기를 부르는 소리를 듣는다.

"여동생이 저를 부르고 있습니다." 그가 가까스로 말한다.

익히 알고 있듯이, 소령은 냉혈한이라 가족 얘기를 할 만한 인정이 없다. 그는 버럭 화를 낸다.

"귀관은 국가를 섬기는 군인이다. 귀관에게 여동생은 없다. 오직 조국이라는 단 하나의 어머니만 있을 뿐이다! 반항하지 말라, 신병. 엎드려!"

루초는 온몸을 땅에 던져 명령에 따른다. 지금 이 장면을 보고 있는 마님에게 연민이 물밀듯이 밀려온다. 그 가엾은 신병에 대한 연민과 자기 자신에 대한 연민. 침대에서 은신처를 찾는 자신, 노를 저으며 완전히 표류 중인 자기 자신에 대한 연민이. 그것도 모자라서 군대와 함께 표류하다니 말이다.

"그렇게 보이지는 않지만 이곳은 병영이고, 우리는 엘리트 부대다." 벤토 소령은 신병에게 몇 번이고 말한다. 개구리 뜀 뛰기! 그는 술잔에 술을 가득 따르면서 명령한다. "귀관은 우리들 틈에 함께 있다는 특권을 누리고 있다. 우리는 가장 거칠고, 최고의 훈련을 받았으며, 가장 민첩하다. 낮은 포복! 앞으로, 전진!"

그리고 소령은 자기의 기발함에 우쭐해서 침대를 가리키며 명령한다.

"앞으로 전진, 병사! 더 빨리. 전진. 장애물을 뛰어넘는다!"

마님은 신병이 자기 쪽으로 오는 것을 본다. 지금 일어나는 일이 믿어지지 않지만 마님은 침대 시트 속으로 재빨리 숨어들어가 흰색 언덕으로 변한다. 사병이 신속하게 명령을 수행하며 뛰어넘을 수 있도록. 사병은 침대 위를 한 번, 두 번 뛰어넘는다. 그러자 다행히도 명령이 바뀐다. 개구리 뜀 뛰기! 또다시 소령이 소리친다. 그 덕에 마님이 당황하고, 뒤이어 깜짝 놀라고, 신병이 침대에 착륙하다가 마님의 부드러운 육체와 충돌할 가능성을 면하게 되었다. 익히 알고 있듯이 침대 시트는 충분한 완충역할을 하지 못한다.

벤토 소령은 빛의 속도로 전진과 후퇴를 명령한다. 그곳은 광범위한 작전을 행하기에는 좁지만 복잡한 작전을 수행하기에는 손색이 없다. "그리스도의 고환을 만져!"라고 소령이 으르렁대고, 마님은 시트 아래에서 나른한 두 눈으로 빼꼼히 바라보지 않을 수가 없다. 그녀는 신병이 두 팔을 허공으로 쭉 편 채 뛰어오르는 것을 본다. 더 높이, 더 높이 라고 소령이 외친다. 그리스도의 고환! 침대에서 들어야 하는 것, 침대에 있으면서 이런 싸움에서 배우는 것. 마님이 혼잣말을 한다.

아무도 그녀에게 신경 쓰는 것 같지 않고, 그녀는 사태가 점점 재미있어지기 시작한다. 그녀는 지나치게 고개를 내밀지는 않고 겨우 눈만 내놓은 채 바라본다. 바라보면서 지금 보고 있는 것이 자기를 위태롭게 할 것이라고 생각한다. 그래서 두 눈을 꼭 감는다. 그렇지만 두 눈을 감는 것, 모른 척할 수 없는 것을 모르는 척하는 것, 누군가 말한 것처럼 자기 머리맡, 자기 코앞에서 일어나는 일을 모르는 척하는 것은 자기를 전혀 보호해주지 않는 얇은 스크린을 세우는 것에 불과하다. 반대로 펄쩍 뛰는 것을 똑바로 바라보면서 언제 충돌하게 될지를 아는 것이 훨씬 낫다. 그러나 그녀는 여전히 겁에 질려 머리를 집어넣었다가—레이스가 달린 하얗고 부드러운 껍질 속의 거북이처럼—다시 내민다. 왜냐하면 이럴 리가 없기 때문이다. 아마 이건 악몽일 거다. 다소 우습고 너무나 혼란스러운 나쁜 꿈. 꿈의 흐름을 계속 따라가는 것이 나으리라. 그러다 보면 화전목마나 해변을 거니는 꿈으로 바뀔지도 모르잖는가.

그리고 자기가 침대에 들어온 것은 쉬기 위해서, 산산이 흩어진 조각들을 모으기 위해서라고 생각하기. 지금 명령은 계속해서 허공에 울려 퍼져 귀를 먹먹하게 하고 사병은 명령에 따른다. 낮은 포복, 일어선다, 달린다, 엎드린다, 달린다, 포복, 점프, 달······.

마침내 사병은 소령의 발치에 다다른다. 소령은 접이식 식탁 앞의 접이식 의자에 앉아 샴페인이 가득한 병을 들고 있다. 마님은 그 모습을 본다. 그것은 꿈이 아니다. 소령은 그녀를 꿈, 꿈보다도 못한 것, 아무것도 아닌 존재, 무시해도 되는 기름때 정도로 생각하는 것 같지만. 마님은 모든 것을 보고 신병이 헐떡거리는 것을 함께 한다. 아흐, 그녀도 이런 소리를 내지만 다행히 그녀에게 신경 쓰는 사람이 아무도 없다. 아흐, 소리가 절로 나오고 그녀는 얼른 시트 밑으로 사라진다. 나는 여기 없었어, 나는 아무 말도 안 했어, 아무 것도 못 봤고, 아무 것도 몰라. 아무 것도 모른다는 것은 맞는 말이다.

그녀가 넌더리를 내는 것도 당연하다. 소령은 끈적끈적한 내용물이 든 머그를 사병에게 건네주더니 술잔을 성배처럼, 혹은 축배를 드는 것처럼 들어올리며 명령한다.

"마셔라!"

조직의 위계순서와 어린 나이 때문에 신병인 가엾은 징집병 루초는 가까스로 한 모금을 마시지만 거의 토해내듯 뱉어낸다. 카펫에 역겨운 색깔의 얼룩이 선명하게 생긴다.

"황소의 피다, 병사. 바로 승리자만이 마실 수 있는 거지."

벤토 소령이 군대식 어투로 쩌렁쩌렁 울리게 말한다.

그리고 덧붙이기를

"귀관은 영광의 술잔을 마시지 않았다. 귀관은 승리를 감당하지 못하는군. 명령불복종이다, 병사. 영창에 가게 될 거다."

부관이 그곳에 다시 들어와 두 명의 사병을 호출해 신속하게 루초를 끌어내라고 명하는 데에는 소령의 작은 손짓 하나만으로 충분하다. 군인들이 루초를 끌고 가려고 한다. 그러나 소령의 장광설에서 벗어난 건 아니다.

"이번 일을 큰 영광이라고 생각하게, 병사. 우리 모두 몸과 마음을 단련하기 위한 죄수고, 언젠가는 죄수가 될 걸세. 삶의 혹독함을 알기 위해서, 우리가 더욱더 용맹한 군인이 되기 위해서."

소령은 상의 안주머니에서 그 유명한 군사교범, 즉 미군이 발행한 소책자를 거의 성서처럼 꺼내어 그것을 죄수의 눈앞에서 흔들어 보인다.

"*여기에서 귀관의 용기를 보여주면 어디에서든 보여줄 수 있다. 그러면 귀관은 어깨너머를 바라보고, 지난 몇 년 동안 울려퍼진 군대의 슬로건을 자랑스럽게 외치게 될 것이다. '나를 따르라!'*"[8] 소령은 책자의 내용을 찾아볼 필요도 없이 열렬히 읊어댄다.

마님은 벤토 소령이 인용한 문구를 기억해 두려고 노력한다. 기억해두면 언젠가 쓸모가 있을 거라는 예감이 든다. 그녀는 인용한 문구와 장면을 기억해두려고 하고, 희미해지는 옛 기억과 이것을 연관시키려 한다. 그러나 끝내 그러지 못하고

---

[8] 이 부분은 소책자의 내용을 소령이 외워서 읊고 있다.

만다. 단지 머릿속 한 쪽에 소령이 내뱉은 마지막 말이 생생히 남아 있을 뿐이다. 그녀는 그것이 자기에게 한 말도 아니며 자기가 소령을 따를 수 없다는 것과 자기가 거기 남아 있어야 한다는 것을 알고 있다. 꼼짝하지 말고, 존재하지 말고, 누구도 따르지 말고, 아주 운이 좋으면 기억하면서 남아 있어야 한다는 것을.

8

탐조등이 모두 꺼졌다. 거의 밤 열한 시가 다 된 시간이고, 컨트리클럽은 마치 아무 일도 일어나지 않는다는 듯이 사방이 온통 어두컴컴하고 고요하다. 그러나 뭔가가 벌어지고 있고, 고요한 대기 중에서 머나먼 바다가 중얼대는 소리처럼 목마황木麻黃 나무가 달콤하게 중얼대는 소리와 함께 어떤 목소리들이 또렷하고 분명하게 들린다. 그 목소리는 마님이 마침내 잠을 청하려고 누워 있는 방갈로까지 들린다.

"싫어요! 벌거벗는 건 싫어요!"라는 소리가 들린다. 그 목소리가 어리고 겁에 질린 신병 루초의 고통스러운 목소리라는 것을 누구라도 알아차릴 것이다.

"벗어라!"

이것은 소령의 중후한 목소리다.

"벌거벗은 진실처럼 벌거벗어야 한다. 압제자 앞에서 벌거벗은 조국처럼 벌거벗어야 한다. 씨앗이 부족해서 벌거벗은 우리의 대지처럼. 귀관은 있는 그대로 존재하는 법을 배워야 한다. 벌거벗은 가엾은 쓰레기로 존재하는 법 말이다. 그리고 새롭게 다시 태어나야 한다. 이제는 예전처럼 불행하지 않을 것이고, 저기 담장 건너편의 비참한 족속도 아니다. 귀관은 이제 우리 엘리트 부대의 일원이니 우리의 영광스러운 제복을 입을 자격을 갖추어야 한다."

마님은 더 이상 듣고 싶지 않고, 그 잔인한 현실이 자기를 건드리는 것도 싫다. 그녀는 두 귀를 막는다. "이건 너무 심해." 그녀는 생각한다. 내일 당장 떠나야겠어. 떠날 수 있다면. 몸이 회복되면 말이지. 침대에서 나갈 수 있다면. 멍청한 마리아가 비우는 걸 깜빡 잊은 이 멍청한 그릇(?)에서 벗어날 수 있다면 말이야. 내일 당장 떠나겠어, 할 수만 있다면. 나를 내버려둔다면.

그리고 그녀는 신병에 대해 생각한다. 군인들은 그를 발가벗기고 두 손을 묶고 재갈을 물리고서 사람이 겨우 서 있을 만한 깊이와 너비의 우물 속으로 처넣는다. 신병보다는 덩치가 조금 더 큰 사람이 가까스로 서 있을 수 있는 정도의 우물에. 참호를 파는 인부들은 순전히 이 용도로 우물을 팠다. 죄수가 늘 한 명씩은 있을 테니까. 이는 실전훈련의 일부다. 최고의 군인뿐만 아니라 가장 거칠고, 가장 희생적이고, 전투로 가장 잘 단련된 군인이 되려는 특공대들의 훈련과정의 일부이다.

골프장 한가운데에 이렇게 구멍을 파는 것을 컨트리클럽 관계자들이 어떻게 생각하는지는 아무도 모를 일이다. 하지만 그들은 의견을 말할 자유가 있다 하더라도 이미 체념한 듯하다.

땅에 파 놓은 구멍은 무거운 금속제 뚜껑으로 덮여 있다. 군인들은 뚜껑 위에 출처가 의심스러운, 아마 자동차에서 떼어낸 듯한 카세트플레이어를 놓아두라는 명령을 받는다. 그렇게 해서 중앙아메리카 음악으로 죄수의 혼을 쏙 빼놓을 것이다.

"거기 안에서 흔들어, 할 수 있으면 말야. 춤을 춰. 밤에 얼어 죽고 싶지 않으면 춤을 추는 게 좋을 거야. 하, 이제 누가 진짜 적인지, 적을 쳐부수려면 우리가 어디에서 적을 찾아야 할지 알겠지." 그들은 갇혀 있는 이에게 소리친다.

그 후에는 오직 음악 소리만 있을 뿐이다.

바람 때문에 유리문이 절반쯤이나 닫힌 것 같다. 하지만 마님은 커튼을 쳐서 자기가 완전히 고립되고, 보호받고, 분리되기를 바랄 것이다. 어떻게 그녀가 그런 생각을 할 수 있을까?

스스로를 아주 용감하다고 믿었던 그녀가, 그토록 많은 부침을 겪으며 오랫동안 타국에서 살았던 그녀가 지금은 이럴 수 있을까? 아무도 자기를 보지 못하도록 불을 끄고서 담요 속으로 숨어들다니.

9

컨트리클럽의 시계가 열한 시를 알린다. 밤 열한 시다. 망각의 시간. 생각하지 마세요, 마리아가 그녀에게 말했다. 생각하는 건 해로워요. 그녀는 마리아의 말에 복종하려고 한다. 이제 심지어 마리아가 그립다고 말할 수도 있을 것 같다.

그래서 문 두드리는 소리가 나자 몹시 다급하게 대답한다. 들어와요. 그러면서 마님은 다시 불을 켠다. 그러나 문간에는 마리아가 아닌, 웬 낯모르는 남자가 서 있다. 저는 알프레디 의사입니다. 그 남자는 그녀를 안심시키고자 자기를 소개한다. 의사를 부르셨지요? 라고 그는 혹시나 해서 다시 한 번 분명히 말한다. 왜냐하면 침대에 있는 여자가 공포에 질린 눈으로 자기를 바라보고 있어 놀랐기 때문이다. 그는 여전히 푸른색 체크무늬 셔츠와 한쪽으로 기울어진 택시기사용 모자를 쓰고 있다.

알프레디 의사라는 사람은 장차 자기 환자가 될 여인이 혼란스러워하는 것을 알아차리고는 서둘러서 모자와 셔츠를 벗어 의자 위에 놓는다. 그리고 가지고 온 의사용 가운을 재빨리 걸치고 호주머니에서 청진기를 꺼낸다.

"이제 됐네요"라고 그가 말한다.

그녀가 이제는 한결 마음을 놓은 듯해서 그는 그녀에게 다가간다. 그는 호남형이다. 젊고 체격이 좋은데다 탄탄하다. 그녀는 이 점들을 놓치지 않는다. 그가 차분하게 행동하고 미소를 짓자 신뢰감이 느껴진다.

그녀는 미소로 화답한다. 의사를 기다리기에 최적의 장소인 침대에서.

"그럼 이제 환자를 볼까요…… 어디로 모시고 갈까요? 그러니까 제 말은 어디가 편찮으시냐는 겁니다."

"아픈 것까지는 아니고요…… 왜 의사를 불렀는지 모르겠어요. 충동적으로 한 행동이었죠. 사실 오늘 오후까지는 아무렇지도 않았는데 지금은 제가 미쳐가는 것이 아닌가 하는 생각이 들어요. 분명히 충격 때문에 그런 걸 거예요. 국가상황이 정말 이상하게 변했잖아요. 십 년간이나 다른 나라에 살다 돌아오는 것이 쉽지 않다는 건 알고 있었지만 이럴 줄은 몰랐어요."

의사는 흥미를 느낀 듯하다. 그는 더할 나위 없이 부드럽게 그녀의 목에 청진기를 갖다 댄다.

"돌아오셨다고요?"

"네. 독재기간 동안 떠나 있다가 최근에 돌아왔어요. 어느 정도는 달라졌을 거라고 생각하고서요. 그렇지만 무언가에 감염된 게 분명해요. 심지어 침대에서도 군인들이 보인다니까요."

의사는 청진기를 움직여서 부드럽게 쇄골을 진찰한다. 하지만 부인의 폐나 심장 소리보다는 그녀가 하는 말에 더 귀를 기울인다.

"침대에서요?"라고 그는 은근한 목소리로 묻는다.

그녀는 감정을 싣지 않고 담담하게 계속해서 이 일에 대해 말한다. "네, 침대 위에서도, 침대 아래에서도 그들이 보여요. 사방에서 보여요, 군인들이 보여요. 아흐흐흐!"

그러자 그는 그녀가 미심쩍어하는 것을 해소해 주고자 차분하게 설명한다. "여기에서 그런 건 이상한 일이 아니에요. 군부가 골프장에 훈련장을 만들었으니까요."

"그들은 군사훈련 중이에요. 병영은 더 이상 안전하지 않다나요. 울타리가 썩었다고 말하더군요. 반면 이 클럽에서는 모든 것이 잘 정비되어 있고 질서정연하다나요. 뭘 걱정하시나요?"

"정말로 불안정해 보이잖아요."

"하지만 그건 당신이 어떻게 보느냐에 따라 달라요. 긍정적인 면도 있어요. 그들은 대개 낮에 군사훈련을 하지요. 저는 낮에는 택시운전수로 일하고, 모든 것이 엄격하게 통제되는 게 좋습니다. 택시운전수로서 저는 질서를 좋아합니다."

"의사로서는요?"

"의사로서는 모르겠어요. 그토록 질서 있게 보이는 인간의 신체기관도 늘 예측가능하지는 않은 그 나름의 법칙에 따라 작동되니까요. 잠시 옷을 내려도 될까요?."

그러면서 그는 부인이 입은 흰 가운의 어깨끈을 감미롭게 내려서, 늘 예측가능하지는 않은 몸의 법칙과 몸이 중얼거리는 소리를 찾아 조금 더 깊이 몰두한다.

그녀는 허락한다.

"여기 혼자 계신 거죠?"

"'혼자'라고 할 수도 있겠죠. 네, 그래요."

"이렇게 아름다운 여인이 왜 침대에 혼자 있는 거죠?"

"정말 바보 같은 질문을 하시네요, 의사선생님, 정말 전문가답지 않은 질문이에요. 그거야 제가 한꺼번에 침대 두 개에서 잘 수는 없으니까 그런 거지요. 지금은 침대 하나로 충분하니까 그런 거지요. 게다가 움직일 수도 없고요."

"움직일 수가 없다고요?"

그녀는 물리적으로 움직일 수가 없고 자기는 약도, 약 비슷한 것도 필요하지 않으며, 악몽을 꾸지 않으며 잠을 잘 수 있도록 아마 안정제 정도만 있으면 된다고 설명하려고 한다. 악몽이란 바로 그녀가 지금 이 모든 예기치 못한 혼란 한가운데에 있다는 것이다.

"혼란이라고요?"

"네, 바로 그거예요. 아마 바로 그래서 움직이지 못하는 걸 거예요. 그렇지만 저는 몸이 마비된 것도, 경련을 일으키는 것도, 진이 다 빠진 것도, 사지가 마비된 것도, 긴장증이나 자폐증을 앓는 것도, 기력이 쇠진한 것도, 나약한 것도, 간장병이 있는 것도 아니에요. 도덕적으로 움직이지 못하는 거예요. 아무 의욕이 없어요. 완전히 의욕을 상실했어요. 침대에서 일어나고 싶지만 일어나지 못하겠어요. 나는 가정부에게서 명령을 받고, 나랑 아무 관계도 없는 이 군인들이 구둣발로 내 머리를 차도록 내버려 둬요. 거의 그래요. 떠나고 싶지만 그럴 수가 없어요. 이 점은 확실해요."

의사는 그녀가 정말로 움직이지 못하는 건지, 아니면 움직이기를 원하지 않는 것인지 알고 싶어진다.

"움직이지 *못하*는 거라니까요."

143

그는 그녀를 어떻게 도울지 보자고 하며 걱정하지 말라고 한다. 그러나 병의 증상이 경미하기는 하지만 끈질기게 지속된다고 충고한다.

"증상이 경미하기는 하지만 없어지지 않고 끈질기게 계속됩니다. 환자분은 지금 '버드나무 병'이라고 알려진 병을 앓고 계십니다. 우리나라 해안지방에서 생기는 전형적인 병이지요. 이 병에 걸리면 움직이고 싶다는 의욕이 사라지고, 그저 바라보고 기억하고 전후사정을 이해하는 것에 그치게 됩니다."

"그 정도는 아니에요, 의사선생님. 저는 신중한 여자고, 기억하는 것이 건강에 좋지 않을 수 있다는 걸 알고 있어요."

"오히려 그 반대지요."

그렇지만 누군가가 얼마 전 그녀에게 생각하지 않고 기억하지 않는 것이 더 낫다고 말했다. 거의 협박하듯이 말했는데 그게 누구였는지조차 기억나지 않는다. 망각하는 법을 배우는 것은 정말 쉬운 것 같다.

"갑자기 그들이 내 기억을 지우고 싶어하는 것 같다는 느낌이 들더라고요. 어떻게 알겠어요? 새로운 주민등록으로 내 존재를 없애버리려는 건지 뭔지. 아무 것도 이해하지 못하겠어요."

"그런 일은 여기에서 많이 일어납니다. 그것 말고 또 무엇이 걱정되나요?"

마님은 물가에 대한 꿈 얘기와, 한편으로는 괴롭지만 다른 한편으로는 모국어인 스페인어로 꿈을 꿀 수 있어 행복하다는 얘기를 의사에게 들려준다.

"그건 재적응할 때 누구나 겪는 갈등입니다"라고 의사 겸 택시운전수가 그녀를 위로한다. 그녀는 그에게 철학자 같은 면이 있다고 생각하며 기꺼이 위로를 받아들인다.

그 의사는 사람을 위로하는 데 탁월하다. 바로 그가 최고의 처방약이다. 그는 무심한 척 청진기를 그녀의 이마, 눈꺼풀, 입술로 옮겨간다. 그는 마치 자기 손가락으로 부인을 만지는 양 부드럽게 그녀를 만진다. 청진기는 부인의 몸을 오랫동안 만져서 기분 좋게 따뜻해졌다.

그렇게 걱정을 많이 하면 안 돼요, 의사가 권한다. 비록 그녀는 이런 권고를 듣고 싶지 않지만. 그녀는 자기가 무얼 원하는지 모른다. 그래서 그는 몸이 말하는 것을 들어야 한다고 주의를 준다.

"아까 말씀드린 것처럼 몸은 그 특유의 법칙에 의해 조절됩니다."

그는 그녀의 몸이 말하는 것을 들은 듯하다. 청진기를 통해 모든 것을 들은 게 분명하다. 그는 침대 위에 앉아 그녀에게 조금씩 조금씩 다가간다. 그리고 이제는 그녀의 몸을 손등으로, 손가락 끝으로 직접 청진하기 시작한다.

"저엉말로 특유의 법칙이지요." 그녀는 동조하면서 무언가를 말하려고 한다.

"쾌락의 법칙."

그녀는 당연히 그것을 안다.

"자기 소리를 듣는 법칙, 있는 그대로 존재하는 법칙, 그리고…… 여기가 아픈가요?"

"아니오, 아프지 않아요."

"여기는 어때요?"

그녀는 아무 데도 아프지 않다.

지금 온몸이 아플 만한 사람은 바로 작고 습한 우물 속에 갇혀 있는 가엾은 신병 죄수 루초다. 이제 아무도 그에게 신경 쓰지 않는다. 또 다른 젊은 신병이 부인의 큰 창문에서 몇 발짝 떨어진 곳에서 불침번을 서고 있을 뿐이다. 주의를 흐트러뜨릴 만한 장면에서 등을 돌린 채 자기가 맡은 임무에 자부심을 느끼며 잠자지 않고, 어떤 것에도 놀라지 않고, 감기에 걸리지도 않으리라 다짐하며 복종하고 있으리라.

의사가 자기 옆에 있는데 감기 걸릴까 봐 염려하는 사람은 거의 없다. 마님도 그런 걱정을 하는 사람이 아니다. 그래서 그녀는 의사가 조금씩 자기 옷을 벗기는 것을 허락한다. 이는 임상적인 검사를 위해 필요한 것은 아니다.

기억 관련 질병은 초음파 검사로 발견할 수도, 약물로 치료할 수 있는 것도 아니다. 알프레디 의사가 진단한 것처럼 현재 이 나라에서 버드나무 병으로 알려진 질병은 좀 더 즉각적이고 개인적이고 애정 어린 치료요법을 필요로 하는 듯하다. 적어도 이번처럼 특수하고 매력적인 경우에는. 그래서 알프레디 의사는 옷을 모두 벗고, 하얀 퀼트와 시트 아래로 들어가려고 정신없이 준비한다.

10

잘 알고 있듯이 한 번 지나간 시간은 다시 돌아오지 않는다. 침대 속의 두 사람은 지나간 시간을 후회할 이유가 전혀 없고 오히려 그 반대다ー그들은 감사하며 탐닉하고 깊이 잠들어 있다ー. 하지만 밖에 있는 감시병은 잠에서 깨자마자 소스라치게 놀랄 것이 확실하다. 왜냐하면 그 또한 잠들어서 자기 의무와 좋은 의도를 소홀히 했고 그래서 진정한 불행이 일어났기 때문이다. 돌이킬 수 없는 불행이.

그가 무방비 상태라는 점과, 말처럼 컨트리클럽 한복판에서 선 채로 잠을 자지 않고 철조망에 살짝 기댄 채 잠들었다는 점을 이용해서 판자촌 주민들이 그의 제복을 훔쳐간 것이다. 좀도둑질에 익숙한 그 손길, 타인의 소유물을 차지하는 데에 엄청나게 숙련된 빈틈없는 손길을 느끼지 못한다면 생각지도 못한 불행이다. 사람은 누구나 생계를 꾸려야 한다. 저마다 자기 손 닿는 곳에 있는 것을 자기 것으로 만든다. 이를 이해하려면 신문을 읽는 것으로 충분하다. 신문은 그 자체로 타인이 가진 것을 도용하지는 않는다. 신문은 태어난 지 몇 시간도 채 안 되어 쓸모없다는 이유로 버려지기 때문이다. 철조망 건너편의 사람들은 몸을 덮는 데 신문을 사용한다. 그러나 그 전에 먼저 그들은 신문에서 필요한 정보를 뽑아낸다. 많은 이들이 교육을 받았으나 이를 활용할 곳이 부족하다. 아무리 그렇다고 해도 불침번의 제복을 훔쳐 달아난 선량한 청년들을 정당하다고 할 수는 없다. 그것은 순전히 궁핍한 사람들의 실리에 대한 부수적인 예일 뿐이다. 깨끗한 양심과, 군복이 언젠가는 쓸모가 있을 거라는 확신을 안고서 자러 가는 바로 그 사람들.

동이 터 온다. 처음에는 소심하게 터 온다. 마님을 갓 쓰다듬기 시작한 손가락처럼, 철조망을 통해 군인의 단추를 하나하나 풀어 처음에는 군모를, 그 다음에는 재킷, 셔츠, 혁대, 탄

약통, 마지막으로 바지를 거의 마법처럼 벗겨내 공적을 세운 손가락처럼 부드러운 여명의 손가락들.

이러한 여명 속에서는 어디에서나 모든 이들이 계속 자고 싶어한다. 컨트리클럽의 지붕 아래에서도, 병영의 지붕 아래에서도, 을씨년스러운 판자촌의 노천 혹은 반노천에서도 더 자고 싶지만 의무가 부른다. 그래서 잠자는 미녀의 침대 속으로 침입한 이도 일어나서 침대 밖으로 뛰어나와 그녀에게 시트를 덮어서 조심스럽게 감싸준다.

"감기 걸리지 말아요, 우리 예쁜이. 폐렴에 걸리면 안 돼요. 항생제를 구할 수 없으니까."

그녀는 눈도 제대로 뜨지 못한 채 고양이처럼 가르릉 소리를 내면서 대답한다.

"내가 아프면 당신이 치료해 주면 되지요. 그게 의사가 하는 일이잖아요?"

그러나 이미 알프레디는 의자 위에 놓아둔 체크무늬 셔츠를 걸치는 중이다.

"지금은 의사가 아니야, 이 말라깽이야. 헷갈리지 마. 난 지금 가야 돼."

그는 모자를 비스듬히 눌러쓴다. 택시를 몰러 가 봐야 해. 그는 마님에게 친히 설명까지 해 준다. "아니면 혹시 내가 하루 종일 엉덩이를 붙이고 앉아서 쓸데없는 짓을 하며 시간을 때운다고 생각하는 거야? 배고파 죽겠으니까 일어나서 커피 좀 끓여와."

"커피는 없어. 그들이 몽땅 털어갔거든. 모두 다 가져갔어, 가엾은 사람들이. 게다가 내가 일어나지 못한다는 걸 알잖아. 버드나무 병에 걸렸으니까."

그녀는 이 생각이 우스워서 웃음이 나왔다. 하지만 그는 웃을 기분이 아니다.

"이봐, 나는 일을 한다고. 그러니까 장난치지 말고 내가 실업자가 아닌 걸 감사하라고."

그의 말투는 어젯밤과는 완전 딴판이다. 그의 태도도, 표정이나 몸짓도. 마님이 나라를 떠나기 전에, 마님이 되기 전에, 침대 안으로 파고들기 아주 훨씬 이전인 아득한 시절에 수강한 연극 수업에서 배운 것처럼.

오늘 낮의 얼굴을 입은 그는 택시 운전수고, 그녀의 팔을 붙잡고 흔들며 아침식사를 가져오라고 요구한다. "얼른 가져와." 그녀는 성이 나서 말한다.

"좀 진정해. 어젯밤에는 이러지 않았잖아. 어제는 부드럽고 아주 좋았는데. 날 갖고 놀려고 하지 마. 난 남을 쥐고 흔들려고 하는 남자는 딱 질색이니까."

오늘의 남자는 참을성도 없고, 자기와 가까워진 여자를 무시하는 남자로 변해 있다. 그래서 그는 그녀를 침대 위로 넘어뜨린 후 한 손으로 시트를 걷어내고 다른 손으로는 그녀의 가운을 올린다. 그는 바지 지퍼를 내리더니 세부적인 것에는 별 신경 쓰지 않은 채 거칠게 삽입해서 몇 번 요동친 후 서둘러 볼일을 끝낸다.

"잘 기억해 둬. 이게 바로 나란 남자야." 그는 그녀에게 말을 건네면서 일어서서 옷 매무새를 고치고 모자를 푹 눌러쓴다. "나는 이런 남자야. 말보다는 행동을 좋아하지."

그는 외설적이고 다분히 의도적인 동작으로 그 행동이 어떤 것인지 보여준다. 주먹을 꼭 쥐고 손목을 뻗어 허공으로 쏘아올리는 동작을 해 보인 것이다.

"왜냐하면 난 택시 안에서 너무나 많은 말을 듣거든. 설마 내가 돈을 벌려면 택시에서 그 모든 말을 다 들어야 한다고 생각하는 건 아니겠지. 그게 내 직업도 아닌데 말이야."

이렇게 말하면서 그는 체크무늬 셔츠 자락을 바지 속으로 넣고 지퍼를 올린다. 서둘러서, 정확하게.

"요즘은 모든 사람들이 골칫거리가 모가지까지 꽉 차 올랐는데 난 그 사람들이 하는 얘기를 다 들어 줘야 해. 그뿐이 아니야. 때로는 조언까지 해 줘야 하지. 택시에 타는 승객들은 내 머릿속을 자기네 문제로 꽉 채울 권리라도 있다고 생각하는 모양이야. 그래서 집에 오면 아무 말도 듣고 싶지 않아."

"그렇지만 여기는 네 집이 아닌 걸." 부인은 퉁명스럽게 대꾸한다.

"내 집이나 마찬가지지. 내가 여자랑 성관계를 갖는 곳이 내 집이지, 뭘."

"그것도 성 관계라고 한 거야?"

"남자를 거세하려고 드는군. 너도 다른 여자들과 똑같아. 그런 여자들 얘기는 택시에서 많이 들었어. 그것도 너무나 많이. 내일 아침에 보자고. 커피 끓여놓는 것 잊지 말고."

마님은 온갖 말을 동원해서, 자기는 그런 사고방식을 가진 남자를 맞이할 마음이 없다는 것을 알린다. 그녀는 "내가 만나고 싶은 남자는 의사야"라고 딱 잘라 말한다. "의사에게 오늘밤 오라고 전해. 아니면 나는 또 다시 잊게 될 거야."

"잊고 싶으면 잊어. 나와는 상관없는 일이니까. 내가 기억해야 하는 건 승객이 택시에 타면서 말하는 주소뿐이거든." 성실한 택시운전수는 이렇게 잘라 말하더니 거만한 걸음걸이로 문을 향해 걸어간다.

11

새벽은 방갈로를 에워싸고 때로는 방갈로를 포함하기도 하는 군영에 일대 소동을 몰고 왔다. 병사 교대 시간에 불침번이 수치스럽게도 제복을 도둑맞고 속옷 바람이라는 것이 들통 났기 때문이다. 벤토 소령과 그 부하들이 얼마나 분노하고 당황했을지는 가히 짐작할 수 있으리라. 숱한 명령과 이에 반대되는 명령, 모욕적인 언사들이 날아다녔다. 불침번이 차라리 자기가 이 세상에 태어나지 않았기를 얼마나 빌었는지 짐작할 만하다. 혹여 그가 그렇게 빌지 않는다 하더라도 상관들이 곧 그에게 적합한 벌을 생각해낼 것이다. 군사훈련이 컨트리클럽에서 이루어지고 있다는 일급 기밀사항을 고려해서, 불시에 판자촌에 침입하기로 한 계획은 한동안 미루어야 했다. 필시 그 판자촌이 도둑들의 온상일 것이다("그들이 저를 습격했어요. 저를 습격했어요." 불침번이 주장하지만 아무도 그의 말을 믿어주지 않는다). 그러나 그간 숱한 보복과 앙갚음을 했던 것처럼 곧 다시 복수의 시간이 올 것이다.

마님은 이런 악순환들에 신경 쓰지 않고, 자기가 신경 쓰지 않는다고 믿으며, 신경 쓰고 싶어 하지 않는다. 그녀는 베개로 머리를 덮고 다시 잠을 청한다. 간밤의 사건 이후 무척이나 모자라는 잠을. 그래서 끈질기게 문을 두드리는 소리로 듣지 못한다. 아니면 아마 그 소리는 창문 너머에서 들려오는 소리와 혼동되었으리라.

마님이 아무 대답도 하지 않자, 마리아는 그냥 들어가기로 한다. 다른 때처럼 마스터 키를 사용해서. 그리고 아침식사로 김이 모락모락 나는 찻잔과 크루아상 여섯 개가 담긴 접시를 받친 쟁반을 들고 왔으니 이번에는 환영받을 것이라고 확신한다. 마님이 잠든 것을 보자 아주 조심스럽게 쟁반을 침대 왼쪽에 놓아두고 까치발로 얼른 달려가서 오른쪽에 있는 커튼을 치려고 한다. 소리를 내지 않으려고 애쓰며 커튼을 치기 시작하자마자 마님이 잠에서 깨어난다.

"뭐하는 거예요, 마리아?" 마님은 가정부에게 따지듯 묻는다. 그러느라 침대 밑에서 살그머니 빠져나온 손이 접시 쪽으로 향하는 것을 눈치채지 못한다. 손은 크루아상 두 개를 냉큼 채어 얼른 사라진다.

"아무것도 아니에요, 마님, 아무 일도 아니에요." 당연히 마리아는 이렇게 대답할 수밖에 없다. "안녕히 주무셨어요, 마님? 주무시길래 빛이 거슬리실 거라고 생각했어요."

'빛은 거슬리지 않아요. 다른 많은 것들이 거슬리기는 하지만.' 마님은 속으로는 이렇게 대꾸하지만 단지 "커튼을 그대로 둬요, 마리아"라고 말할 뿐이다.

마님은 도전적인 표정으로 지시한다.

그러나 도전적인 표정으로도 누구도 마리아를 이길 수 없다. 마리아 또한 적극적인 도전정신을 발휘하여 아무 일도 없었다는 듯 거리낌 없이 커튼을 쳐서 전망을 차단하려 한다. 바로 조금 전까지만 해도 마님이 자기 의식영역에서 제외시키고 싶어했지만 갑자기 강렬한 관심을 일깨우는 전망을.

"커튼을 그대로 둬요." 마님은 재차 말한다. 그리고 자기가 한 말이 별 효과가 없자, 마님은 협박하려고 한다.

"내 말대로 하지 않으면, 내 말대로 하지 않으면 가만히, 가만히 있지 않겠어요. 어떻게든 뭔가 하고 말 거예요."

이 말에 마리아가 갑자기 복종한다.

"여부가 있겠습니까, 마님. 분부대로 하겠습니다. 아침식사를 가져왔습니다. 밀크커피와 갓 구워 바삭바삭한 크루아상 여섯 개를요."

크루아상에 대한 얘기가 채 끝나지도 않았는데 또 다시 침대 밑에서 손이 나타나더니 마지막 하나 남은 크루아상을 가져간다.

"17번 방갈로에 있는 부인이 크루아상을 주문했더라고요. 왜 그 올림픽 경기장만한 수영장이 있는 방갈로에 사는 부인 말예요. 그래서 마님을 위해 제가 몇 개 가져왔어요. 제가 빵

집 주인을 잘 알거든요." 마리아는 자기의 영향력을 마님이 온전히 파악할 수 있도록 친히 설명해 준다. 그리고는 "저에게 13,000페소 빚지셨어요"라고 덧붙인다. 자기가 마님에게 영향력을 행사하기 위해, 그리고 자기가 공짜로 주는 게 아니라는 점을 알려주기 위해서다.

근본적으로 현실적인 여인인 마님은 빈 접시를 보고 무슨 크루아상을 말하는 거냐고 묻는다.

마리아는 그 문제에서 손을 턴다.

"아, 왜 이렇게 됐는지는 저도 몰라요. 아무튼 저는 크루아상을 가져왔어요. 큼직하고 바삭바삭한 크루아상 여섯 개요. 값은 13,000페소에요. 좀 더 자세히 말하면, 그건 빵집 주인이 제게 빵을 넘겨준 오전 7시의 가격이에요. 지금은 8시 반이니 이제 값은 14,200페소겠네요."

"날 좀 가만히 내버려 둬요."

평온하게 가만히 내버려 두기. 그것은 창문 저 너머의 수칙도, 철조망 이편과 건너편의 수칙도 아닌 듯하다. 밖에서는 과열된 활동이 벌어지고 있다. 이 세상의 작은 부분에 불과하지만 치열한 지역에서. 군인들이 격렬한 분노를 발산하며 깔끔하게 손질된─이제는 그다지 깔끔하지는 않다─잔디 위를 광포하게 밟으며 호전적으로 열 지어 간다. 그들은 구경꾼들에게 겁을 주고자 힘을 과시하며 왔다갔다 행진한다. 구경꾼 중 남자는 몇 명밖에 없고 그들 전부 굉장히 젊다. 그보다는 여자 구경꾼이 더 많다. 여자 구경꾼들은 별로 겁을 먹지도 않고 지켜보지도 않으며 엄밀히 말하면 남자들의 행진을 변형시켜 따라한다. 철조망 건너편의 척박한 땅에서 여자들은 빗자루를 소총인 양 받쳐 들고 위아래로 행진한다.

소령은 열을 지어 행진하는 군인들에게 명령한다. "뒤로 돌아!" "조-준!" 그러자 군인들이 자기의 상대역인 여자들에게 총을 겨눈다. 불손한 여자들에게. 그러나 그녀들은 호락호락 겁을 먹지 않는다. 그녀들은 빗자루를 내려놓고 낡은 냄비를 집어 든다. 이전에도 귀청이 터져라 북처럼 많이 두드려서 심하게 찌그러진 냄비들. 그녀들은 열심히 냄비를 두드린다.[9]

"밖에 무슨 일이죠?" 마님이 드넓은 침대에서 불안해하며 묻는다.

"반란이 있었나 봐요. 반항하는 거죠. 빈민들은 시건방져서 질서, 절도라는 것을 모른다니까요. 하지만 걱정 마세요, 마

---

9   [역주] 1990년대 초반 아르헨티나에서 평범한 여인들이 불안정한 경제상황에 대한 저항의 표시로 냄비 데모를 벌인 바 있다.

님. 군 수뇌부들은 서민을 어떻게 통제하는지 아주 잘 알거든
요. 텔레비전을 켜 드릴게요. 그게 더 나아요. 좋은 채널로 틀
어 드릴게요."

마리아는 권총집에서 총을 뽑듯 호주머니에서 리모컨을 뽑
아든다. 그녀는 리모컨을 무기처럼 다룬다. "조ー준." 그녀의
목소리에는 명령투의 어조가 배어 있다. 그리고는 "발사!"라
고 외친다.

텔레비전은 마법ー전기 마법ー에 걸린 듯 반응한다. 민속
춤을 추는 화면과 음악소리가 방 안을 침투한다.

위협의 위력을 깨달은 마님은 그것을 써먹는다.

"내가 말했을 텐데요, 마리아……."

"알았어요, 끄면 되잖아요. 그러니까 협박하지 마세요. 저
에게 빚진 15,000페소만 내시면 바로 갈게요. 저는 할 일이 많
다고요. 아시겠지만."

"15,000 페소라니요?"

"크루아상 값이요. 제가 말씀드렸을 텐데요."

마님은 기가 막혀 쟁반을 가리킨다.

"내가 크루아상을 한 개라도 봤나요? 내가 그걸 먹기라도 했
나요? 도대체 나한테서 뭘 받고 싶은 거예요? 여기 크루아상이
있나요? 그리고 아까는 13,000페소라고 했잖아요? 15,000페

소가 아니라."

"그건 제가 방 안으로 가져왔을 때의 가격이죠." 마리아가 화를 내며 대꾸한다. "마님이 언쟁하면서 시간낭비하지 말고 돈을 내셨으면 됐잖아요. 왜냐하면……" 마리아는 부동자세를 취하면서 자랑스럽게 말한다. "초 인플레이션 때문이죠, 마님. 여기에서는 시간을 낭비하면 안 돼요. 지금 15,000페소니까 가격이 더 오르기 전에 서두르시는 게 좋을 거예요."

마님은 이런 종류의 농담이 전혀 우습지 않다. 마님은 마리아에게 자기를 이런 식으로 이용하고 국가의 심각한 경제상황을 조롱하다니 부끄러워해야 한다고 말한다. 마리아는 오히려 화를 낸다. 자기가 행하거나 말하는 것은 전혀 농담이 아니며, 그 점을 증명하기 위해 벤토 소령을 부르겠다고 한다.

"부르든지 말든지. 어차피 그러지 말라고 해도 부를 거잖아요……."

이 말을 듣고 마리아는 만족스러워한다. 자기가 인정받았다고 느낀 것이다. 다행히 마님도 마리아가 이제는 이전의 마리아가 아니라는 것을 깨닫는다. 마리아는 거기 있는 군 수뇌부들에게서 지속적으로 훈련받는 중이다. 그 훈련은 체계적이지는 않지만 교묘하고 효과 만점이어서 마리아는 이제 말로 하는 공격 혹은 그 외 어떤 공격에서든 스스로를 보호할 줄 안다. 그녀는 반란에 대처하는 법과 비전통적인 전투 기법을 배웠다. 그녀는 매뉴얼에서 소개하는 것처럼 "백전백승의 빈 틈없고 대담한" 사람으로 변했다. 그녀는 이미 매뉴얼의 내용을 다 외우고 있다.

"벤토 소령님께 말씀드리겠어요." 그녀는 골프장 쪽 창문을 빠져나가면서 협박처럼 이 말을 남긴다.

12

"……루아상 값을 내려고 하지 않더라고요." 마리아가 벤토 소령에게 일러바치는 중이다. 그러면서 그 둘이 창문가에 나타나더니 방 안으로 들어온다.

마님은 웃어야 할지, 울어야 할지, 이불 속으로 들어가야 할지, 죽어라고 악을 써 대야 할지 알 수가 없다. 오로지 자기가 일어나지 못하리라는 것과, 자기가 죽을 때에는 부츠를 신고 죽지는 않으리라는 것을 알 뿐이다. 심지어 슬리퍼조차도 신고 죽지 않을 것이다.

소령은 아직 그녀를 쳐다보지도 않았다. 그는 마리아에게 지시하는 중이다.

"나에게 보고하다니 정말 잘한 일이다, 하사. 여기에서는 아무 것도 과도해서는 안 된다. 여기에는 질서만이 존재해야 하고, 여기에서는 우리 모두 한 팀으로 움직여야 한다. 우리는 매일 일 분에 한 번씩 새로운 도전을 받는다."

마님 또한 이런 동요에 휩쓸릴 뻔했으나 주의를 다른 곳으로 돌리게 된다. 침대 밑에서 꽤 소심한 듯한 손이 조심스럽게 나타나더니 커피를 한 방울도 흘리지 않고 찻잔을 가져가는 걸 보았기 때문이다.

그녀는 놀라움을 참지 못하고 소리친다.

"손이다!"

이 외침은 소령이 콧수염을 쓰다듬을 만한 좋은 구실을 준다.

"손이라고요? 무슨 말인지 설명을 해 보시지요, 부인."

"손을 봤어요. 손이 내 찻잔을 가져갔어요. 크루아상도 가져간 게 분명해요. 모두 다 가져갔어요."

"그렇습니다, 부인. 지당하신 말씀입니다. 그들은 전부 다 가져갑니다. 시대에 뒤떨어진 좌파가 국민들 간에 불화를 조장하려고 행하는 전형적인 행동이지요. 그들은 전부 다 가져가서, 식량 부족을 유발합니다. 체제를 불안하게 하고 자기네 명맥을 유지하기 위해 무슨 일이건 다 합니다. 식량을 약탈하고, 빈민층을 선동해서 슈퍼마켓을 털지요. 그런데 최악은 정부가 그걸 진압하지도 못하고, 아무 조치도 취하지 않는다는 겁니다. 그래서 우리 임무는 정부를 교체하는 것입니다."

이렇게 말하며 소령은 마리아를 바라본다. 마리아는 만족해서 고개를 끄덕이고, 소령은 다시 콧수염을 쓰다듬으며 자기 신념을 선언한다.

"좌파!! 이 시대의 진정한 원흉."

소령의 일장연설을 유발한 바로 그 손이 아마도 그의 말이 잘못되었다고 반박하려는 비열한 목적에서, 다시 나타나 찻잔을 돌려준다. 침대 발치에 있는 쟁반 위 접시에 찻잔을 내려놓은 것이다. 찻잔에는 아무 것도 없다.

이상하게 보이겠지만 이 사실이 마님을 안심시킨다.

"죄송하지만 잘못 아신 거예요, 소령님. 그건 좌파가 아니었어요. 그건 틀림없이 우파였어요."

"지금 이 나라에는 위험한 도둑들과, 민중이 처한 어려운 사회상황으로 이득을 보는 좌파 선동가들로 가득합니다. 그러나 걱정하지 마십시오. *우리들이* 곧 조치를 취해서 반란을 막을 겁니다."

"민중이 겪고 있는 고통을 해결하겠다는 뜻인가요?"

"물론 아니지요. 불만분자를 제거할 겁니다."

마님은 반대할 권리가 있다고 생각한다.

"닥치시오, 부인. 내 말에 토 달지 마시오. 부인은 아무것도 모르고, 아무것도 보지 못하오. 그저 고정관념에 순응하는 것이 좋을 거요. 보아하니 부인은 좌파에 동조하는 것이 확실하고, 모든 여자들처럼 어리석군요."

마리아는 소령의 말이라는 달콤한 성배聖杯를 마시면서 부동자세를 취한다. 그는 말을 잇는다.

"우리는," 그는 손가락으로 자기를 가리켜 보인다. "우리는 이 원흉을 어떻게 처치할지 잘 알고 있소. 이곳의 모든 문제점은 좌파 때문에 생긴다오. 당신들 좌파들이 이토록 부유한 나라에, 단지 소의 혀를 먹기 위해 소를 도살하는 이 나라에 굶주림이 존재한다고 믿게 만들려고 하잖소. 우리들이 권력을 잡으면 오히려 그 반대되는 법령을 포고하겠소."

"하지만 최근……" 고집스런 마님이 말문을 연다.

"최근은 없소. 여기 있는 바로 이 연대가 온갖 비바람에 맞서, 공군과 해군에 맞서, 우리 편이 아닌─가엾고 불행한 자들─육군에 맞서 권력을 잡을 것이오. 불만분자들, 낙담한 자들, 불평하는 자들, 반감을 품은 자들을 모조리 제거하기 위하여! 물론 반항하는 여자들도 제거할 거요. 그러니 조심하시오…… 노동계급의 이 훌륭한 대표자에게 부인이 빚진 것을 갚아 우리를 평안하게 있도록 해 주시오. 이런 표현이 적절한지 모르겠소만."

화살처럼 재빠르게 마리아는 빚이 27,000페소까지 올랐다고 말한다.

마님은 그 말을 따르려는 태도를 보이지 않는다. 그러나 소령은 이런 수동적인 불복종을 미처 알아보지 못한다.

"한 번 말했으니 두 번 말하지 않겠소. 돈을 내고 좌파의 손에 놀아나지 마시오."

"그건 오른손이었어요. 분명히 봤는걸요. 똑똑히 기억나요."

"기억하는 것은 바람직하지 않소." 제복을 입은 남자가 선언한다.

마리아는 시계에 시선을 고정시킨 채 이자가 늘어나는 것을 보고 있다.

"이만 칠천 육백, 칠백, 팔백. 오전 열 시 정각, 크루아상(제품) 여섯 개 값은 중앙 주식시장에서 28,000페소에요. 그리고 계속 오르고 있어요."

침대 속의 누군가는 예기치 않게 계속 치솟는 가격에 대해 자기 입장을 변호하고자 하지만 체념하는 법을 익혀야 한다. 적어도 다른 대안이 남아 있지 않을 때에는. 마님은 자기가 지는 게임을 하고 있다고 직감하고 지갑을 찾아 손을 뻗는다. 그러나 그녀의 손만 지갑을 찾는 것은 아니다. 또 다른 손들이

불쑥 나타난다. 털이 수북한 큰 손들, 더 작지만 마찬가지로 부지런히 움직이는 손들. 전에 나타난 바로 그 손들이지만 지금은 식충 식물처럼 뒤흔들고 뒤틀며 다가오는 손들. 손들은 지갑을 집으려고 하지만 그러지 못한다. 침대 위의 전진초소에 있는 마님이 위치상 더 유리하기 때문이다. 손들은 활동적으로 움직이지만 소심하다. 그것들은 팔의 일부만 드러내려고 하며 공공연하게 나오려고 들지 않는다. 깃털이불의 주름과 레이스 달린 시트 사이로 손만 빼꼼히 나와 지갑을 훔치려고 한다. 하지만 마님은 이미 지갑을 들고 돈을 꺼내어 마리아에게 얼른 건네준다.

벤토 소령은 차려 자세를 취한 채 못 본 척한다. 뱀 같기도 하고, 고르곤의 머리 같기도 한 무수한 손들 앞에서 총도 없는 남자가 혼자 무엇을 할 수 있겠는가?

반면 마님은 어느 정도 느긋해져서 슬슬 재미를 느끼기 시작한다.

"나는 이런 일에 익숙하지 않아요. 얼마나 변했는지…… 나는 가장 희한한 일들이 일어나는 도시에서 방금 돌아왔어요. 하지만 여기에서의 일들과는 딴판이었지요."

소령은 그 의견을 칭찬으로 받아들인다.

"이곳은 세계 최고의 나라요. 이제 곧 이 점을 입증하고 말겠소. 우리와 함께 새로운 역사가 시작될 것이오. 세계 최고의 나라, 곧 보게 될 거요.”

“음, 그것은 정말 못할 짓 아닌가요.”

“부인은 우리가 말하는 것을 전혀 진지하게 받아들이지 않는구려. 그렇지만 곧 보게 될 거요.” 벤토 소령은 군인으로서의 평정을 잃고 엄포를 놓는다. “사회적 시한폭탄이 터져서 그들을 진압하지 못할 때가 되면 부인도 알게 될 거요. 그들이 무릎을 꿇고 우리에게 도움을 요청하게 될 테니까. 부인도 보게 될 거요. 정부는 지금 밖에서 분주하게 고무총알과 최루가스를 제작하는 중이라오. 그들 때문에 웃음이 나오. 나 참 웃겨서, 고무총알이라니! 반면 우리는 군비를 잘 갖추었다오. 매뉴얼에 적혀 있는 것처럼 ‘우리는 사건을 일어나게 할 수 있는 두뇌와 심장과 근육을 가지고 있소. 강력한 무기는 우리 자신을 연장한 것과 마찬가지요.’ 우리는 엘리트 부대요. 우리는 어떤 총알을 사용해야 하는지 잘 알고, 그 총알들은 성능이 아주 뛰어나다오. 암, 아주 뛰어나지. 내 말을 믿으시오.”

그것은 무쇠 같은 규율에 전혀 맞지 않는 가벼운 가려움증 때문에 벌어진, 의도하지 않은 행동이었을 것이다. 실은 소령이 마지막 말을 하며 자기 사타구니를 손가락으로 만지기 시작한 것이다. 비록 조심스럽기는 했지만. 그러나 차츰 조심스럽게 만지는 대신 힘을 주어 만지면서 소령이 침대로, 그리고 침대 위에 누워 있는 마님에게로 다가간다.

마리아가 소령에게 그의 임무에 필요한 신중함을 일깨운다.

"소령님." 마리아는 낮은 목소리로 소령에게 말하면서 소령의 어깨를 붙잡는다. "소령님, 가십시다." 마리아는 되풀이해서 말한다.

소령은 현장에서 붙들린 것처럼 놀라서 마리아를 쳐다본다. 하지만 곧 평정을 되찾는다.

그는 뒤를 돌아 마리아를 호위하며 창문 쪽으로 향한다. 마리아는 소령에게 지폐를 몇 장 건넨다. 마리아는 그를 따라가지 않기로 마음먹는다. 소령은 잠자코 정면으로 퇴장하고, 그녀는 마님을 향해 의기양양한 태도로 돌아온다.

"어쩐지 마님이 최소한 대령님과 친하실 거라는 생각이 드는군요."

마리아는 자기가 한 말과 자기가 불쾌하다는 것을 강조하려고 리모컨을 눌러 다시 텔레비전을 켠다. 그리고 침대 위에 있던 빈 쟁반을 넌더리를 내며 집어들고 잔뜩 성이 난 채 물러간다.

13

벽면 하나를 거의 다 차지하고 있는 대형 텔레비전 화면 위로 수도의 아름다운 영상들이 나타난다. 꽃이 만발한 판야나무 가로수길, 흙빛보다 더 짙은 자줏빛 꽃이 활짝 핀 자카란다 나무들, 나무가 울창한 거리와 찬란하게 빛나는 공원들이 마치 실수로 그곳에 있는 것 같다. 깨끗한 거리들, 사람들이 즐겁게 길을 걷는 모습, 사람들이 좋은 아이디어를 내서 크고 낡은 집을 개조한 식당들이 보인다. 쓰레기통도 보이지 않고, 쓰레기통을 뒤지는 사람들도 보이지 않는다. 그리고……

마님은 이제 더 이상 참을 수가 없어져 갑자기 울음을 터뜨리고 만다. 꺽꺽 소리를 내며 하염없이 목 놓아 운다. 그녀는 침대 위에 쓰러져 주체하지 못하고 마음껏 눈물을 쏟는다. 눈물이 분수처럼 마구 흐른다. 그래서 그녀는 침대자락 주름 사이로 손 두 개가 살금살금 기어 나와서 침대 끝을 움켜잡는 것조차 알아채지 못한다. 그녀는 이발기로 짧게 빡빡 깎은 머리가 손 뒤로 나타나는 것도, 짧은 머리 아래에서 초롱초롱 빛나는 두 눈도 알아채지 못한다. 그건 바로 루초다. 팔꿈치로 땅을 기어야 했던 신병, 땅 속에 묻히는 벌을 받은 훈련병, 마침내 가혹한 우물에서 탈출하는 데 성공해서 지금은 그녀를 위로하려고 하는 루초.

"울지 마세요, 부인. 왜 우시나요?"

좋은 질문이다. 그녀는 평정을 되찾고 그 질문에 걸맞게 진지하게 대답하려고 애쓴다.

"저게 바로 나의 도시예요. 텔레비전에 나오는 저 도시가요. 지금의 도시는 더 이상 내가 알던 나의 도시가 아니에요. 모든 것이 바뀌었거든요. 이제 나는 누가 적인지, 누구를 상대로 싸워야 하는지 모르겠어요. 예전에 이곳을 떠나기 전에는 알고 있었어요. 하지만 이제 더 이상 적은 없어요. 아니면 적어도 적이 없다고 말하지만 있는 거겠죠. 아무튼 이제 나는 내가 어디 서 있는 건지 모르겠어요."

"하지만 지금 부인께서는 누워 계시는데요." 루초가 분별 있게 일깨워 준다.

"그렇네요." 마님은 이렇게 순순히 인정하더니 또 다시 목 놓아 울기 시작한다.

"부인." 루초는 그녀를 다시 현실로 되돌리려고 한다. "부인."

"나는 저 도시에서 살려고 돌아온 거지, 지금 이 도시 때문에 돌아온 게 아니에요. 기억을 되찾으려고 돌아왔는데 그들이 내 기억을 빼앗으려 하고, 지우려 들어요. 내 기억을 쓸어 버리려고 해요. 꼼짝달싹 못한 채 남의 침대에 틀어박혀 있는 것이 내 기억과, 그들이 우리에게서 빵을 빼앗아가는 힘으로 우리에게서 그토록 빨리 빼앗아가려는 모든 것을 보존하려는 내 나름의 방법이라면요? 예전에는 그토록 빵이 많았는데. 포도주도 많이 있었단 말이에요." 마님은 계속 훌쩍훌쩍 울면서 말한다.

"아무 것도 이해할 수 없어서 우는 거예요"라고 그녀는 말을 덧붙인다.

"아, 그렇군요." 루초가 마음을 놓는다. "그래서 우시는 거라면, 이해를 못해서 우시는 거라면 우리 모두 울어야겠는데요. 부인 곁에는 저희가 있어요. 이해가 안 된다는 점이 울 이유는 아니지요."

"아니라고요? 음, 그러면 아마 내 친구인 의사가 진단해 준 대로 내가 버드나무 병을 앓고 있어서 우는 걸 거예요. 내 병은 울보 버드나무 병인 게 분명해요."

"만약 그렇게 진단하신 게 알프레디 선생님이라면 상황은 달라져요. 알프레디 선생님은 무슨 일이든 잘 알고 계시거든요. 선생님은 모든 문제를 해결하실 수 있어요. 곧 알게 되실 거예요. 저는 제가 부인의 크루아상을 훔쳐가서 우시는 줄 알았어요. 그건 심각한 일이지요. 정말 죄송합니다. 용서해 주시겠어요? 크루아상 값을 그렇게 비싸게 받을 줄 알았다면 제가 부인께 직접 와서 돈을 빌려달라고 했을 텐데요."

"그거야 인플레이션율이 높으니까요."

"네, 하지만 저한테 그 돈을 맡기셨다면 좋은 곳에 투자하시는 것과 마찬가지거든요. 제가 채권에 투자했을 테니까요."

마님은 돈 얘기가 지루하기만 하다. 마치 그녀가 다른 세상 사람이기라도 한 양. 그녀는 자기 침대 밑에서 나타난 친절한 머리에게 질문을 하는 것이 더 좋다.

"이름이 뭔가요?"

루초는 목례를 한다. 그토록 불편한 자세로 할 수 있는 최선의 인사법이기 때문이다. 그리고 다음과 같이 복창한다.

"신병 호세 루이스 구티에레스, 보병 제8연대, 제3중대 소속입니다. 지금은 특공부대의 사령부로 사용되고 있는 '라스 라나스'10 컨트리클럽 골프장에서 훈련받는 중입니다." 그는 자기를 소개하며 보고하더니 이렇게 말한다. "집에서는 루초라고 부릅니다."

이 마지막 말은 달콤한 목소리, 거의 어린아이 같은 목소리로 말해서 마님의 모성애를 일깨운다. 그간 숱한 기후와 관습

---

10 [역주] '라스 라나스'는 스페인어로 '개구리들'이라는 뜻이다.

의 변화를 겪으면서 염세적으로 변한 자신의 마음속에 깃들어 있지 않다고 생각하던 모성 본능을. "본국으로 돌아왔기 때문에, 갑자기 익숙한 것들에게 돌아왔기 때문일 거야"라고 그녀는 혼잣말을 한다. 그러면서 그녀는 보병 제8연대, 제3중대 소속의 호세 루이스 구티에레스 신병에게 말한다.

"거기 아래에서 나와요, 루초. 거기 있지 말고요. 거기에 그렇게 있으니 꼭 아스텍 꽃 같거든요."

그러면서 웃는다. 소년은 아마 그녀가 무슨 말을 하는지 알아듣지 못하리라. 그녀는 젊은 시절의 기억, 옛 기억에 잠겨 있음에 분명하다. "탁자 위에 몸통 없는 머리가 나타나곤 했어요. 구舊 레티로 공원에서요. 정기 장날에 이루어지는 범죄였죠." 그녀는 혹시나 싶어서 설명한다.

"지금은 거의 아무도 장에 갈 수 없어요. 돈이 없거든요." 루초는 옛 시절을 그리워하며 말한다.

"루초." 그녀가 온화하게 말한다. "거기 아래에서 나와요, 루초."

그는 머리를 젓는다. "아니오, 안 돼요"라고 머리가 말한다.

"그럴 수 없어요." 이번에는 입이 말한다. "저는 군 복무 중이거든요."

"군 복무요? 어디 소속인데요? 해군 첩보단 소속인가요?"

밖에서는 상관들이 심사숙고한 끝에, 불침번을 서는 동안 잠이 든 병사에게 본보기로 벌을 주는 소리가 들린다. 그 때문에 아무도 우물에 갇힌 죄수를 기억하지 못하는 것이다. 철썩 철썩, 채찍질 소리가 들린다. 소리는 나지 않지만 더욱 가혹한 다른 징계수단이 동원되는 것만 같다. 철썩, 또 다시 철썩 소리와 함께 "명령 불복종자!", "반역자!", "무책임한 놈!"이라는 고함소리가 들린다. 매국노, 배신자, 좌파. 이것들이 이런 상황에서 사용되는 말들이다. 하지만 당사자에게는 조금도 재미있지 않다.

루초는 무슨 일이 벌어지는지 이해하고 얼른 침대 밑으로 사라진다. 지난 십 년간 외국에서 산 마님은 겁먹은 것 같지 않다. 그녀는 침대 위로 몸을 길게 뻗고 침대보 사이, 침대 밑을 들여다보려고 한다.

"거기에서 뭘 해요, 루초? 참호를 파나요?" 그녀는 나직한 목소리로 묻는다.

루초는 코만 겨우 내놓은 채 입에 손가락을 갖다 대며 "쉬" 소리를 낸다.

마님은 놀고 싶어서 루초에게 도로 나오라는 신호를 보낸다. 그녀는 최선을 다해 그를 보호해 줄 것이니 자기와 있는 것을 겁낼 필요 없다고 알려준다. 루초는 그런 상황에서는 자기가 원한다 할지라도 그리 멀리 갈 수 없다는 것을 깨닫고 숨어 있던 곳에서 나온다. 그는 완전히 벌거벗었다. 그의 엄마가 그를 낳아주었을 때처럼, 더 정확하게는 군 장병들이 벌을 주고자 그를 대지의 뱃속으로 집어넣었을 때처럼. 한 순간도 지체하지 않고(이와 반대되는 것을 기대했겠지만) 마님은 침대보를 들어올려 루초에게 이불 속으로 들어와 누우라고 한다. 남녀간의 친밀한 행위는 전혀 아니다.

"판자촌 사람들이 이렇게 발가벗긴 거죠?" 마님은 그를 바라보지만 욕정을 느끼지는 않는다.

"아니에요." 루초가 대답한다. "저에게 벌을 준 상관들이 그런 거예요. 훈련의 일부거든요. 제 상관들은 우리 모두 빠르건 늦건 한 번은 죄수가 되어야 한다고 생각해요. 가장 혹독한 방법을 통해 군인이 되는 법을 배운다나요."

"나도 봤어요."

"안 돼요, 부인은 아무 것도 보지 않은 거예요. 과거에도, 현재에도, 미래에도 아무 것도 보지 않은 거예요. 뭔가 보신다면 그들이 부인을 죽일 거예요. 위험한 사람들이니까 조심하세요. 그들은 장난하는 게 아니에요. 그들은 발길질로 억지로 형태를 만들어서 조국을 구하려고 해요."

이런 생각으로 마님은 참을 수 없는 슬픔을 느끼고, 또 다시 울음을 터뜨리기 시작한다. 침대로 들어와 마님 곁에 누운 젊은 병사는 어떤 말로 그녀를 위로하면 좋을지 알 수가 없다.

"울지 마세요, 제발. 그렇게 우시면 제가 정말 속상해요. 혹시 시장하셔서 그러시는 건가요? 제가 부인의 크루아상을 가져갔잖아요? 크루아상 두 개는 여동생에게 주었어요, 가엾은 파트리시아. 부인이 오시기 전까지 판자촌에서는 3일간 아무 것도 먹지 못했답니다. 그러니 기분 푸세요."

"그 말이 맞아요. 내가 조금이라도 도울 수 있으니……."

"이제 부인은 도우실 수 없어요. 부인도 시장하시니까요. 하지만 곧 고기를 얻게 될 테니까 너무 걱정하지 마세요. 그러면 배고픔도 사라질 거예요."

마님은 몹시 서글프다.

"나도 차라리 당신들처럼 배가 고프면 좋으련만. 그러면 좀 더 연대감을 느낄 수 있을 텐데."

"어떻게 배고프지 않을 수가 있죠? 이 나라에서는 모두가 굶주리고 있어요. 그게 지금의 상황이거든요."

"예전에 이 나라에는 배고픔이란 게 없었어요. 늘 먹을 것이 넘쳐났거든요."

"우리나라 말씀하시는 거지요?"

"나는…… 마치 이 나라 사람이 아닌 것 같군요. 철저히 아웃사이더가 된 것 같아요. 아무 것도 이해하지 못하겠어요. 적응할 시간이 필요해요. 앞뒤 일을 맞춰보고 매듭을 지을 시간이요. 모르겠어요. 나는 제법 먼 곳에서 왔거든요."

"그럼 어디 출신이신데요?"

"나는 이 나라 출신이에요. 그렇지만 십 년 전 군부독재 때문에 이 나라를 떠났죠. 지금은 민주주의 국가니까 돌아오면 모든 것이 훨씬 더 명확할 거라고 생각했어요."

루초는 마님 앞에서 팔꿈치에 얼굴을 괴고 있다가 베개 위로 털썩 쓰러진다.

"전 그런 건 하나도 모르겠어요. 지금 저는 병역 의무를 다하는 중이고, 그들은 그런 사소한 일까지 생각하도록 내버려두지를 않아요."

"지금 내가 하는 것도 군 복무나 마찬가지에요. 귀환 작전의 일부인 거죠. 내가 이 컨트리클럽에 온 건 휴식을 취하면서 이 나라에 새롭게 적응하기 위해서라고 생각했어요. 그런데 아마 뭔가 다른 것이 더 있는 것 같아요……."

"아마도요. 저는 아무 것도 모르겠어요. 일개 신병에 불과하거든요."

14

창문으로 들어오는 소리들은 감정적인 강도도, 음향의 강도도 다양하다. 보잘 것 없는 불침번에 대한 분노는 어떤 이유 때문인지 몰라도 누그러들었고, 이제는 차츰 말과 칼이 만들어내는 숨죽인 소리가 들린다.

루초와 마님은 당면한 상황 때문에 꽤나 열띤 이야기를 나누는 중이다. 그러다 '쿵' 하는 소리가 나면서 침대가 조금 흔들린다. 뒤이어 놀라움과 격려를 표하는 욕설과 고함소리도 들린다. "힘내, 아폴로, 일어나!"

이와 거의 동시에 더욱 먼 곳에서 들려오는 고함소리는 승리의 함성이다.

루초는 즉시 귀를 쫑긋 세우고 팔꿈치로 짚고 몸을 일으킨다.

"됐어. 드디어 해냈구나! 제 여동생이 등심으로 가져오면 좋겠어요."

"등심이라고?" 마님이 반문한다.

"네, 말의 등심이요. 말고기는 아주 영양가가 높다고 하더군요. 군마가 죽어서 쓰러졌어요. 이 얘기 못 들어보셨나요? 지금쯤이면 우리 동네 청년들이 말고기를 베어내서 분배하고 있을 거예요. 그들 모두 준비를 단단히 했고, 개중에는 칼을 갈아둔 녀석도 있어요. 등심을 확실히 받아놔, 파트리시아!"

"당신들 모두 미쳤군요."

"아니오, 우리들은 단지 배가 고플 뿐이에요."

"미안해요." 마님이 사과한다. "정말 미안해요."

"걱정 마세요, 고기는 모든 사람에게 돌아갈 만큼 충분히 있으니까요. 빨리 움직이기만 하면 말이죠. 사실 우리 판자촌 에는 사람들이 점점 늘어나요. 도시에서 살 곳 없는 사람들이 우리 동네로 많이 오거든요. 우리 동네에서는 그런 사람들을 받아들여요. '중산층은 가라!'라는 푯말을 세워둔 다른 판자촌 들과는 다르지요. 심지어 컨트리클럽 사람들도 와요. 벤토 소 령이 사람들을 쫓아내고 있어서……."

"뭔가 해야겠군요." 마님은 그게 정확히 무엇인지는 모르지 만 의견을 낸다.

"네, 그래야 해요. 하지만 조금 전에 얘기하던 걸 마저 얘기 해 주세요."

골프장에서는 군 장병들이 고함을 지르는 중이다. "이 사기 꾼 같은 놈들!", "하이에나 녀석들!" 군인들은 판자촌 사람들 에게 소리를 지르며 소총 개머리판으로 때리려고 한다. 그렇 지만 말고기 도둑들은 한창 신바람이 났다. "하이에나 같은 놈들아!" 압제자들은 계속 고함을 지르지만 아무 소용없다.

결국 군인들은 다른 사람들, 즉 굶주린 사람들을 부르고 있으니까. 군인 한 명이 음울한 기도문을 읊조린다. "가엾은 아폴로, 아폴로는 녹초가 되었사옵나이다. 저희가 그를 너무 혹사시켰나이다. 그는 자기 임무를 다하였나니." 그러자 더 단호한 다른 목소리가 말한다. "그는 군인처럼 죽었다." "적의 손에 도살당한 거지요." 처음 탄식한 사람이 울부짖는다. "그 불행은 더 이상 귀관과 관계없는 일이다." 단호한 목소리가 확고하게 못 박는다.

이 모든 소동 사이로 이번 일은 결코 그냥 넘어갈 수 없다고 말하는 벤토 소령의 흔들림 없는 침착한 목소리가 들린다. 이제 법도 질서도 더 이상 존재하지 않고, 적들이 자기들을 웃음거리로 만들었는데 그것은 결국 조국의 군대 전체를 우롱한 것이나 마찬가지이며, 정부가 무능하고 무력해서 존경을 얻지 못하니 이제 자기들이 나서서 철저하게 법을 회복하여 존경을 받을 때가 왔다는 것이다.

소령이 이런 말을 하며 몸짓으로 신호를 보낸 모양이다. 갑자기 소규모 분대가 창문을 통해 방 안으로 난입하니 말이다.

루초는 얼른 이불 밑으로 사라진다. 그는 커다란 흰색 구더기처럼 이불에 싸인 채 천천히 미끄러져 들어가 다시 침대 밑으로 기어들어 간다.

분대원들 뒤로 벤토 소령과 그의 부관이 들어온다. 아무런 양해도 구하지 않고. 반항적이고도 황당한 표정을 짓고 있는 마님에게 눈길 한 번 주지 않고.

먼저 부관이 말한다. "그들이 도가 지나쳤습니다." 그가 푸념한다.

"바로 그렇기 때문에 행동할 때가 되었다." 소령이 단호하게 말한다. "우리는 거리로 나갈 것이고, 대통령 관저를 향해 계속 행진할 것이다."

벤토 소령은 그들이 자기에게 기꺼이 권력을 넘겨줄 것이라고 확신한다. 다름 아닌 바로 자기에게. 왜냐하면 그는 완벽하게 훈련된 최정예 엘리트 부대를 이끌고 가기 때문이다. 굶주림 때문에 쇠약해져서 병영에 남아 있는 병사들과는 달리 완전하게 단련된 부대를. 군사교범을 처음부터 끝까지, 오른쪽부터 아니, 미안, 뒤부터, 이것 역시 아니네, 결국 자기네가 그 군사교범을 집필하기라도 한 양 그 내용을 완전하게 숙지하고 있는 엘리트 부대. 또한 그들은 『전투 중인 특수부대원들』을 읽고서 그것을 전부 외우고, 아주 난폭한 전투훈련을 실시한 바 있다. 게다가 그들은 우리에게 기쁜 마음으로 권력을 이양할 것이다. 정부는 우리 사회의 불만이 폭발 일보직전이라는 것을 알고 있으니 말이다.

"정부가 불온한 민중을 진압하고자 아무 조치도 취하지 않는다면 그럴 때 개입하는 것이 우리의 임무다."

그러나 부관은 소령만큼 확신에 차 있지는 않다.

"그렇게 생각하십니까? 잠깐 기다리며 좀 더 생각해 보십시다."

소령은 부동자세를 취하며 발뒤꿈치를 붙인다.

"우리 군인은 의심하지 않는다. 다만 행동할 뿐이다. 명심하라, 존경하는 나의 부관이여, 다음과 같은 현명한 말을 기억하라. '의심은 지식인들의 발상이다.' 아니면 우리가 하는 말을 안 듣는 척하면서 듣고 있는 저기 침대에 있는 여자와 같은 여성 지식인들이 하는 발상이란 말이다. 그러나 우리는 그녀가 우리를 주시하고 있고, 우리를 동경한다는 것을 알고 있다. 그렇지 않소, 자기? 그녀는 우리를 동경하므로 때가 되면 우리와 합류할 것이다. 어느 쪽이 이길지 알고 있으니 말이다."

그는 마님에게 윙크를 하고서 뒤돌아간다. 그래서 마님이 역겨운 표정을 짓는 것을 미처 보지 못한 채 부대를 소집하러 창문 쪽으로 향한다.

15

부대, 그보다는 얼마 안 되는 숫자 때문에 분대라는 말이 더 어울리겠지만 좌우지간 소령의 부름에 응한다. 부대원들은 사냥개 같은 데가 있다. 헐떡거리는 개들, 아마도 각설탕을 달라고 조르며 헐떡거리는 개와 비슷한 데가. 그들은 측은한 마음을 불러일으킨다. 적어도 금발머리의 마님에게는 그렇다. 마님은 그들과 말 한 마디 주고받지 않았는데도 자기 방을 침입하는 것을 허용한다. 그녀도 항의 한 번 하지 않고, 그들도 허락을 구한달지 사과를 한달지 적어도 "좋은 아침입니다"라는 인사조차 할 필요가 없다고 생각하는 게 분명하다. 그들의 시선은 자기네 지도자에게 고정되어 있고, 그녀는 이해하려고 애쓰면서 눈살을 찌푸린다. 이런 일은 예전에도 겪은 적이 있다. 비록 그녀가 직접적으로 겪은 것은 아니지만. 무언가가 그녀의 기억 언저리에서 떠오르려고 하는데 그녀는 그 기억을 회복하고 싶어 하면서도 동시에 원하지 않는다. 그러나 그녀는 기억을 복구하기를 원하고, 그러기 위해 모든 노력을 다하고, 그것이 매우 필요하다는 것, 거의 사활이 걸린 일이라는 것을 안다. 그리고 두 눈을 감은 채 꼼짝 않고 누워있으니 제자리로 돌아갈 수 있을 것이라는 예감, 그녀의 내면에 있는 수수께끼의 조각들을 맞출 수 있으리라는 예감, 그렇게 해서 기억이 이 모든 부조리를 얼마간 이해하는 데 도움이 되리라는 예감이 든다.

벤토 소령은 그녀가 생각에 골몰해 있는 것도, 심지어 그녀가 눈을 감고 있는 것도 그냥 내버려 둘 심산이 아닌 듯하다. "경계하라!"라고 명령한다. 당연히 자기 부하들에게 명령하는 것이다. 그러나 소령이 외치는 소리가 하도 크고 날카로워서 마님은 명치에서 그 소리를 느끼고 벌떡 일어난다.

차렷! 뒤로 돌아! 앞으로 갓!

다소 좁은 공간의 이쪽 끝에서 저쪽 끝으로 행진이 시작된다. 그곳은 컨트리클럽의 스튜디오치고는 널찍하지만 연병장치고는 너무 작다.

"그래도 이게 텔레비전보다는 나아." 마님은 이렇게 스스로를 위로한다. 텔레비전을 보느라 정신이 팔리는 것을 거부하는 것이다. "텔레비전을 보는 것보다는 나아. 무엇이든 텔레비전보다는 나으니까." 마님은 스스로를 납득시키려고 하는 듯이 계속해서 되뇐다. 전혀 새롭지 않은 하찮은 일들을 계속 뱉어내는 거대한 스크린을 곁눈질로 흘끗흘끗 쳐다보면서.

한편, 방 안에서의 활동은 이미지에서 소리로 바뀌었다. 벤토 소령이 부대원들을 쉬어 자세로 서 있게 하고서는 일장연설을 하고 있기 때문이다.

"우리는 새로운 무기와 새로운 동기를 지닌 새로운 유형의 군인이다. 우리의 사명은 신속하게 움직여서 적의 사기를 꺾어버리고, 적의 조직을 분열시키고, 적을 격파하는 것이다. 이제 우리는 하나가 되어야 하고, 독보적인 존재가 되어야 한다. 우리는 유례없이 훌륭한 군인들이다!"

16

동화同化 훈련은 아주 신속하고 질서정연하고 품격 있게 진행되는 중이다. 부관이 불탄 코르크에 대한 아이디어를 제안하고 나서 충분한 양의 식사가 공급되는 장교 식당으로 얼른 가 버리자 처음에는 부대가 혼란스러워했다. 전투 위장이 그 날의 수칙이었는데 조금씩 화장이 요염해지고 부드러워진다.

마님은 심지어 그들이 자기에게 눈썹 그리는 연필을 빌려 달라고 하길 기대할 정도다. 그러나 그들은 그 정도로 과하게 굴지는 않는다. 그들이 사랑스럽게 보인다. 그들은 애정을 담아 서로에게 화장을 해 주고 있다. 어떤 병사는 자기 동료에게 부탁한다. "여기 검은색을 조금만 더 칠해 줘. 콧날이 오똑하게 보이도록 말이야." 다른 병사는 소리친다. "싫어, 싫어, 그건 지워, 나는 대칭은 딱 질색이란 말이야." 모두들 장롱에 붙은 커다란 거울 앞으로 우르르 몰려와서 서로 밀쳐댄다. 누군가가 묻는다. "누구 손거울 있는 사람 없어? 측면에서 비춰보고 싶은데." 마님은 그 모습을 구경하는 것이 재미있다. 마님은 그들이 얼굴의 얼룩 주변에 윤곽을 그리도록 자기의 눈썹 연필을 빌려주려는 참이다. 화장을 해서 얼룩덜룩한 반점이 있는 그들을 보고 마님은 달마티안, 포인터라고 부르려고 한다. 다행히 그녀의 왼쪽에서 텔레비전 소리가 나 그녀의 주의를 흐트러뜨린다. 그것은 이전처럼 달콤한 말로 구슬리는 듯한 목소리가 아니라 아나운서의 겁먹은 목소리다. 그 목소리는 통신장애로 인한 잡음 때문에 중간에 뚝뚝 끊긴다.

"최 / 근 보안 때문에 라스 / 라나스 컨트리 / 클럽에 주둔해 있던 / 보병부대 / 제8연대에서 / 군인들의 반란."

아나운서의 머리가 텔레비전 화면의 Z자 모양 선들 사이로 나타났다 사라진다.

병영이라는 곳에서는 군인들이 화장, 아니, 미안미안, 그들의 동화同化 위장을 끝마쳤다. 마님은 평가하는 듯한 눈으로 그들을 바라본다. 병사들은 재미있는 모습을 하고 있다. 많은 훈장을 단 채 정글 속에서 싸우는 모습으로 베트남 관련 영화에 출연해도 손색이 없을 것이다.

마님은 역사나 헌법의 질서, 또는 상황을 보다 명료하게 보는 데 필요한 것을 재건하는 뉴런을 가동시키기 위해 생각을 집중시키고자 끈질기게 노력한다. 그녀는 눈꺼풀을 굳게 꼭 감는다. 그녀가 본의 아니게 참가하게 된 사건들에 대해, 그녀가 보기에 주기적인 패턴으로 반복되는 공포에 대해 납득할 만한 것이 어렴풋이 떠오를 때 전화벨이 울려 그녀의 집중력을 흐트러뜨린다.

그 순간 집중하고 있는 것은 마치 한 사람의 몸, 고양이의 몸과 같고 잘 훈련받은, 앞으로 튀어나가기 직전에 웅크리고 있는 군대 병력뿐이다.

마님은 수화기를 들고 "여보세요"라고 말한다. 그러나 수화기 저편의 목소리는 예의 바르게 인사말을 주고받고 싶어 하지 않는다.

"우리가 너를 손봐주겠다. 그 침대에서 나와, 우리가 너를 해치울 거니까. 우린 다 알고 있다. 우리는 네 임무가 뭔지 알고 있다. 너는 기억을 원하지. 너를 해치워 주겠어. 역사는 우리와 함께 시작된다." 일그러진 목소리가 협박한다. 소리가 이지러지고 통화감이 안 좋지만 그것은 가정부 마리아의 목소리 같다.

마님은 지금 벌어지고 있는 일이 조금도 재미있지 않다. 그녀는 수화기가 자기를 물기라도 한 것처럼 전화기 위로 떨어뜨리고, 이불 속으로 숨으려 한다.

얼굴에 검은 콜타르를 바른 군인들은 겁쟁이들을 싫어한다. 한 군인은 실전훈련을 위해 마님의 침대 위를 훌쩍 뛰어넘으며, 착검한 총검으로 마님의 얼굴을 덮고 있는 이불을 찌른다. 그녀의 발치에 있는 다른 군인들은 일렬로 서서 개구리 뜀뛰기, 두꺼비 뜀뛰기, 황소개구리 뜀뛰기, 점점 더 크고 위협적인 양서류의 뜀뛰기를 한다. 그들은 차례차례 침대라는 장애물을 뛰어넘고 파리를 잡아먹는다.

마님은 마침내 몸을 움직여 침대에서 일어나고 싶어 한다. 그녀는 뛰쳐나가고 싶지만 잠이 들려고 양을 셀 때처럼 군인들이 그녀의 침대 위를 날아다니는 통에 그럴 수가 없다.

마님은 리넨 시트와 레이스 장식 사이에서 겁에 질린 나머지 잔뜩 굳어 있다. 마치 수의를 입고 있기라도 한 것처럼. 그녀는 이 상황에서 빠져나가기 위한 유일한 방법은, 기억을 잃어버린 사람이 기억을 회복하듯이 자신이 말의 힘을 회복하는 것이라는 점을 알고 있다. 그러나 군인들은 그녀를 그냥 두지 않는다. 그들은 그녀를 그냥 두지 않는다. 그녀가 막 생각해내려고 할 찰나에, 그녀가 생각을 말로 옮기려고 할 찰나에 군인들 중 누군가가 개머리판으로 그녀의 코를 건드리거나 욕망을 품은 채 그녀를 침대로 밀어붙인다.

그녀는 겁에 질린 채 하얀 시트 아래로 사라지려고 한다.

그래서 그녀는 몇몇 군인들이 그물로 덮인 철모를 쓴 것도, 다른 군인들이 철조망 옆의 생울타리에 조금 남아 있던 나뭇가지를 뽑아 그물로 엮어 철모에 꽂은 것도 알아채지 못한다. 이렇듯 별도로 더 위장하고서야 군인들은 행동할 준비가 다 되었다. 그들은 부동자세를 취한다.

"얼굴에 검정 칠을 한 군인들이 전투태세로 있습니다!" 전파방해를 이겨내고 거대한 화면에서 아나운서의 목소리가 쩌렁쩌렁 울린다. "반란군이 수도 쪽으로 진군할 것으로 보입니다. 내전이 벌어질 위험이 있습니다."

참는 데도 한계가 있다. 완전무장한 군인 중 한 명이 텔레비전 화면에 발길질을 해대며 고함을 지른다.

"내전이라니 무슨 소리야? 우리는 군인이라고!"

벌을 받은 덕분에 방송이 끊겼다. 화면에는 Z자 형 선들과 깜박거리는 빛만 보인다.

17

판자촌 사람들은 이 모든 엉뚱한 열병식이 이루어지는 동안 철조망으로 우르르 몰려들었다. 많은 사람들이 모여 있다. 여자, 남자, 어린아이, 노인, 개들, 그리고. 사태가 곧 활기를 띠기 시작한다.

"헤이, 나무씨!" 그들은 잔가지를 엮은 철모를 쓴 군인들에게 소리를 지르기 시작한다. "도대체 무엇으로 위장하려고 한 거요?", "냉큼 세탁소에나 가 보슈."

"마른버짐에 걸렸군!" 그 중 가장 유식한 사람들이 고함친다. "비누를 써!" 또 다른 이들이 소리를 지른다. "카니발 가장행렬 차림을 하자!" 그들은 일제히 이렇게 결정하는데 이것이야말로 가장 훌륭한 아이디어 같다. "빨리, 빨리, 빨리. 우리의 가장행렬에 끼지 않으면 아무도 못 나가."

마님이 있는 침대는 요동치는 물속에서 노를 저어가는 배 같다. 마님은 코를 내밀고 밖을 내다본다. "나는 카니발이 좋아. 뭔가 생각이 나……" 그녀는 남에게 들릴 정도로 큰 소리로 입 밖에 내어 말하려고 한다. 그러나 또 다시 벤토 소령이 그녀의 입을 다물게 한다.

"제군들! 차렷!" 벤토 소령이 악을 써 댄다. 마님은 소령이 자기에게도 명령하는 것인지 아닌지 분간이 가지 않는다.

그녀는 혹시나 싶어서 쥐죽은 듯 조용히 있다.

반면 군인들은 빽빽하게 정렬해서 밀집된 집단을 형성한다.

"탱크를 꺼내 오라!" 소령이 으르렁댄다.

부관은 자기 직속상관에 대한 모든 예우를 갖추어 한 마디

한다.

"저희에게는 탱크가 없습니다, 소령님."

부관은 이렇게 말하며 얼른 소령의 계급장에 줄을 두 개 긋는다.

"대령님." 그리고 계급장에 줄을 한 개 더 그으며 "장군님"이라고 부른다.

부대는 컵 수프 같은 즉석 승진에 열광한다. 그들은 자발적으로 부동자세를 취하고 정확히 일치된 동작으로 거수경례를 하고 힘차게 국가國歌를 부르기 시작한다.

"우리에게는 탱크가 있다, 부관." 소령이 거듭 말한다. "우리가 벙커에서 기동전을 수행할 때 사용한 탱크 말이네."

이 말 한 마디만으로 부관의 가슴은 열의로 가득 찬다.

"벙커에, 그린에 있다. 19번 홀에 말이다!"

소령이 내리는 그 어떤 명령—소령의 의지가 곧 그들의 욕망이다—에도 따를 준비가 되어 있는 군인들은 작전에서 사용한 탱크를 찾아 달려 나갔다가 잠시 후 캐디들이 타고 다니는 카트, 즉 해로워 보이지 않는, 모터 달린 골프 카트를 몰고온다.

미국에서 살던 시절, 당연히 전성시대를 할리우드에서 보낸 마님은 자기가 스필버그 영화에 출연 중인지 월트 디즈니

영화에 출연 중인지 구분이 안 된다. 이를 확인하고자 마님은 눈에 띄지 않으려고 노력하면서 두 눈을 신중하게 내밀고 밖을 쳐다본다. 그리고 완전히 배치된 군 장병들이 작은 골프 카트를 탄 채 그녀의 방 주위에서 빙빙 도는 것을 본다. 그들은 대의에 한껏 도취된 채 자기들을 기다리는 영광스러운 운명을 위해 준비 중이다.

골프 카트들은 원을 그리며 둥글게 돌다가 속도가 점점 빨라지더니 요란한 소리를 내며 부딪친다. 마치 놀이공원에 와 있는 것 같다. 카트를 몰던 운전수 몇몇이 철조망에 남아 있던 마지막 나뭇가지와 검정색 위장 크림으로 앞서 말한 골프 카트를 장식한다.

한동안 마님은 침대 밖으로 뛰쳐나가 먼지투성이 바닥에 두 발을 딛고 설 수 있을 정도의 힘과 결단력이 있다고 생각한다. 군인들은 갖가지 상황과 다양한 자세(위협, 설득, 거부, 명령)로써, 마님이 사려 깊게 계획한 대로 행동하는 것을 방해한다. '이 모든 것이 꿈은 아닐까?' 마님은 혼란스러워서 여러 번 자문한다. 한편으로는 이게 꿈이 아니라는 것을 알고 있지만 다른 한편으로는 자기 일생의 어느 시점에서 커튼을 치지 않았더라면 이 모든 것이 실제로 일어나는 일인지 아닌지 확실하게 알았을 거라는 생각이 든다.

전투태세 중인 군대가 침입한 방 한복판의 침대에서 마님은 수동적이고—경솔하지는 않지만—겁먹은 것 같다. 빈둥대는 부자들 특유의 태도. 철조망 너머의 서민들은 '겁먹다'라는 동사의 의미조차 알지 못하고, 조국의 고결한 하인들을 놀려주는 수고를 아끼지 않는다.

우리가 적당한 간격이라고 할 만한 시간이 지난 후—약 십 분쯤—말로 하는 공격, 즉 모욕, 놀림, 빈정대기, 야유, 희롱, 비난, 공격적인 말, 폭언, 절규, 욕설이 차츰 격렬해지자("구두약은 군화에나 바르는 거지, 이 바보야, 그런데 너는 그걸 얼굴에다 발랐구나." 이것은 빈민들이 군인들에게 한 말 중 가장 부드러운 말이다) 결국 군인들은 감정이 폭발한 나머지 민중을 맹렬히 공격한다.

철조망이 바리케이드 역할을 해 준다.

판자촌 사람들은 이미 모든 걸 다 잃었기 때문에 아무 것도 두려운 게 없다. 그들은 총알 앞에서조차 무서워하지 않고 와자하게 웃는다.

군인들은 잃는다는 게 어떤 것인지(사실 손에 넣는 게 어떤 것인지도) 모르기 때문에 판자촌 사람들이 웃는 것을 보니 두렵고 당혹스럽다.

이제 군인들의 총사령부가 된 마님의 방에서는 전화벨 소리가 모두에게 질서를 지키라고 요구한다.

마님은 수화기를 집어 든다.

"여보세요." 마님이 전화를 받자, 또 다시 그 일그러진 목소리가 들린다. 맹세코 그것은 마리아의 목소리다.

"우리가 널 손봐주겠다. 넌 생각을 너무 많이 해. 우리는 네 일당들이 누군지 잘 알고 있다. 너를 해치워 버리⋯⋯."

마님은 또 다시 격렬하게 수화기를 던지다시피 해서 전화를 쾅 끊는다. 그런 행위는 주기적이고도 당연하게 보인다. 군인들은 그것이 이 방에서 반복되는 일이 아니라, 밖에서 일어나는 일이라고 생각한다. 뒤처진 사람들은 확신을 갖고 위엄 있게 출발한다. 그들은 자기네를 기다리는 임무에 대한 뚜렷한 비전을 갖고 떠난다.

18

이 모든 소동이 벌어지는 가운데 마님은 밤이 오고 있다는 것을 인식하지 못한다. 그러나 이미 밤이 되어 제법 어둑어둑해졌다. 그때 누군가가 은밀하게 출입문을 여는 기척이 난다. 마리아일 거라는 생각이 들자, 마님은 덜컥 겁이 나서 황급히 나이트 테이블에 놓인 램프를 켠다. 그리고 들어온 사람이 알프레다라는 것을 알아보고는 가볍게 미소를 짓는다. '알아본다'는 말이 적절한 까닭은 의사 겸 택시운전수가 흰색 가짜 수염을 달고(서툴게 붙이고) 나타났기 때문이다.

그는 매우 다급하게 허둥대며 들어온다. 왼쪽 귀 위로 기울어진 가죽 모자에, 의사가운은 오른쪽 소매만 겨우 꿴 채 반만 입고서. 그는 어색한 동작으로 움직이다 모자를 떨어뜨리더니 푸른색 체크무늬 셔츠 위에 의사가운을 걸치고 목까지 단추를 채운 후 가짜 수염을 매만진다. 그리고 미소를 짓는다. 좀 더 차분해진 채.

마님은 그를 불안하게 지켜보다가 택시기사의 흔적이 모두 사라지자 비로소 웃음으로 답한다. 그녀는 그를 맞이하려는 듯이 한쪽으로 물러나지만 그는 침대 발치에 얌전히 앉는다.

"그래서 다시 스페인어로 꿈을 꾸고 싶은가요?" 그가 마님에게 묻는다.

"모르겠어요. 이제 아무 것도 모르겠어요."

"아니오, 당신은 알고 있어요. '기어'라는 단어를 들으면 무엇이 연상되나요?"

"무슨 연상이요? 왜 그러는 거죠? 그게 당신과 무슨 상관이에요? 자, 그보다 더 심각한 일이 있어요. 여기가 아프단 말이에요. 자, 잘 봐요. 아니면 여기였나……."

그러나 그는 그렇게 쉽사리 유혹되지 않는다.

"그런 신체적 고통은 본래 정신적인 문제 때문이지요. 원인을 찾아봅시다. 어린 시절에 대해 말해 봐요."

"어렸을 때 엄마가…… 이 무슨 바보 같은 짓이에요? 바로 본론으로 들어가요."

그는 평정을 잃지 않은 채 그녀에게 말한다. 상상계를 통해서만 상징계로 들어갈 수 있으며, 무의식으로 갈 수 있는 진정한 길은 꿈을 통해서뿐이라고. 그는 "서두르면 안 됩니다"라고 덧붙인다.

"그건 어젯밤에 한 말과 다르잖아요."

"어제는 장면이 달랐죠. 내 역할도 다른 것이었고요. 혼동하면 안 돼요. 모든 것에는 다 때와 장소가 있는 법이거든요."

"그럼 택시는요?"

"오늘 택시 때문에 절망했어요. 이제 아무도 택시를 타고 다니지 않거든요. 최근에 요금이 많이 올라서요. 오늘 택시에 탄 유일한 승객은 갓 찍어낸 5십만 페소짜리 지폐만 가지고 있더군요. 그래서 요금을 거슬러 줄 수가 없었어요. 도시 전체를 돌아다녀도 잔돈은 없더라고요. 아예 고액권 지폐거나 아니면 아예 아무 것도 없는 거죠. 그래서 그 손님은 요금을 안 내고 내렸어요. 이런 상황에서는 택시운전을 할 필요가 없는 거지요."

"잘 됐네요. 그러지 않아도 택시기사는 참을 수가 없었는데. 난 의사가 더 좋다고요."

"시간이 너무 일러요. 이제 겨우 밤 아홉시 반이잖아요. 아직 의사가 될 시간이 안 됐어요. 24시간 주기로 일어나는 일이거든요."

"그래서요?" 마님이 궁금해한다.

그는 몸을 꼿꼿하게 세우며 자랑스럽게 말한다.

"그래서 지금은 정신분석전문의예요. 택시운전수와 의사의 중간인 셈이죠."

창문 밖에서는 고함소리가 점점 격렬해진다. 판자촌 사람들 쪽에서는 모욕적인 말들이, 군인들 쪽에서는 윽박지르는 소리가 오고간다. 계급이 낮은 병사들 몇몇은 방 안으로 들어오고 싶은 듯이 창문으로 방 안을 들여다본다. 알프레디는 마님에게 "저는 당신의 정신분석의입니다. 잘 기억해 두세요. 내가 당신의 정신분석의라는 걸"이라고 속삭이며 가짜수염을 똑바로 붙인 후 창문가로 엄숙하게 걸어가서 커튼을 친다.

"선생님, 쫓기는 기분이 들어요." 그가 다시 침대 발치에 앉자 마님이 털어놓는다.

"무슨 말이지요? 느낌을 좀 더 자세히 말해 봐요."

"단순히 느낌이 아니라 사실이 그래요."

"그건 망상 같은데요."

"선생님, 사람들이 계속 저에게 전화를 걸어대고 협박해요."

"늘 협박하는 것은 아니겠지요. 그것도 전화로."

"네, 늘 그런 건 아니에요. 최근에만 그래요. 전화로 걸어서 윽박질러요."

"그래서 그들이 뭐라고 하던가요?"

"'너를 끌어내겠다.' 이렇게 말했어요. 그게 해치우겠다는 말 아닌가요?"

"그건 굉장히 주관적인 해석인데요? 침대에서 끌어내 주겠다는 말 아닐까요? 아니면 단조로운 삶이나 다람쥐 쳇바퀴에서 끌어내 주겠다는 뜻은 아닌가요?"

마님은 고개를 젓는다. "아니, 아니에요." 그녀는 낙담한다. 그러나 의사는 끈질기게 계속 질문한다.

"아니면 잠옷의 옷자락을 내려 주겠다는 것이 아닐까요? 이렇게."

프로이트 역할을 맡은 그야말로 주관적이다. 그렇지만 그는 그다지 혁신적이지는 않다. 또 다시 그녀 가운의 어깨끈을 내리고 어깨를 어루만지는 것으로 시작하니까.

그는 수염을 떼어낸다. 의사가운은 가슴 중간까지 떨어졌고, 그는 젊은 의사다운 허물없는 태도를 되찾는다. 그는 의사로서 그녀에게 말한다.

"이제 당신 가슴을 청진하도록 하지요. 어디 봅시다. 이 작은 손은 여기에 두고요. 자, 입을 벌리고 숨을 깊이 들이쉬어요."

그는 부드럽게 그녀의 두 뺨을 잡고 입술을 오므리더니 그녀에게 입을 맞춘다. 짧은 입맞춤이다. 그가 잔뜩 달아오른 나머지 의사가운을 벗느라 양손이 필요하기 때문이다. 그래서 이제 그는 택시운전수의 체크무늬 셔츠를 걸치고 있다.

"빨리, 이 말라깽이야, 뭔가 좀 해 봐. 날 도우라고. 밤새 이러고 있을 순 없잖아."

그녀는 그가 푸른색 체크무늬 셔츠 벗는 것을 돕는다. 정말 서둘러서. 그녀는 하얀 의사가운 아래에서 나타나는 택시운전수에 대해 아무것도 알고 싶지 않다.

마님은 그에게서 셔츠를 벗겨내고 그가 바지 벗는 것을 돕는다. 의사, 아니, 미안, 있는 그대로의 알프레디는 옷을 벗을수록 점점 더 부드러워진다. 마침내 완전히 벌거숭이가 되자, 그는 제 딴에는 서둘러 시트 속으로 미끄러져 들어간다. 그를 거슬리게 하는 물건이 하나 있다. 그는 이부자리를 마구 휘저어 그 물건을 찾아내 멀리 던져버린다. 그것은 바로 마리아가 친절하게도 마님에게 빌려준 군사교범이다.

19

연인들은 부드러운 이불 아래로 사라진다. 그러자 이불이 3막 특유의 움직임, 즉 성性적인 움직임으로 파르르 떨리고, 요동치고, 물결친다.

바깥세상의 고함소리는 자기들의 동굴 속에 고립된 두 연인, 더 즐거운 다른 소리에 몰두하고 있는 두 연인의 귀에는 들리지 않는다.

밖에서는 "탈영병이다!"라는 고함소리와 함께 아수라장이 되었다. 이렇듯 새롭게 열광적인 아수라장으로 변한 것은, 루초가 그 누구의 땅도 아닌 빈민촌으로 숨으러 달려가다가 벌거벗은 채로 사로잡혔기 때문이다. 일개 분대가 자기를 거의 총살할 것처럼 조준하는 것을 보고 루초는 철조망 꼭대기에 있는 가시철사를 조심스럽게 피하면서 철조망을 기어 올라가 소위 병영으로 복귀할 수밖에 없다고 느낀다. 심하게 긁힌 상처가 제법 많이 생긴 채로.

벤토 소령이 루초에게 악담을 퍼붓는다.

"우리는 막 영광을 향해 전진할 참이다. 그런데 탈영병이 하나 있다. 빌어먹을!"

그러더니 소령은 자기 수하들에게 십자가에 못 박듯이 루초를 철조망에 못 박으라는 기발한 명령을 내린다. 루초의 두

발은 묶이고, 다리는 꼭 붙인 채 모으고, 두 팔은 어깨높이에서 큰대★ 자로 뻗는다. 굵은 밧줄이 그의 발목과 손목을 파고든다. "손목11은 남자에게 어울리는 말이 아니야." 그는 지금 상황에서 신경 끄고 마음을 다른 곳으로 돌리고자 혼잣말을 한다. 그리고 시련을 묵묵히 참아낸다. 그는 '묵묵히'라는 말은 모르지만 그 말이 의미하는 것만큼은 아주 잘 알고 있다. 그러나 '시련'이라는 말은 최근에서야 아주 조금 알게 된 듯하다. 나중에 그들은 루초를 괴롭히면서 그가 이 말의 의미를 이해하도록 만들 것이다.

"대가를 톡톡히 치르게 해 주겠다." 소령은 루초에게 부드러운 가죽 군화로 발길질을 하며 으름장을 놓는다.

그러더니 소령은 부대원들에게 알린다. 그들이 권력을 거머쥐려고 전진하는 동안 콘도르들이 루초를 뜯어먹도록 죄수 루초를 그곳에 두고 갈 거라고. 소령은 "때가 되면 그를 처리하겠다"라고 덧붙인다. "그동안 죄수는 말썽꾼이 되고 반역자가 됨으로써 교훈을 얻을 수 있을 것이다."

---

11 [역주] 스페인어에서 '손목'을 의미하는 무녜카(muñeca)라는 단어는 '인형'이라는 뜻도 가지고 있다.

방갈로에 있는 침대에서는 해수海水가 절정의 순간에 이르는 중이다.

밖에서는 루초 또한 철조망에 묶여 꼼짝달싹하지 못한 채 요동치고, 괴로워서 몸부림치고, 파르르 떨고 있다. 그들은 루초를 혼자 버려두고 가 버렸다. 소령—미안, 지금은 장군이지—의 부하 중 단 한 명도 이 쓰레기만도 못한 병사를 감시하느라, 대통령 관저의 돌계단 앞에서 자기네를 기다리고 있는 영광스러운 운명을 잃고 싶어하지 않는다.

루초는 몸을 비틀고 몸을 이리저리 발작적으로 움직여보지만 아무 소용이 없다. 밧줄이 단단히 묶여 있어서 그를 풀어주기는커녕 점점 조이면서 상처만 입히기 때문이다. 게다가 군인들은 혹시나 싶어서 루초의 팔을 큰대 자로 잡아당겨 수갑을 채워 철조망에 묶어두었다. 그래서 루초는 십자가에 못 박힌 듯한 모습으로 상관들을 기다릴 수밖에 없고, 그의 상관들은 승리를 거두고 기지에 돌아오면 재미있는 구경거리를 갖게 된 셈이다.

방갈로 침대의 이불 속에는 고요함이 감돈다. 이제는 고통받는 병사가 발버둥치는 것을 그만두어 방갈로 바깥도 고요하다.

그럼에도 불구하고 철조망 저 너머 광막한 어둠 속에서 실루엣이 몇 개 움직이는 것이 보인다. 그 지역 주민들이다. 그들은 국경에서 말뚝에 찔려 죽은 것처럼 꼼짝 않고 서 있는 그들의 동료에게 기어간다.

처음에 루초는 간지럼을 느끼고 웃거나 소리를 지르려고 한다. "우리들이야." 그들은 루초의 귓가에 속삭인다. 그러자 루초는 잠잠해진다. 그들을 갈라놓는 건 오로지 다이아몬드형으로 엮인 철사, 튼튼하고 단단하지만 어떤 점에서는 인자한 철조망뿐이다. 철조망은 밀짚, 올 굵은 삼베, 자투리 천과 넝마, 낡은 재킷과 모자가 통과하도록 내버려 둔다. 눈 깜짝할 사이에 루초는 밀짚으로 두 손을 감싸고 옥수수수염으로 만든 가발이 얼굴의 절반을 뒤덮은 허수아비로 변한다.

"우리가 뽑아버린 허수아비보다 그에게 더 잘 어울리는 걸." 한 여인이 소매에 짚을 채워 넣으며 말한다. "역시 허수아비의 옷가지를 벗겨서 이 애에게 입히길 잘 했어"라며 뚱뚱한 여인이 깔깔대며 웃는다. 마을 여인들 모두 한동네 사람인 그리스도, 혹은 죄수, 혹은 루초를 눈에 안 띄는 평범한 허수아비로 위장해서 숨겨주자는 기발한 발상을 극구 칭찬한다.

"이렇게 하고 있으면 불길한 징조를 몰고 오는 새들도, 독수리들도 놀라겠지."

"기다려 봐." 네 번째 여인이 이렇게 말하더니 나가서 무언가를 찾는다. 그러더니 이내 쓰레기더미에서 뭔가를 찾아온다. 초콜릿을 싸는 은색 종이쪼가리다. 여인은 그 종이쪼가리가 황금빛 견장이라도 되는 양 허수아비의 어깨에 달아준다. "그렇게 하니까 꼭 소령처럼 보여." 누군가 이렇게 외치자 모두들 미친 듯이 웃음을 터뜨린다.

"그럼 이제 아무도 그를 붙잡아가지 못하겠지!"

허수아비 작전이 진행되는 곳에서 불과 몇 미터밖에 떨어져 있지 않은 지붕 밑, 사방의 벽 사이에서는 이불속 작전이 또 다시 시작된다. 이번에는 종전만큼 철저하게 차단되지 않아서 밖에서 지르는 소리가 숨 가쁘게 띄엄띄엄 들린다.

"귀관은 최고의 무기를 갖고 있다!"

"귀관은 가장 우수한 훈련을 받고 있다!"

"우리와 함께 하면서 귀관은 인생 최대의 도전과 / 맞닥뜨리게 될 것이다!"

"바로 귀관이!"

"바로 귀관 말이다!"

"우리!"

군사교범이 침대를 아수라장으로 만드는 것이 보인다. 뿐만 아니라 군사교범은 덤덤탄[12]처럼 부차적인 효과를 갖고 있는지 고약한 기운을 끌어당긴다.

연인들은 쌍둥이 누에처럼 자기들만의 고치 속에 폭 파묻혀 있느라 문 두드리는 소리도 듣지 못한다. 문 두드리는 소리가 더 크게 난다. 마님은 다소 놀라서 이불을 꼭 붙잡은 채 코만 빼꼼 내밀고 밖을 내다본다. "누구세요……" 그녀는 가까스로 묻는다. 그 대답으로 마리아가 쟁반을 들고 들어오는 것이 보인다.

"마님, 저녁식사를 가져왔어요. 시간이 많이 늦었네요."

"먹고 싶지 않아요. 저녁을 갖다 달라고 한 적도 없는데. 그만 가 봐요."

"갈게요, 네, 그럽지요. 하지만 마님은 저에게 53,000페소를 빚지셨어요. 통닭구이 값이에요. 이걸 도로 가져갈 수는 없어요."

"하지만 저녁은 안 먹을 거라고 했잖아요." 마님이 주장한다.

"이제 55,000페소로 올랐어요."

12 [역주] 1897년 영국이 인도의 덤덤 지방에서 제조하기 시작한 총탄이다. 이 탄환은 관통력은 현저히 떨어지지만 부차적인 효과로 인해 치명적인 파괴력을 지닌다. 덤덤탄은 보통탄환처럼 관통하지 않고 물체와 충돌하면 탄환의 끝부분이 열십자 모양으로 갈라지면서 수많은 파편조각이 인체에 박히기 때문에 경미한 총상일 경우에도 상처부위를 확대시킴으로써 치명적인 상처를 낸다.

"알았어요, 이리 줘요, 얼른. 그리고 커튼이나 걷어 줘요. 숨이 막혀요."

마리아는, 침대에 최대한 납작하게 엎드린 채 침대의 진짜 주인의 몸과 한데 뭉친 수상한 덩어리를 알아차리지 못한다. 그녀는 마님의 발치에 바삭바삭한 샛노란 닭이 든 쟁반을 놓아두고 창문으로 향한다.

"정말 귀찮게 구네. 감기에 걸려보면 알겠지." 마리아가 커튼을 떼어낼 듯이 활짝 열어젖히면서 이렇게 말하는 것 같다.

마님은 그 순간을 이용해서 연인을 살짝 밀어내며 침대 밑으로 숨으라는 신호를 보낸다. 그는 그녀의 몸 중 입이 가장 가까이 닿을 수 있는 부분에 입을 맞춘다. 그리고는 루초와 마찬가지로 이불 속으로 미끄러져 들어가 숨는다. 그러나 그에게는 일이 그렇게 간단치가 많다. 먼저 이불이 얽힌 데서 빠져나와야 하기 때문이다. 하지만 큰 문제가 되지는 않는다. 그는 이불 속에서 빠져나와 은밀한 터널을 찾아낸다. 그동안 마님은 지갑에서 지폐를 한 움큼 꺼내 마리아에게 내민다.

마리아는 기뻐하며 지폐를 세어보며 혼잣말을 한다. "잔돈이다, 잔돈. 비싸게 팔아야지." 그리고는 거래를 하러 재빨리 떠나간다.

20

마님은 알프레디를 구하기 위해 자기의 사생활을 희생했다. 어쩌면 스스로를 구한 것인지도 모르지만. 그곳에서 일어나는 일은 모두 이상하고 막연히 불안하다. 악의는 없는 것 같지만 말이다. 전쟁놀이를 하는 아이들처럼 얼마간 잔인하고 어린아이답게 앞뒤 가리지 않고. 그리고 생각해 보면…….

"안 돼요. 왜 그렇게 생각을 많이 해요? 생각하는 건 해로워요." 그들은 그녀에게 말했다.

별안간 급격히 흔들리는 바람에 생각이 끊긴다. 마치 지진이 난 것처럼 침대가 마구 요동치는 것이다. 열병식용 제복을 입고 전투분장을 완벽하게 한 군인들이 질서 있게 행진하며 창문을 통해 방으로 들어온다. 마님은 그다지 겁내지 않는다. 동시에 그녀는 군대가 자기 침대로 온 것이 자기가 하는 피상적인 생각 때문이 아니라 김이 모락모락 나는 닭고기 때문이라는 것을 깨닫는다. 101마리의 달마티안은 잔뜩 굶주린 표정으로 닭을 향해 곧장 나아간다. 마님은 그들을 도전적인 표정으로 맞이한다. 그러더니 발치에 있는 쟁반을 집어, 마술사가 요술을 부리는 것처럼 얼른 침대 밑으로 스르르 넣는다. 군인들은 모욕감을 느끼고 무안해하며, 진군했을 때와 같은 대형으로 즉시 퇴각해서 창문을 통해 밤의 어둠 속으로 사라진다. 자기네는 결백하다는 태도로.

판자촌 사람들은 굶주린 군인들을 가엾게 여기지 않는다. 그들은 또 다시 철조망에 와서 군인들을 101마리의 달마티안이라고 부르며 놀린다. 판자촌 사람들은 닭고기를 먹는 중인데 살을 바른 후 뼈를 군인들에게 던지며 소리를 지른다.

"자! 먹어, 달마티안들아, 옴 붙은 점박이 녀석들. 얼른 먹어 치워라, 개들아. 그래야 닭뼈가 산산조각 나서 영원히 너희 숨통을 막아 버리지."

"이건 소령에게 갖다 줘." 누군가 닭다리 뼈를 던지며 소리소리 지른다.

마님은 이러한 계급투쟁, 체제의 모순점을 어렴풋이 깨닫는다. 그러나 스스로가 과부하된 컴퓨터가 된 것만 같다. 비상경보 소리가 나고(그렇지만 어떻게!) 음험한 호루라기 소리가 들려서 그녀는 어쩔 수 없이 생각의 한복판에서 멈춰야만 한다. 생각을 멈추고 침대 안으로 도망쳐 잠시 죽은 듯이 있어야 한다. 그녀의 마음이라는 화면에 줄줄이 나타나는 정보를 보려면 그렇게 해야 한다. 그 정보는 전광석화처럼 너무나 빨리 사라져서 차마 기록할 수가 없다. 그녀의 기억의 페이지들이 한 장 한 장 아주 빠르게 넘어가는 바람에 문장 하나, 단어 하나의 흔적조차 거의 남지 못한 채 지워져서 다른 것들에 자리를 내준다. 경보 소리가 들리고, 그녀는 생각하기를 멈춘다. 무엇이 가능한지 더 이상 생각하지 않는다—생각하는 것은 위험해, 기억하는 것은 치명적이야. 내면의 목소리가 마님에게 이렇게 말한다. 그러나 그녀는 정반대일 수도 있다는 것을 잘 알고 있다.

라스 라냐스 컨트리클럽, 좀 더 정확히 말하면 북쪽 끝에 있는 방갈로 37B호에서는 대형 텔레비전 화면조차도 불안정하다. 우리와 관계된 바로 그 방갈로 말이다. 오랜 시간 동안 춤추는 작은 칼라 입자들로 가득하던 화면, 그래서 방 안을 물빛으로 뒤덮고 있던 화면이 갑자기 되살아난 것 같다. 수리해 달라고 한 사람도 없고, 아무 버튼도 누르지 않았는데도. 지금 마님은 침대에서 불과 삼십 분 전에 자기가 직접 경험한 사열식 장면이 텔레비전에서 재생되는 것을 보면서 놀라워한다.

얼굴에 검은 콜타르를 바른 군인들이 전진한다. "위장용 크림을 발랐군요." 아나운서의 목소리가 알린다. 이번에 군인들은 한낱 개인, 특별한 때에만 용감한 사람을 향해 진격하는 것이 아니다. 오히려 그 반대다.

"라스 라냐스 컨트리클럽에 주둔 중인 반란군들이 자기네 요구가 관철되지 않을 경우 수도를 향해 진군할 만반의 준비를 하고 있습니다." 아나운서의 목소리가 보도한다. "주민들이 병영 울타리 앞에 몰려와서 반란군에게 무조건 항복하라고 요구하고 있습니다. 정부와 국방부 고위 관계자들은 '사태가 더 심해지지는 않을 겁니다'라고 말하고 있지만 주민과 반란군 사이에 심각한 유혈충돌이 빚어질 것이 우려됩니다."

마님은 넋 놓고 화면을 바라보는 중이다. 텔레비전을 켜지 말라고 그토록 불평하던 그녀가. 생각하지 말라는 명령에 따르던 그녀의 일부는 지금 제법 만족스럽다. 마침내 그녀는 역사의 산 증인이 될 것이고 이제는 한낱 꼭두각시 인형이 아니니까. 생각하기를 원하지 않는 부분은 지금 쉬고 있다. 그러나 그것은 그녀의 가장 좋은 부분도, 가장 그녀다운 부분도 아니다. 그녀의 또 다른 부분은 몹시 절망한 나머지, 살과 뼈로 이루어진 군인들을 실제 크기로 보여주는 텔레비전 화면을 구둣발로 차 버리고 싶을 정도다.

손 하나가 그녀를 제지한다. 알프레디다. 열려 있는 창문으로 들어왔는데 그녀가 알아차리지 못한 것이다.

사실 알프레디는 그의 또 다른 아바타 속에 들어 있지만 마님은 그가 알프레디라는 것을 이내 알아본다. 그녀의 팔에 닿는 손의 감촉 때문이다. 그러나 검은 타르를 덕지덕지 칠한 얼굴 때문에 다른 사람들에게는 익명성이 지켜질 것이다. 그가 타르를 두껍게 마구 발라댄 모습은 알 졸슨이 흑인 가수로 분장했을 때와 제법 비슷하다. 아무렇게나 주워 입은 군복이 눈에 띈다. 군모, 셔츠, 작업복 바지. 전날 밤 불침번이 도둑맞은 옷가지들이다. 알프레디는 지나치게 화려한 견장과 가짜 계급장도 달고 있다. 양철로 만든 메달도 걸었다. 전체적으로 보면 진짜처럼 보인다. 멀리서 보면 가짜로 분장했다는 걸 알아볼 수 없으니까.

군인 알프레디는 경례하면서 손으로 마님을 제지하고 마님은 그가 그렇게 하도록 내버려둔다. 그는 부동자세를 취하더니 거대한 화면을 향해 바로 연설하며 으르렁거린다.

"일동! 차…려! 잘 했다, 제군들. 작전을 완벽하게 잘 수행했다. 내일은 영광의 날이 될 것이다. 쉬…어!"

놀랍게도 분대는 이 명령에 복종한다. 그들이 빠져 있는 비현실적인 세계 저 너머에서 들려오는 명령에.

부지깽이를 지휘봉처럼 휘두르면서 알프레디는 군인들에게 귀가 솔깃한 말을 한다.

"식사 시간이 되었다, 제군들. 앞으로! 전진……!"

부대원들은 명령에 따른다. 그들은 옆으로 걸으면서 빡빡한 2열 종대 두 개를 형성하여 텔레비전을 빠져나온다. 그렇게 화면의 양쪽 귀퉁이에서 나와 거위걸음으로 방 안에 등장한다.

벤토 소령만이 자발적으로 홀로 텔레비전 안에 갇혀 있다. 그는 점점 커지면서 활용 가능한 공간을 모두 채우고, 마이크 앞에서 연설을 한다.

"우리는 조국의 진정한 가치를 보호할 것이다. 지독히 무능한 내 전우들 때문에 위협받는 가치들 말이다. 라스 라나스에 주둔 중인 우리의 영광스러운 연대는 모두 행동하는 군인들이지, 책상머리에만 있는 서생이 아니다. 그리고 우리는 기꺼이 행동할 준비가 다 되어 있다. 우리는 언제든 수도로 진군할 것이니 기억해 두라. 적은 우리의 사기를 꺾지 못할 뿐더러 오히려 기운을 북돋워줄 뿐이라는 것을. 우리는 규율과 용기의 숭고한 가치를 드높여 군의 위엄을 회복할 것이다."

마님은 더 이상 참을 수 없다. 아마 자기 침대 주변에서 군인들이 얼씬대는 것도 참지 못할 것이다. 그래서 텔레비전 화면을 냅다 발로 걸어찬다.

"잠시 전하는 말씀을 듣겠습니다." 아나운서의 목소리가 이렇게 말하자 즉시 광고가 시작된다.

하모니 고기 파이, 5월의 태양 인스턴트 스튜, 이븐 에미르 산체스 크루아상.

군인들 사이에 불안이 감돈다. 그들은 방으로 들어왔을 때의 엄격한 대형을 유지하지 못하고 있다.

"제군들! 식당으로! 식사시간이다, 제군들." 알프레디 대령(?)이 으르렁대다시피 소리를 지른다. "무기를 내려놓아라." 그는 마님이 거의 보이지 않을 정도로 잔뜩 웅크리고 있는 침대를 가리키며 명령한다.

배고프고 목마른 군인들은 허둥지둥 침대 위에 무기를 내려놓는다. 비프스테이크를 뜯을 때에 무거운 무기를 갖고 가기 싫은 것이다. 그들은 창문으로 황급히 뛰어나가, 마을(판자촌)에서 풍겨오는 바비큐 연기를 향해 마구 달려간다.

군인들은 앞다투어 우르르 달려가느라 철조망이 없어졌는데도 놀라지 않는 것 같다. 익명의 공공기물 파손자들이 잘라간 것이 틀림없는데도. 철조망이 없어지면서 거기에 묶여 있던 죄수도 함께 사라졌다. 군인들은 지형의 변화를 알아볼 정신이 없다. 오로지 뱃속의 부름에만 응할 수 있을 뿐이다. 사실 철조망의 일부를 잘라 만든 대형 불판 위에는 먹음직스러운 뒷다리 살과 궁둥이 살이 노릇노릇하고 바삭바삭하게 익고 있다. 말고기다. 하지만 그게 말고기라는 걸 그들이 어떻게 알아보겠는가?

유쾌한 차마메[13] 멜로디가 조금씩조금씩 가까워진다. 마치 턱으로 달가닥달가닥 소리를 내며 박자를 맞추는 것 같다. 판자촌의 누군가가 자기 콘서티나를 가지러 간다. 차마메 멜로디는 소박하고 애정 넘치는 탱고로 변한다. 산더미처럼 쌓인 음식을 거들떠보지도 않고 대령(?) 알프레디는 마님이 있는 침대로 조용히 다가가서 손을 내밀며 묻는다.

"한 곡 추실까요?"

기타 소리가 들려온다. 기타는 반도네온인 척하는 콘서티나에 맞추어 반주해 준다. 그렇지만 판자촌의 모든 손이 음악을 뚱땅거리느라 바쁜 건 아닌 게 분명하다. 마님의 침대에 있는 지하 땅굴에서 또 다시 손이 몇 개 나와 무기를 차지했기 때문이다.

마님이 보고 있는 유일한 손은 바로 연인의 손이다. 하지만 그 손을 잡아야 할지 확신이 서지 않는다. 그 손이 소매 위쪽에서 빛나는 견장을 대가로 받고서 반대편으로 넘어간 건 아닌지 알 수 없기에.

"한 곡 추실까요?" 끊임없이 변신하는 연인이 끈질기게 춤을 청한다.

마님은 그 손을 잡더니 그를 침대 위로 쓰러뜨리려고 한다.

"이게 아니라 일어서서 추자고요." 그가 말한다.

---

13 [역주] 차마메는 아르헨티나 북동부와 브라질 남부 지방의 토속음악 장르이다.

"싫어요, 똑바로 서는 건 아직은 안 돼요." 그녀가 간절하게 말한다.

"똑바로 서야죠. 고개를 꼿꼿이 들고요."

"시간이 좀 더 필요해요."

"지금이 바로 그렇게 할 때예요."

"기다려요. 난 이해하고 싶다고요. 무섭단 말이에요."

"일어나요. 오직 죽음만이 죽음에 대한 공포를 잠재울 수 있어요. 그럴 필요 없잖아요. 살아서 움직이는 게 더 나아요. 할 수 있을 때. 신나게 놀아야 해요."

그리고 자기 말을 증명하고자 그는 견장을 떼어내고, 얼굴에 칠한 것을 하얀 시트로 최대한 깨끗이 닦아낸다.

"이제 난 더 이상 택시기사도, 대령도, 의사도, 정신병자도 아니에요. 드디어 내 자신으로 돌아오게 되었네요."

"그런데 당신은 누구죠?" 마님이 다소 불안해하며 묻는다.

"내가 누구냐고요? 나 말이에요? 글쎄요, 이 소극笑劇을 끝내러 온 사람이라고 해 둡시다. 아니면 적어도 이 웃기는 연극에 출연한 사람이라도 끝내러 왔다고 해 두죠. 가능하면 모든 출연자들을 말이에요."

악사들이 방 안으로 들어온다. 그는 침대 위로 올라와 마님을 두 팔로 끌어안는다. 그녀는 저항하지 않고 순순히 일어선다. 둘은 함께 침대 위에서 탱고를 추기 시작한다. 그들은 우아한 스텝을 밟으며 바닥으로 내려오고 탱고는 차례로 차카레라, 살사, 삼바, 쿰비아, 칼립소로 변한다. 그들은 계속해서 춤을 춘다. 그러는 동안 음악은 흥겹게, 끊이지 않고 흐른다.

지금은 왈츠가 흘러나온다. 마님의 얇고 하얀 잠옷이 휘날리고 빙글빙글 돌면서 방안의 공기를 깨끗이 한다.

또 다시 음울하고 불길한 전화벨 소리가 울리기 전까지는.

마님은 회전하다 말고 깜짝 놀라 멈춰 선다. 잠옷이 다리 사이에서 칭칭 감긴다.

"우리, 전화 받지 말아요." 그녀는 알프레디를 끌어안으며 절박하게 말한다.

"네, 그러지요." 알프레디가 조용히 대답한다.

수화기 너머에 있는 사람은 포기하지 않고 끈질기게 전화벨을 울려댄다. 전화벨 소리 때문에 연주를 들을 수가 없다. 마님은 공포에서 벗어나 평정을 되찾는다.

"역시 받아야겠군요. 이제 두 번 다시 타조처럼 굴지 않으려고요. 누군지 알고 싶어요."

"그렇지만 이미 알고 있다면요." 알프레디가 부드럽게 말하며 그녀의 몸을 창문 쪽으로 빙글 돌린다. 그곳에서 마님은 판자촌 사람들이 침대 위에 있던 무기를 몽땅 들고 오는 것을 본다. 모두들 카니발에라도 참가한 양 소총을 아무렇게나 든 채 와자하게 웃고 있다.

텔레비전도 축제에 참가하고 싶은가 보다. 화면에 특대형 케이크의 영상이 나오는 걸 보니. 카메라가 줌 렌즈로 확대하는 바람에 케이크가 점점 커져서 머랭보다는 구름이나 거품처럼 보인다.

전화벨이 계속 울린다. 모두들 흥겹게 떠들며 노는데도 아랑곳하지 않고. 그 사이 뒤쪽에서 군인들은 마지막 남은 고기를 모조리 먹어치운다. "뼈에 붙은 부위가 제일 맛있어"라면서. 전화벨은 계속 울린다. 마님은 마침내 전화를 받으러 간다. 분명 파트리시아로 추정되는 판자촌의 어린 소녀가 마님보다 먼저 도착해서 전화기 플러그를 뽑는다. 둥근 모양의 최신형 전화기다. 파트리시아는 전화기를 고무공인 양 자기 친구들에게 던진다.

"아얏!" 전화기에서 목소리가 소리친다.

그리고 그것이 마지막 외침이 되었다. 이제 전화기는 판자촌 사람들 사이에서 날아다니기 때문이다. 어떤 사람들은 소총의 개머리판으로 전화기를 때린다. "자, 우리 테니스 치자"라고 외치면서. 또 다른 이들은 바닥에 대고 소총의 총신으로 쳐댄다. "누구 골프 칠 사람?" "누구 론다 부르면서 놀 사람?"

젊디젊은 사람들이 이렇게 소리치며, 바닥에 쌓여 있는 무기 주위에 둥그렇게 둘러선다.

마님과 알프레디는 원 한가운데에 서 있다. 두 사람을 위해 승리의 함성 박수소리가 쏟아진다.

"이제 클럽은 우리 거요!" 그는 무기를 짓밟으며 말한다.

"그러면 국가는요?" 그녀가 묻는다. 아주 현실적이 된 그녀가.

로돌포 왈쉬14를 추모하며

14 [역주] 로돌포 왈쉬(Rodolfo Walsh, 1927~1977): 아르헨티나 출신의 좌파 문인이자 저널리스트. 「대학살 작전」, 「누가 로센도를 죽였나」 같은 글을 통해 군정의 인권탄압을 고발하였으며, 아르헨티나 문단에 증언적 글쓰기의 전통을 세운 작가라는 평가를 받는다. '추악한 전쟁'을 선포하는 군사쿠데타가 발발한지 1주년 되는 1977년 3월 24일 왈쉬는 「한 작가가 군사평의회에 보내는 공개 항의서」라는 글을 발표하였는데 그 이튿날 실종되고 말았다. 발렌수엘라는 왈쉬와 절친한 사이는 아니었지만 서로 깊이 신뢰하는 사이였다고 술회한다.

인류학과 페미니즘 문학[15]

Incursiones antropológicas

우리 여자들은 비밀을 못 지킨다는 게 일반적인 속설이다. 그러나 수많은 고대 신화를 보면 최상의 비밀에 속하는 신앙 대상은 우리 여자들 소유였다. 다시 말해서, 우리 여자들이 비밀을 관장했다.

최초로 가면을 만든 사람도 다름 아닌 여자들이었다. 부족을 즐겁게 하고, 또 가르치려는 목적이었다.[16] 여자들이 가면

---

15 이 글의 원제는 "Incursiones antropológicas"이다. 출전은 『글쓰기와비밀 *Escritura y secreto*』(Fondo de Cultura Económica, México, 2003), pp.74~83.
16 [원주] 호세 모세(José Mosé), 『애니미즘 가면』(Máscara animista).

을 창조했다면, 최초로 전쟁을 일으키고 이웃 부락을 약탈하러 나선 이들은 남자들이었다.[17] 아득한 옛날 부족 시대에 어머니는 딸자식을 우대했으며, 오로지 종족보존이란 한 가지 이유 때문에 남자들이 필요했다. 가임여성만 많다면 원기 왕성한 남자 몇 사람만 있어도 종족을 유지하고, 신성한 불을 보존할 수 있었기 때문이다. 그러나 새로운 전쟁 양식의 도래와 더불어 역할이 전도되었다. 남자들의 손에 달린 부족 방어가 무엇보다도 급선무였다.

이상은 인류의 육체·정신·문명의 흐름에 대한 개괄이다. 그러나 의미가 없지는 않다. 오늘날에도 배후에서 작동하는 그 무엇을 상징적으로 보여준다. 왜냐하면 어느 날, 다시 말해서 원시 문화(대부분 '원시'라는 말을 잘못 이해하고 있지만)의 신화시대에 예상한대로 여성과 남성은 충돌했고, 용감무쌍한 남자들은 가면을 빼앗아 산 속으로 들어갔다. 얼마 후, 이 남자들은 짐승의 피와 이빨과 발톱과 불에 탄 나뭇가지로 가면을 장식하고 백주 대낮에 마을로 돌아와 여자와 어린아이들에게 공포감을 심어주었으며, 그 후 지금까지 여자와 어린아이들

---

17 [원주] 마빈 해리스(Marvin Harris), 『문화의 수수께끼』

은 고단한 처지에서 헤어나지 못하고 있기 때문이다.[18]

미르체아 엘리아데는 『종교형태론』에서 "이같은 신화는 양성 사이의 종교적 대립만을 함축하고 있지 않다. 성性의 측면에서는 원초적으로 여성이 우월하다는 인식을 담고 있다"라고 말한다.

이러한 여성의 우월성에 대한 인식은 인류 역사에서 오래 가지 못했다.

여성의 위대한 창조물인 가면은 일종의 언어이다. 그런데 남성은 이 언어(가면)를 자신들에게 유리하도록 완전하게 다듬었다(여기서 말하는 남성이란 종으로서 수컷을 의미할 뿐, 우월성을 내포한 일반적인 용법은 아니다).

마이클 타우시그도Michael Taussig도 『마멸Defacement』에서, 다윈을 아주 놀라게 한 티에라 델 푸에고 지방의 원주민 셀크남

---

18 [역주] 발렌수엘라가 아래에서도 언급하지만 이 이야기는 아르헨티나 남쪽의 티에라 델 푸에고(Tierra del fuego) 지방의 신화이다. 타우시그를 비롯하여 많은 인류학자들은 이 지방에 거주하는 셀크남(Selk'nam 또는 Onas) 부족의 성년식 (Hain 또는 Klokéten이라고 칭함)에 지대한 관심을 보였다. 성년식에서 셀크남 부족의 남자들은 14세에서 16세가 되는 남자아이들에게 여자를 복종시키는 비법을 은밀히 전수하였다. 무서운 가면을 쓴 남성들이 괴성을 지르고 마을에 나타나면 여성들은 숨을 곳을 찾아 남편 품으로 달려갔다고 한다.

부족의 신화에 근거하여 동일한 이야기를 하고 있다. 우리가 아는 한, 이와 유사한 신앙은—아마도 원초적 모계 시대의 유산일 것이다—오스트레일리아, 뉴기니아, 적도 아프리카와 아마존 유역에 널리 산재한다. 이처럼 다양한 지역에 분포한다는 사실은 인류에게 공통된 기억이 있다는 증거이다.

티에라 델 푸에고의 신화에 따르면, 옛날 이슬라 그란데Isla Grande에서는 여자들이 비밀을 관장했으며, 이른바 '진실극'을 주관함으로써 샤만적이고 주술적인 권능을 독차지하였다.19 지식과 권력 또한 여자들 수중에 있었다. 따라서 비밀을 관장하던 여자들이 무소불위의 절대 권력을 행사하였다. 남성들은 단지 '진실극'의 관람객이었으며, 여성들과 함께 혜택을 보던 사람들이었다. 신 내린 가면을 쓰고 공연하던 '진실극'에서 "연극적 환영이라는 현실"은 사회 질서를 유지하는 기능이 있었다. 적어도, 신화가 얘기하듯이, 어느날 밤 남자들이 철저하게 통제되던 비밀을 알고 싶은 열망 때문에 성인 여

---

19 [역주] 진실극(teatro de la verdad; the theater of truth): 흔히 심리극 또는 사이코드라마라고 한다. 이 용어를 처음 사용한 비엔나의 정신과의사 모레노(J. L. Moreno, 1889-1974)에 따르면, 진실극이란 말보다는 연극적 행동을 통해 인간 각자의 내면세계를 표현함으로써 스스로 진실을 찾아 나서는 학문을 일컫는다.

자들은 모두 죽이고 나이 어린 여자아이들만 살려두는 비극이 일어날 때까지는 그러하였다. 다른 일도 그렇지만, 남자들은 가면을 소유하고 '진실극'을 주재함으로써 주술을 부렸다. 비밀을 소유하게 된 것이다.

바로 이 학살과 약탈의 순간에 공포와 억압의 사회 구조가 생겨났다. 아니, 보편화되었다. 남자들은 여자들이 무지하다고 몰아세웠고, 여자들은 아무 것도 모르는 척하였으며, 남성들은 이를 믿는 체하였다. 그리하여 "모두가 알고 있지만 말할 수 없다"는 '공공연한 비밀'이 생겨났다. 다시 말해서, 알아서는 안 되는 것을 알고 있다는 것인데, 이는 겉으로 보기에는 모순어법 같지만 사실은 그렇지 않다. 공공연한 비밀을 유지하려면 비밀이 누설되지 않도록 억압적인 조치를 취해야만 하며, 따라서 권력은 갈수록 공포와 폭력에 의지할 수밖에 없다.

이러한 함정에 빠지지 않은 인류는 없다. 적도 아프리카에서는 오늘날에도 소위 비밀단체들이 이런 일을 자행하고 있다. 익히 알고 있듯이, 권위주의적인 정부도 마찬가지이다. 다시 타우시그 말을 인용하면, "지식 자체는 권력을 의미하지 않는다. 애써 모르는 체하는 것이 권력을 낳는다". 여기에 패러독스가 있다. 비밀이 효과적으로 작동하려면 비밀이 존재한다는 의식이 반드시 필요하며, 이를 애써 모른 체함으로써 비밀은 없다는 인식이 광범위하게 유포되어야 한다.

이 모두가 문학이라는 물레방아를 돌리는 원동력이다. 문학은 비밀과 비밀 숭배자로부터 최대한의 주스를 짜내려고 한다. 주스를 짠다는 말이 곧 비밀을 고갈시킨다는 의미는 아니다. 오히려 반대이다. 비밀은 자가 생산되기 때문이다.

철학자이자 아프리카의 예술과 신앙을 연구한 인류학자인 체사레 포피Cesare Poppi의 「시그마!」(Sigma! The Pilgrim's Progress and the Logic of Secrecy)라는 논문을 보면 문학이 처음부터 알고 있던 것이 무언가를 이해할 수 있는 실마리를 얻을 수 있다. "입문자들이 배우는 것은 '새 세계'의 존재가 아니다. 새로운 해석 방법을 통해서 구세계를 다르게 조망하는 법을 배운다. 이 경우 비밀이란 실제적인 의미가 아니라 세계를 해석하는 틀이다."

타우시그와 같은 아프리카의 신앙 연구자와 마찬가지로 시인이나 작가들에게도 문제는 비밀의 내용을 알려는 것(불가능한 시도이다)이 아니다. 그보다는 비밀이 어떤 목적으로, 어떻게 구성되는지 알려는 것이다. 그리고 글을 통해서 이를 상징적으로 표현하는 문제이다.

그러면 가면의 본질을 언어라고 생각하자. 그리고 가면을 전쟁과 관련시켰으므로, 이제 언어를 전쟁, 그 중에서도 품격 있는 전쟁론과 관련시켜 보자. 문학 창조 또한 전략을 만들고, 이를 적용시킨다는 점에서 전쟁론과 유사하다. 문학 창조에서 전략은 선험적으로 만들어진 것이 아니라 글을 쓰는 동안에 자연스럽게 솟아 나오는 것이지만 말이다.

콜롬비아의 시인 아르벨라에스Fernando Arbeláez가 스페인어권에 소개한『손자병법』은 미래의 작가에게 교범이 될 수 있다.『손자병법』은 기원전 텍스트로 "과거사와 미래사를 포함한 영원한 현재"에서 진행된다. 아르벨라에스가 스페인어판 서문에서 설명하고 있듯이, 중국어에는 시제가 없으므로 항상 현재적인 의미를 담고 있다. 위대한 문학과 마찬가지이다. 위대한 문학이란 시제의 변화, 바꿔 말해서 다양한 해석과 이해를 수반하는 독서의 시간을 초월한다.

『손자병법』에는 비밀을 논하는 방(廟)이 등장한다(시계편). 지나가면서 간략하게 언급하기 때문에 놓치기 쉬운데, 이는 어떠한 서술이나 설명도 비밀을 훼손하는 것이나 마찬가지이기 때문이다. 이럴 경우, 그 방에서 논하는 일을 비밀이라고 할 수 없을 것이다.

다시 글쓰기의 문제로 돌아가서, 손자의 가르침을 따라 세 가지 권고를 할 수 있다.

첫째, "전쟁에 따른 손해를 충분히 알지 못하는 자는 전쟁의 이익도 알 수가 없다"(작전편)는 손자의 말은 무기와 마찬가지로 언어도 양날을 지닌 칼이라는 생각을 할 수 있다. 언어는 우리 작가들의 뜻에 순응하기도 하고, 동시에 저항하기도 하는 이중적인 특성을 가지고 있다. 여기서 아르헨티나의 유명한 만화가 떠오른다. 폰타나로사Roberto Fontanarrosa의 작품인데, 이 만화에는 이노도로 페레이라Inodoro Pereyra라는 엉뚱한 가우초가 기타를 치며 노래를 한다. 그리고 "벼락같은 영감을 받아서 작곡했지"라고 말한다. 그러자 멘디에타라는 개가 옆에서 이렇게 대답한다. "다음에 벼락같은 영감이 달려들면 피하는 것이 낫지 않겠어요?"

피하는 것이 낫다. 이 글쓰기 전쟁에서도 유도나 합기도와 마찬가지로 남의 힘을 이용하는 법을 배워야 한다는 뜻이다. 상대방이 자신의 힘과 분노(문학 창작에 필요한 요소이다)에 의해 쓰러지도록 하는 것이다. 다시 말해서, 언어가 말해야만 하는 것(또는 말하고 싶은 것)을 말할 수 있도록 하고, 우리들은 쓰고 있는 텍스트를 통해서 그 말을 사용하는 것이다.

『손자병법』의 두 번째 충고는 너무나 명백하기 때문에 부연설명할 필요는 없다. "적군에게서 온 사신이 저자세이면서도 방비를 더하는 것은 진격하려 하기 때문이요, 반대로 적군의 사신이 강경하게 말하며 진격 태세를 취하는 것은 후퇴하려 하기 때문이다." 행군편의 말이다. 작전편에는 이러한 가르침도 있다. "수레 싸움에서 이겨 적의 수레 10대 이상을 얻으면 우선 얻은 자에게 상을 주고, 그 수레의 기(旗)를 바꾸어 달아 아군의 수레와 함께 같이 타며, 적군의 병사를 잘 대우하여 아군으로 양성한다. 이것을 일컬어, 적에게 이김으로써 더욱 강해진다고 한다."

이 경우, 말(言語)이 병사이다. 우리 작가들이 배신(말실수)할 수도 있는 병사들을 잘 다스려야 한다고 하면, 적은 누구일까? 여기서 연상되는 것은 작가들의 필연적인 적, 즉 '말할 수 없는 것'이다. 무언가를 말하려면 말할 수 없는 것이 존재해야 한다. 보이지 않는 장벽 앞에 서 있는 것과도 같은 상태이다. 따라서 말로 만든 은유적 그림을 장벽 위로 던져서 적어도 그곳이 보이지 않는 곳임을 드러내야 한다. 자메이카에서 본 카니발 생각이 난다. 군중들이 어떤 카니발 참가자에게 폭행을 가하다시피 했다. 무슨 망신살이 뻗었는지 모르겠지만, 카니발 무희들이 모두 머리에서 발끝까지 흰색으로 치장했기 때문이다. 더 놀라운 일은 백여 명의 카니발 무희들이 행렬 도중에 완전히 붉은색으로 물들었을 때, 공격이 멈추었다는 사실이다. 이러한 변화의 카니발은 처음 보았다. 복잡한 독법이 필요한 의외의 담론이라고 할 수 있는데, 아무래도 피가 결론인 것처럼 보였다.

이 글에서 나는 글쓰기를 전쟁론에 비유했다. 텍스트는 말할 수 없는 것과 전쟁을 벌이는 전장戰場이다. 이는 수많은 비유 가운데 하나이다. 작품 창작 과정에서 내전이 일어난다. 이러한 내전에서는 백기를 들고(빨간색으로 물들 수도 있다) 항복하는 편이 낫다. 그래야 타자의 이야기가 서술될 수 있다. 실제 창작에서는 많은 경우 작가의 통제력을 벗어나는(작가가 텍스트를 마음대로 주무른다는 말은 스스로를 속이는 거짓말이다) 뜻하지 않은 인물, 반주인공이 등장하여 줄거리를 의심스러운 영역으로 끌고 간다. 이러한 힘에 이끌려 가는 일은 불유쾌하고 당혹스러운 일이다(그것이 언어이다). 이야기는 작가의 의도에서 빗나가지만, 그렇다고 원래의 줄거리로 되돌아가기 위해 언어를 사용하는 것도 어줍잖은 일이다.

앞에서 나는 글쓰기를 가면에 비유했다. 각각의 텍스트는 시작할 때 어떤 가면을 쓸까? 이탈로 칼비노는 "힘의 장, 서술의 장", 다시 말해서 글 쓰는 사람을 안테나로 변화시켜, 유례없는 반향을 끌어들이는 진정한 자장磁場에 직면했을 때, 그렇게 되물었다.

이처럼 가면은 안테나이기도 하다. 적어도 옛날 옛적부터 그렇게 간주했다. 가면을 쓰고 춤추는 사람은 '나'가 아니다. 춤추는 사람은 내가 재현하는 정령이다. 내가 얼굴에 가면을 착용하는 순간부터 나를 이끄는 정령이다. 따라서 여자로서, 여성 작가로서 나는 아득한 옛날 신화시대에 탈취 당한 비밀의 가면을 되찾는 데 관심이 있다. 여기와 저기, 티에라 델 푸에고를 비롯해서 이 세상 어느 곳에 가든지 그러한 가면을 되찾으려고 한다. 아무튼 우리들은 페르소나persona라는 단어의 뜻이 원래 가면이었다는 사실을 잊어서는 안 된다. 그리스 비극에서는 '프로소폰'이었고, 로마의 희극에서는 '페르소나레'였다.[20]

뉴질랜드 여행길에 오클랜드Auckland시에 들렀다가 와레와카이로whare whakairo라는 화려한 건물을 보았다. 마을의 여러 문제를 논의하고 해결하는 공회당 같은 곳인데, 건물 안에는 각 부족—카누라고 한다—의 신을 새겨놓은 나무판자가 있었다.

모두 남성 신일까? 그런 의문이 들었다. 물론 아니다. 이 건

---

[20] [역주] 프로소폰(prosopon)은 "얼굴 앞에"라는 뜻이며, 페르소나레(personare)는 "~을 통하여 말하다"라는 뜻이다.

물의 안쪽 어두침침한 구석에 죽음의 여신(Hine-nui-te-Po)이 있었다. 이 여신의 다리 사이에 있는 도마뱀이 전설적인 영웅 마우이Maui이다. 마우이는 여신의 몸 속에 들어가 심장을 꺼내오려고 도마뱀으로 변하였다. 죽음의 여신 심장만 있으면 모든 인간이 영생을 얻을 수 있기 때문이다. 그러나 죽음의 여신은 이빨이 달린 성기로 담대한 영웅의 목을 잘라버렸고, 우리 인간은 모두 슬프고도 피할 수 없는 '죽음이라는 습관'—환언하면, 비밀의 어머니—에 물들게 되었다.

마우이의 전설은 예상한 일이었다. 예상치 못한 일은 다른 일, 즉 종종 신화적 시간은 생생하게 살아 있어서 매번 재생된다는 사실이다. 녹색 융단이 펼쳐진 듯 아름다운 뉴질랜드의 경치를 둘러볼 때는 해밀턴이라는 작은 도시에서 '마오리 여성 센터'의 정신적 지주인 히네위랑지Hinewirangi라는 혁명적인 시인을 만나리라고는 예상조차 못했다.[21] 내가 그곳을 찾았을 때, 히네위랑지는 뚱뚱한 몸매에 회색 머리칼을 라스타

---

21 [역주] 히네위랑지(Hinewirangi Kohu-Morgan)는 뉴질랜드 마오리 족의 운동가이고 예술가이자 시인이다. '마오리 여성 센터'를 설립하여 급격한 사회·경제적 변화와 더불어 발생하는 마오리 공동체의 문제와 가정 폭력의 문제를 해결하기 위해 노력하고 있다.

파리언 식으로 치장하고, 잃어버린 영역의 지도 제작에 골몰
하고 있었다. 다시 말해서, 여성 센터의 여성들과 함께 얼굴에
문신을 그리고 있었다. 이 문신은 패배한 여신들의 가면이기
도 하다. 왜냐하면 마우이는 죽음의 여신에게 패배하기 전에
많은 여신들을 물리치고, 이들을 모두 망각 속으로 밀어 넣었
기 때문이다. 불의 여신 마우이카Mahuika를 이글거리는 손톱
으로 할퀴었고, 지식의 여신 무리랑가웨누아Muriranga-whenua
를 비롯해서 차례차례 여신들을 죽음으로 몰아넣었던 것이다.

이 때문에 해밀턴 시의 마오리 여성들은 패배한 여신들의
가면을 만들고 있었다. 이 여신들에게 새로운 육신을 부여하
고 기억에 되살림으로써 비밀의 이쪽 편에 남게 하려는 것이
었다.

지식의 단계에서 신화는 전설보다 훨씬 상위에 위치한다.
신화는 모두가 공유하는 심오한 앎을 이야기한다. 신화는 단
지 이야기로만 전해지는 감추어진 진실을 표현하며, 이는 의
례를 통해서 주기적으로 재현된다. 따라서 가면을 복원하는
작업, 잃어버린 이야기를 되살리는 작업, 그리고 오랫동안 우
리 여성들에게 금지된 언어를 되찾는 일은 신화에 등장하는
저 학살 이전에, 저 전쟁 이전에 가면을 관장한 여성들이 깨달
은 그 무엇을 자각하는 일이기도 하다. 비록 지난한 작업이지

만 오늘날 우리 여성들은 과거에 빼앗긴 고유의 가면이 가진 신성과 특성과 힘을 되찾으려고 의식적으로 노력한다. 내가 '고유의 가면'이라는 말을 사용하는 까닭은 누군가가 우리들에게 덧씌운 아주 위험한 가면이 있기 때문이다. 가능하면 조속한 시일 내에 이러한 가면을 벗어던져야 가면을 자신의 얼굴로 착각하는 위험에서 탈피할 수 있다. 주변에서 흔히 접하는 세계화라는 중립적인 가면도 여기에 속한다. 갖가지 산물로 위장한 세계화라는 가면은 상품을 가득 실은 거대한 컨테이너를 우리 항구로 실어오고 있으며, 여기에 '제1세계 생산품'이라는 딱지를 붙이고 있다. 그러나 이것은 거짓말이다. 그 생산품은 세계에서 가장 값싼 노동력으로 만든 것이다. 다시 데운 햄버거 냄새가 나기 때문에 생산자인 우리들은 과연 제1세계에서 만들었냐고 의심한다. 아무튼 그런 상품은 우리를 구별하는 수많은 의례와 남성 신과 여성 신을 지워버리는 지우개이며, 또 하나 같이 실이 달려 있어서 이방의 소수가 꼭두각시를 다루듯이 조종한다.

우리는 글쓰기를 통해서 막강한 탈정체성으로부터 벗어날 수 있다. "로봇처럼 살아가는 우리들에게 언어의 맛을 돌려주는 일이야말로 여성 글쓰기가 모국어에 기여할 수 있는 가장 아름다운 선물이다"라고 줄리아 크리스테바는 한나 아렌트Hannah Arendt에게 헌정한 책에서 말했다.[22] 크리스테바는 여성 철학자 가운데서 아렌트보다 더 훌륭한 사람을 꼽을 수 없었다. 아렌트는 나치의 인종주의와 맞선 용기 있는 사람이었다. 크리스테바는 아렌트의 책에서 학문 연구의 단초, 특히 사랑에 관한 연구의 단초를 얻었다. 또한 크리스테바는 아렌트의 문장을 꼼꼼하게 인용하면서 아렌트의 전기를 서술하고 있을 뿐만 아니라 훌륭한 저서를 심오하게 분석하고 있는데, 이렇게 함으로써 아우구스티누스만큼 확신에 찬 여성 아렌트는—아우구스티누스에 관한 저술도 있다[23]—이야기 속에서, 그리고 이야기를 통해서 다시 생명을 얻게 되었다.

여성은 오랫동안 교육을 받을 수 없었기 때문에 글을 쓸 수도 없었고, 또 글을 쓰는 것을 허락하지도 않았다. 어떤 주교는 여자 중에서도 제일 똑똑한 여자를 침묵시키기 위해 여자 가면을 썼다고 한다.[24] 이처럼 원시시대와 마찬가지로 갖가

---

22 [역주] 여기서 발렌수엘라가 염두에 두고 있는 크리스테바 책의 영어 번역판 제목은 'Hannah Arendt: Life Is a Narrative'이다.

23 [원주] Hannah Arendt, Love and Saint Augustine.

24 [역주] "제일 똑똑한 여자"란 멕시코의 시인 소르 후아나 이네스 데 라 크루스 (Sor Juana Inés de la Cruz, 1648~1695)를 가리킨다. 푸에블라의 주교 마누엘 페르난데스(Manuel Fernández de Santa Cruz) 소르 필로테아(Sor Filotea)라는 여자

지 책략을 동원하여 여성을 비밀로부터—남성과 여성의 구분을 넘어서는 동시에 여성에게도 호모 사피엔스, 호모 루덴스 homo ludens, 호모 폴리티쿠스homo politicus라는 위상을 부여하는 비밀로부터—격리시키려고 하였다. 이제는 여성도 글을 쓴다. 이것은 지식이자 놀이이자 징치이다. 여성은 이제 열정적으로 지금까지 알려지지 않은 영역의 지도를 작성하고 있다. 이 영역은 광석이 많이 매장된 곳이다. 왜냐하면 언어라는 것이 그런 것이기 때문이다. 여성은 이제 수호 가면을 되찾고 있다. 그리고 세상 어느 곳이나 빠짐없이 비추는 눈부신 비밀의 빛이 거대한 파노라마처럼 펼쳐지고 있다.

이름의 필명으로 소르 후아나 수녀를 궁지에 몰아넣었다.

반역하는 말

La palabra rebelde

1

저는 라틴아메리카의 여성 작가와 그 글쓰기에 대해 이야
기해 주었으면 한다는 부탁을 받았습니다. 늘 다시 부상하고
활성화되는 주제이죠. 우리는 그 세 번째 성찰의 순간을 살고
있습니다. 대단히 긍정적인 일이죠. 최근 50년간 엄청난 진전
이 있었음을 보여주니까요. 물론 페미니즘 투쟁이 그 문을 열
었고, 우리 여성은 이 세계와 문단에서 우리의 위치에 대한 참
인식을 얻었습니다. 우리만의 언어를 가지게 되었다고 할 수
있는 것입니다.

저명한 미국인 비평가이자 교수인 그웬돌린 디아스는 자신

의 유명한 선집『아르헨티나 문학 속의 여성과 권력*Women and Power in Argentine Literature*』(2007, 스페인어판은 아르헨티나에서 2009년 발간됨)에서 이 문제를 다각적으로 조명하고 있습니다. 이 선집은 지난 50년간의 아르헨티나 역사와 문화를 포괄하는 다양한 연령과 경험의 여성 작가 15인의 작품, 대담, 분석의 복합체입니다. 젠더와 정치 관련 주제들을 균형감 있게 다루고 있으며, 서문에서는 지배구조를 재생산하지 않으면서 성적 특질과 정체성의 전복적 잠재력을 권력의 틀에서 다시 생각할 것을 제안합니다. 가부장적 가치를 추인하는 것이 아니라 권력에 대한 역동적 대안을 탐색하겠다는 것이죠. 그녀는 다음과 같이 말하고 있습니다.

지각知覺의 변화가 권력을 해체할 수 있다. 그런 변화는 여성 작가와 사상가들의 작품 속에서 일어나기 시작했다. (……) 그러므로 권력의 틀에서 젠더와 성적 특질을 탐색하는 것은 가부장적 가치들을 추인하는 것이 아니라 권력에 대한 역동적 대안을 탐색하는 일이다.

권력의 미스터리는 제가 개인적으로 이미 오래 전부터 탐색한 주제이기도 합니다. 저는 신이 되고 싶어 하는 남성들을 부추기는 광기, 그 통제하기 힘든 충동이 놀랍고 관심이 갑니다. 이 놀라움 때문에 여러 편의 단편과 소설을 썼습니다. 『무기의 변화Cambio de armas』와 『도마뱀 꼬리Cola de lagartija』가 대표적인 작품일 것입니다. 증거는 충분하지 않습니다만 제 생각에는 자신의 목소리를 들려주고자 지배적 남성 모델을 재생산할 수상스러운 필요성이 없어진다면 여성은 더 현명하고 덜 격렬할 수 있을 것 같습니다. 다행스럽게도 세계에는 최고위직에 오른 많은 여성이 이미 존재합니다. 인내심은 필요하겠지만 패러다임이 변화하리라는 희망이 있는 것입니다.

아르헨티나에는 점점 더 여성에 대한 의식이 강해지는 것 같습니다. 대통령이 되면서 크리스티나 페르난데스는 자신이 여성인지라 걸음을 내디딜 때마다 숨 가쁘게 능력을 입증해야 할 것이라고 인정했습니다. 국방부 장관 닐다 가레는 젠더 관련 자문위원회를 만들어, 점점 숫자가 늘어나는 여군의 권리는 물론이고, 게토화되는 경향이 있는 군가족의 권리를 보호하도록 했습니다. 또한 행정부에서 사용되는 언어에서 여성의 가시화를 모색하는 법안이 상원에서 현재 반쯤 통과되었습니다. 문체 매뉴얼을 만들어 정부에서 작성하는 모든 문서에 강제 적용시킴으로써 성차별을 없애려고 하고 있습니다.

이리하여 훈령 892/2009로 후아나 아수르두이를 아르헨티나 최초의 여성 장군generala으로 추서할 때 "독립군에서 빛나는 활약을 한 불굴의 전사이며 영웅인 도냐 후아나 아수르두이 중령teniente coronela에게25 아르헨티나가 감사하는 마음으로 역사적 부채를 청산하기 위해서"라고 작성하였습니다.

거의 150년이나 지체된 장군 임명이 제게는 각별한 즐거움이었습니다. 후아나 아수르두이는 제가 좋아하는 역사적 인물이기 때문입니다. 이 독립전쟁의 영웅을 전면적으로 다루는 소설을 쓰지는 못했지만, 제 최근 작품에 넌지시 끼워 넣었습니다.

우리 여성은 전진하고 있습니다. 크리스테바는 1998년 한나 아렌트Hannah Arendt에 대한 책에서, "21세기는 좋아지든 나빠지든 간에 여성의 세기가 될 것이다. 천재 여성은, 이 책에 나오는 것처럼, 나빠지는 21세기가 되지는 않으리라는 희망을 준다"라고 쓰고 있습니다. 여성의 복수를 말하는 것이 아니라 다시 균형을 확립하리라는 이야기입니다. 비록 남성

25 [역주] 'generala', 'teniente coronela'는 'general', 'teniente coronel'의 신조어 여성형 명사이다. 과거에는 군이 남성의 전유물이라 계급에 여성형이 존재하지 않았다.

과 여성은—오래 전 농담처럼 '하느님 덕분에'—똑같지는 않지만, 그렇다고 법 앞에서 또 일상생활, 노동, 정서적인 삶, 지성계에서 다른 대접을 받아야 할 이유는 없습니다. 이 모든 영역에서 오랜 세월 동안 인류의 절반이 뒷전으로 밀려나 있었습니다.

2

2009년 8월 저는 쿠바 아바나에서 소설가 마릴린 보베스와 라이디 페르난데스 데 후안, 비평가 루이사 캄푸사노와 사이다 카포테 등 쿠바의 뛰어난 지성 4인과 함께 문학과 젠더에 대한 라운드테이블에 참석했습니다. 두 작가는 말을 하려면 '벌거벗어야' 한다고 주장했고, 두 비평가는 이견은 있지만 여성 글쓰기의 존재를 옹호했다는 점을 부각시킬 필요가 있을 것 같습니다. 그래서 위대한 쿠바 여성시인을 기려 설립한 '카사 둘세 마리아 노이나스'라는 중요한 문화기관에서 개진된 그들의 견해를 인용하고자 합니다.

저는 여성이 특별한 글쓰기 방식을 소유하고 있다고 믿습니다. 그러나 제 생각에는 (제가 이 문제에 대해 전문가는 아니라는 점을 밝혀둡니다. 독자의 관점에서 이야기하는 것뿐입니다) 여성적 글

쓰기 방식이 존재합니다. 여성만의 글쓰기 방식을 의미하는 것
은 아닙니다. 여성적 글쓰기를 이용하는 남성도 있습니다. 내
부에서 외부로 말할 때, 감성이 행동보다 두드러질 때, 핵에서
외부로 이야기할 때(세포질을 향해 이야기할 때라는 뜻이나 진배없
습니다만, 세포질 운운하면 의학적 현학이겠죠), 여성적 방법을 이
용하는 것입니다. 우리 여성이 매일 직면하는 문제를 거론하지
는 않겠습니다. 하지만 제가 저의 단편을 통해 무엇을 제안하
는지는 밝히겠습니다. 먼저 우리 여성 스스로를 묘사하자는 것
입니다. 우리 스스로 대중 앞에서 벌거벗자는 것이죠. 여성 작
가라고 해서 전적으로 순수한 것도 아니고 항상 도발적인 것도
아닙니다.

—라이디 페르난데스 데 후안

여성에게는 더 큰 감성을 요구합니다. 여성은 남성에게는 없
는 울 수 있는 권리를 부여받았기 때문입니다. 우리 여성은 사
회적 구성물이기 때문에 남성과 차이가 납니다. 더 감성적이고
더 현실적이도록 교육을 받았습니다. 우리 여성은 더 정직하고
벌거벗는 것을—특히 정신적 의미에서는—덜 창피해합니다.
제가 만일 저의 본바탕을 드러내고자 하면, 여성이기 때문에 가
능합니다. 여성주의적 관점에서 보자면 제 글쓰기에서는 특히

초창기에 여성 정체성에 대한 열망이 존재했습니다. 차별에 대한 응답의 형태로 존재했다고 생각합니다. 여성의 처우가 개선되면서 여성이 남성을 상대로 끊임없이 존재를 확인할 필요성은 감소했습니다.

—마릴린 보베스

문학비평은 절대적인 여성 글쓰기는 존재하지 않는다고 말하는 경향이 있습니다. 생물학적으로만 여성의 글쓰기가 있다고 받아들일 뿐입니다. 다시 말해 남자가 쓴 글이 있고 여자가쓴 글이 있다는 식이죠. 그러나 여성 글쓰기는 독특한 특징을 요구합니다. 그래서 여성문학과 여성 글쓰기를 구분해야 합니다. 여성 글쓰기라는 용어는 오랜 세월 수많은 여성 작가에 의해 개념화되었습니다. 여성적 글쓰기에 존재하는 일련의 특징이 정립된 참고서지도 많습니다. 이 특징들 중에서는 전기적 특징, 젠더 정체성 구축의 필요성, 개인 경험에 의거한 현실 등이 있습니다.

—루이사 캄푸사노

반드시 알아야 할 사실이 있습니다. 여성문학을 말하는 것이 여성문학의 가치를 폄하하는 일이 아니라, 여성이라는 젠더화

된 주체가 생산한 문학임을 인정하는 일입니다. 이는 주제, 글쓰기 전략, 작품의 배급과 유통에 영향을 줄 수 있습니다. 그 점이 제가 비평 작업을 통해 의도한 일입니다.

—사이다 카포테 크루스

3

제 이야기도 해야겠습니다. 여성의 글쓰기라는 격랑 속으로 제가 어떻게 뛰어들었는지 말입니다.

저는 당대 아르헨티나의 대단한 지성들이 드나드는 가정에서 자랐습니다. 그러나 그들은 젠더로서의 여성 작가라는 개념은 제기조차 하지 않았습니다. 정말 수많은 훌륭한 여성 작가가 존재하던 시절이었습니다. 실비나 오캄포, 베아트리스 기도, 시리아 폴레티, 엘비라 오르페, 그리고 제 모친인 루이사 메르세데스 레빈슨이 있었고, 그 후로도 단지 몇몇 사람만 거론한다 해도 알레한드라 피사르닉과 사라 가야르도가 있었습니다. 당시는 작가는 양극을 편안하게 넘나드는 양성적 존재라고 주로 말하던 시절이었습니다. 사실은 남성이라는 매력적인 극만 존재하는 셈이었지만 그 누구도 그 정통적 견해를 문제 삼지 않았습니다. 시몬느 드 보브와르의 "여성은 태어나는 것이 아니라 만들어진다"라는 말조차 그 토대를 허물어뜨리지 못했으니까요. 25세 때 반항아였던 저 역시 제 첫 단편집인 『이단자들 *Los heréticos*』이 남성 작가의 작품 같다는 이야기를 큰 칭찬으로 받아들였습니다.

저는 1976년 10월에야 캐나다 오타와에서 비로소 여성 문제에 최초로 접근하고, 그 이후 계속 관심을 두었습니다. 오타와에서 열린 아메리카[26] 여성 작가회의가 처음으로 전 세계적 보편성을 획득할 때였습니다. 저는 여성 특유의 언어의 존재 가능성을 다루는 라운드테이블에 참여하기로 결정하고 발표문을 쓰면서, 언어는 인간의 무의식에서 잉태되고, 그 무의식은 중성이므로 여성만의 언어는 존재하지 않는다는 확신을 가지고 시작했습니다. 그러나 창작에서도 으레 일어나는 것처럼, 타자를 치면서 말이 변하기 시작했습니다. 중성적이라고 생각한 말이, 프로이트가 전의식이라고 부른 것을 지나면서 성적 특질을 띠게 된다는 것을 저는 깨달았습니다. 작업이 계속되면서 저는 우리는 알고 있다고 생각한 것보다 더 많은 것을 알고 있다는 사실을 발견했습니다. 결국 여성 언어의 존재에 대해 부정적으로 쓰려던 글이 긍정적으로 바뀌었

[26] 미주 전체를 가리킴.

습니다.

브라질의 여성 소설가 넬리다 피뇬Nélida Piñon의 『꿈의 공화국La República de los Sueños』에서 한 구절 인용하자면, 저는 "의심하지 않던 가슴에 범람한 최초의 여행"을 경험하기 시작한 것입니다. 왜냐하면 그 졸고에서 말이 제게 반란을 일으켜 더 이상 제 소신을 추인하지 않았거든요. 제가 쓰고 있던 말인데도 제 의식과는 반대되는 말을 하기 시작했습니다. 마담 보바리가 플로베르도 아니고 또 그녀도 아니었듯이, 저도 이미 제가 아닌 생판 다른 사람이 되어 입으로—아니 손가락 끝으로—다른 내용의 독사를 뱉어내고 있었습니다. 언어는 생명을 얻기 직전 발화자의 호르몬을 충전하고, 우리를 배반하고, 신성모독을 범하고, 바깥으로 터져 나옵니다. 그렇습니다. 말해지지 않으려고 저항하는 것의 주름 사이에 여성의 언어가 숨어 있는 것입니다.

저는 그때 언어에 대한 의무에 충실히 응답하는 것을 배웠습니다. 발표문을 쓰는 그 짧은 순간에 일어난 일이 오늘날까지 지속된 탐구의 길을 열어주었습니다.

창작을 하면서 의도적으로 그 길을 찾지는 않습니다. 하지만 그 때부터 다른 층위에서 발화되는 언어의 존재 가능성에 흥미를 느꼈습니다. 그래서 내년 3월에 발간될 제 소설은27

그 언어에 대한 탐색을 간접적으로 다루고 있습니다. 이 소설에 대해서는 나중에 말씀드리고, 지금은 그 소설로 저를 이끌어준 여러 '통찰력insight'을 잠시 훑어보는 것이 좋겠습니다.

4

뛰어난 여성 작가들은 정전에서 배제될까 봐 남성과 여성의 글쓰기에 차이가 없다고 주장하기도 합니다. 또 평범한 작가들은 기존 질서를 전복시키려는 듯하면서도 결국은 가부장적 정전에 호응하기도 합니다. 어찌 되었든, 저는 여성 언어의 존재를 믿습니다. 여성 언어의 실체가 아직 완전히 밝혀지지 않았고, 다른 언어와의 경계도―가령 남성적 특징의 일상언어―대단히 애매모호하지만 말입니다.

루이사 캄푸사노는 그의 저서 『나르시스와 에코: 고전주의 전통과 라틴아메리카 문학』에서 "라틴아메리카 현대 여성문학은―최근 수십 년 동안의 여성 글쓰기가 대체로 그렇듯―금기를 깨뜨리고, 전복적이고, 저항적인 정신을 특징으로 하고 있으며, 이 정신은 논쟁적 프락시스로 표현된다"라고 말합

---

27 뒤에 언급될 『마냐나 호 El Mañana』를 말하며 2010년에 출간되었다.

니다.

바로 그렇습니다. 언어lenguaje는 섹스이고 말palabra은 육체입니다. 가벼운 소설의 언어는 결코 그렇지 않지만, 힘이 충만한 이 여성 언어에서는 변화하는 것이 말이 아닙니다. 의도하지는 않았다 하더라도 사실 우리 여성 작가가 하는 일은 말의 충전에 극단적 변화를 주는 일입니다. 우리가 물려받은 남성중심적 언어의 요구를 무시한 채 말에 극성을 띠게 하고, 필요에 따라서 양극으로 만들었다 음극으로 만들었다 합니다.

저는 점점 더 말이 쿼크 같습니다. 쿼크는 미세한 소립자라서 크기가 있다고 할 것까지는 없지만 맛과 색은 있습니다. 게다가 실험자의 눈에는 틀림없는 입자나 웨이브입니다.

오늘날 일단의 여성 작가들은 낡고, 닳고, 써버리고, 고갈된 말에 이렇게 우리 여성만의 조합을 제공합니다. 베일을 들춥니다. 늘 감추어질 수밖에 없었던 여성의 은밀한 색과 맛을 드러내고자 말의 함의를 깊이 탐구합니다.

메리 데일리Mary Daly는 저서인 『진/에콜로지Gyn/Ecology』에서 가부장적 질서 하에서 여성에게 부여된 의미론적 역할을 연구하면서 말의 제국주의imperialismo verbal라는 주제를 깊이 분석합니다. 그녀는 "여성은 어느 시대나 길쌈녀tejedora이다.

우리에게는 천textil을 맡기고 남성들은 책texto을 취한다. 두 말의 기원이 같다는 것도 모르고. 라틴어 'texere'는 '짜다tejer' 라는 뜻이다"라고 말합니다. 데일리는 "가부장제가 우리 여성에게 우주cosmos를 훔쳐가 화장품cosméticos과 잡지『코스모폴리탄Cosmopolitan』의 형태로 돌려주었다"라고 덧붙입니다.

5

초기 지도 제작자들은 지도에서 미지의 땅에 해당하는 부분에 보통 "Hic sunt leones"라고 적었습니다. "이곳에는 사자가 있음"이라는 뜻입니다. 즉, 모든 두려운 것, 야만적인 것, 모르는 것, 불가해한 것, 미지의 것이라는 뜻에서입니다. 그런데 'Hic sunt leones'라는 구절이 여성의 언어, 그 말의 육체에 널리 적용된 듯합니다.

여성의 행동거지를 규정하는 신비주의는 늘 남성이 지도화시켰습니다. 태초부터 남성은 여성이 자신의 육체로 무엇을 해야 하는지, 특히 마르고 글란츠라는 멕시코 여성 작가의 말마따나 "여성의 가장 위험한 구멍"인 입으로 무엇을 해야 하는지 우리에게 말했습니다.

여성의 담론은 늘 통제되고 검열되어 단 한 마디도 자기 장소를 벗어나서는 안 되었습니다. 왜냐고요? 최초의 선동에,

특정 진실이 말해지는 바로 그 통제에서 벗어나는 순간에 뛰어오를 준비를 하는 사자들이 존재하는 법이니까요. 그 진실들은, 아니 그 선언들은 파괴적일 수 있습니다.

철통같은 가부장제는 우리에게 여성은 어머니 대지Madre Tierra의 일부분이라는 생각을 주입시켰습니다. 즉 약속의 땅으로서 여성, 아니 '미지의 영토'로서의 여성상입니다. 그 수동적인 애매모호한 땅에 우리는 수천 년 동안 머물러 있었습니다. 거의 위대한 신비로움이 감도는 존재, 심지어 우리 여성에게도 신비로운 존재로 말입니다. 이 모두가 예의 사자들, 우리 여성의 약점을 생생하게 보여주기에 결코 고백할 수 없는 열정과 욕망이라는 공포와 마주치지 않기 위함입니다.

미지의 땅과의 경계에는 이정표가 있습니다. 옛날의 이정표처럼 이것도 끝이 둥근 원통형입니다. 물론 가부장제가 기표로 삼은 그 유명한 남근이고, 의미론적 관점에서 보자면 이정표의 양쪽에는 남성과 여성이 각각 모여 있는 듯합니다.

우리 여성은 이정표를 사이에 두고 미지의 땅, 아직 이름이 붙여지지 않은 쪽으로 밀려납니다. 우리가 결코 볼 수 없는 달표면 반대편 같은 곳으로요. 남성은 안전한 쪽, 모든 사물과 모든 감정과 모든 행동이 적확한 해당 어휘를 지닌 '문명화된' 쪽을 차지합니다. 남성과 동일한 어휘를 사용하도록 강요받는 여성은 우리도 모르게 타자의 위치를 맡게 되고 말입니다. 여성의 말은 고귀한 동의어를 사용하지 않으면 교체도 불가능합니다. 그래서 여성은 미묘한 차이의 말들을 튼실하게 조합하는 법을 배우고 있습니다. 우리는 힘과 전복을 통해, 경우에 따라서는 분노를 통해 이를 실행합니다.

여성 육체의 광채와 천박함 모두에 대해 쓰고 묘사할 것을 제안하는 프랑스 페미니스트들의(엘렌 시수, 뤼스 이리가라이) 단순화된 추천을 넘어, 저는 '혐오 즐기기regodeo en el asco'라고 범주화시킬 수 있을 만한 것을 외로운 라틴아메리카 여성 작가들에게서 발견합니다.

혐오 속의 즐거움이냐고요? 네, 그렇습니다. 이는 삶의 모든 것, 또한 부패 속의 생식력을 깊이 인정하는 것입니다. 독성, 밀림 늪지대의 악취 나는 물, 탄생은 물론 죽음과 연관되어 있을 듯한 모든 것 말입니다. 일부 여성 작가들은 혐오와 창피함을 초월하는 지혜, 또한 거부감의 수용방식을 창출하는 지혜를 발휘합니다. 이는 섬세한 지각 혹은 부정否定을 통해 성스러운 지식에 접근하는 일입니다. 엘비라 오르페, 루이사 메르세데스 레빈손, 사라 가야르도처럼 서로 대단히 다른 아르헨티나 여성 작가들이 이렇게 이해했습니다.

위대한 브라질 여성 작가 클라리시 리스펙토르Clarice Lispector가 깊이 탐구한 자연과의 교감 방식들이요 저마다의 내부에 있는 가장 야성적인 본성과의 교감 방식들입니다. 『GH의 열정 *La pasión según GH*』에는 자신의 정체성에 대해 아무런 생각이 없는 여주인공이 등장합니다. (암소에 찍는 낙인처럼) GH라는 약자, 즉 실질적인 익명 상태의 여주인공입니다. 그녀는 자기 발에 밟혀 형체는 사라지고 하얀 반죽만 남긴 바퀴벌레를 보면서 당혹스럽고 긴장된 내면 여행에 몸을 싣습니다.

이름도 모를 그것이, 내가 바퀴벌레를 쳐다보면서 호명하는, 하지만 이름은 없는 바로 그것이었다. 가치도 없고 특징도 없는 그것과의 접촉이 혐오스럽다. 이름도 맛도 냄새도 없는 생물은 혐오스럽다. 무미건조하다. 맛에는 이제 내 자신의 씁쓸함이 배어있다. 그러자 순간적으로 온몸에 일종의 행복한 전율, 혐오스럽고 행복한 불쾌감을 느꼈다. 그 와중에 다리가 땅으로 꺼지는 느낌이었고, 그래서 내 미지의 정체성의 뿌리와 늘 닿아있는 느낌을 받았다.

그 빛나는 타락의 과정에 있는 삶 자체에서 자신을 격리시키는 듯한 그 혐오의 장벽을 극복하기 위하여, GH는 그 몹쓸 것 일부를 입으로 가져갈 필요가 있었고 또 육체와 감각을 활성화시켜 이성을 훌쩍 넘어서는 지식에 접근해야 했다. "혐오감을 느끼는 것과 동시에 세계가 내게서 도망치고, 내가 세계에서 도망치리라는 것을 알았다." 이는 본능적인 수용으로 마치 일종의 수선방법, 성스럽다 할 교감, 지식에의 접근이라 할 수 있을 것입니다.

알리시아 D. 오르티스Alicia Dujovene Ortiz의 첫 번째 소설 『모퉁이 우체통 *El buzón de la esquina*』의 여주인공 하신타는 이와 비슷한 일을 유쾌하게, 또 기꺼이 시도합니다. "그때 그것들을 보았다. 회색이고, 두텁고, 서늘함의 쾌락에 빠진 십여 마리 민달팽이가 정원에서 빨래터로 왔다. 은빛 섬유질 망을 움직여 벽과 바닥을 꿈틀꿈틀 기어오면서."

하지만 보기만 하는 것은 별일 아닙니다. 우리를 동물성에서 격리시키려는 헛된 시도를 하는 그 거울의 반대편에 관한 지식을 얻으려면 민달팽이들을 받아들이고 감수하고 일체감을 느껴야 합니다.

하신타는 겁에 질려, 마치 뜰에 내리는 비에 풀이 솟아나듯 솜털이 곤두선 채, 몸을 구부리고 민달팽이에 입을 맞추었다. 그 뜨뜻한 입술과의 구역질나는 접촉에 그녀 못지않게 기겁한 민달팽이들이 도망을 쳤다. 한센병 환자의 문드러진 상처에 입을 맞추는 성녀처럼 정성껏 입을 맞춘 하신타는 마음이 신의 영광으로 가득해진 것을 느꼈고, 민달팽이의 축축한 입술을 핥으며 결코 부드럽지 않은 맛을 음미했다.

두 여주인공 모두 남자 잡아먹을 여인(hembra devoradora)일까요? 왜 아니겠습니까? 남근을 빨아들여 하복부 안팎을 하나로 만들 준비가 되어 있는 여인들입니다. 가장 초보적인 상태인 애벌레 초기 때부터 자신을 파악하고, 자신을 파악하면 만물에 대해 조금 더 알 준비가 되어있습니다. 우주와의 합일 unión을 통해 비밀에 다가서려 합니다. 그 여주인공들은 육체는 혐오감을 알아야 한다고 말하는 듯합니다. 혐오감을 의미 있게 흡수해서 마침내 모든 말로 자신을 표현할 수 있어야 한다고 말하는 듯합니다. 그것은 섹스를 입에 올리지 않되 섹스의 말입니다.

남근의 비남근적인 부분에 늪지대가 더 많고, 독성과의 생리학적 접촉이 더 많이 필요한 것 같습니다. 아마 독성을 지도에 더 잘 표시하기 위해서 말입니다.

6

영혼의 격랑을 깊이 통찰하는 데에도 여성은 그저 습관 때문에, 혹은 적응력 덕분에 남성보다 더 좋은 위치에 있다는 점도 인정해야 합니다. 불과 얼마 전까지만 해도 우리 여성은 언어의 변두리, 즉 더 쉽게 진흙탕을 이루어 미끄러지기 쉬운 곳에 있었습니다.

말이란 예나 지금이나 보통 반여성적이지 않았던가요? 남성에게는 긍정적인 의미의 명사도 여성명사로 바뀔 때에는 그 의미가 바뀌지 않던가요? 그런 예는 수없이 많습니다. 'hombre público'는 '공인'이라는 좋은 뜻이지만 'mujer pública'라고 쓰는 순간 그와는 생판 다른 '성매매자'라는 뜻입니다.[28]

우리 여성 작가들은 언어의 미개간지에서 우리의 주변화된 위치를 특히 주목하고는 합니다. 덕분에 언어의 배후, 그 구린 엉덩이를 잘 알고 있고, 은밀한 가랑이의 생식력을 인정합니다.

수많은 세기 동안, 아니 어쩌면 수천 년 동안 우리 여성은 『모렐의 발명 *La invención de Morel*』의 남주인공 같았습니다. 아르헨티나 작가 아돌포 비오이 카사레스의 이 소설에서는 익명

---

[28] 'hombre'는 '남자', 'mujer'는 '여자'라는 뜻임.

의 조난자가 어느 섬에 도달합니다. 그는 그 섬이 무인도라고 생각하고, 저지대 갯벌에서 근근이 목숨을 연명합니다. 어느 날 섬의 고지대를 탐험할 용기를 냈고, 동일한 대화를 주기적으로 되풀이하는 사람들을 만납니다. 시간이 흐른 뒤 조난자는 그 대화에 자기 말을 쉬는 것을 배워 그들과 가상대화를 나눕니다. 특히 자신이 사랑에 빠진 여인과 가상대화를 나눕니다. 조난자가 그 그룹에 완전히 낄 수 있는 메커니즘을 마침내 발견한 순간, 그들과 얼굴을 마주하고 대화를 나누는 대가가 죽음이라는 것을 알게 됩니다. 그리고 이를 받아들입니다. 우리 여성도 남성들의 대화에 끼어들기 위해 세대에서 세대로 상징적으로 대가를 치렀습니다. 정말 값비싼 대가이죠.

오랜 세월 동안 우리 여성은 언어의 집에서는 거의 무단 점유자였습니다. 그리고 훌륭한 국외자답게 이런 상황을 이용하여 새롭고 날카로운 무기를 수시로 벼릴 줄 알았습니다. 우리는 이미 오래 전부터 우리의 장소를 차지하는 법을 배웠고, 덕분에 오늘날 여성 작가들은 크리스테바의 적절한 지적처럼 "여성성은 정치적으로는 남근적 여성성의 대척점에 위치"하는 것입니다.

7

여성 작가는 관능적 표현에 가해진 오랜 검열의 장벽을 제거하는 데 성공한 지금 새로운 장애물에 직면했습니다. 적어도 최근 아르헨티나에서는 그랬습니다. 아르헨티나에서는 여성-문학-정치의 삼각대를 세우기 무척 어렵습니다. 독자의 위기 여부와 상관없이, 여성 작가의 수준급 작품들이 암흑시대인 1976~1983년의 군부독재기를 간접적이라도 언급하면 본능적인 거부감이 드나 봅니다.

여성의 정치색 있는 소설을 대하면 많은 편집자, 심지어 비평가들도 "이 주제는 이제는 지긋지긋해"라고 말합니다. 아주 오래 전부터 그렇게 말하고 있지요. 심지어 그 주제가 언론에 범람하기 이전부터 말입니다. "군사독재를 언급하는 것은 기회주의적"이라고 방어막을 치기도 합니다. 사실은 가볍게 취급하기에는 너무 적절한 언급이라는 뜻이지만 말입니다.

저는 비평가들이 자신도 모르는 사이 군사평의회가 설치한 덫에 걸려든 것이 아닌가 생각합니다. 그 암울한 7년 동안 제복을 입은 자들은 여론을 조작할 줄 알았고, 많은 사람으로 하여금 외국의 비판이나 대단히 심각한 인권침해 고발 혹은 항의가 시민에게 흙탕물을 튀기는 조작된 비판이요 고발이라고 믿게 만들었습니다.

그러한 사악한 환유를 효과적으로 적나라하게 폭로한 이들이 바로 5월 광장의 어머니들입니다. 또한 오늘날에는 몇몇 여성 작가가 이 일을 수행하고 있다는 점이 흥미롭습니다. 이들은 예전보다는 덜 공격적이지만 어쨌든 그와 유사한 그물에 걸리지 않으려고 모든 것을 걸 것입니다. 거부감에 대한 두려움 없이 어두운 진실을 캐고 있으며, 오늘날의 보잘 것 없는 아르헨티나 문단에 기이한 불편함을 야기하고 있습니다.

이는 여성 작가들이 이 주제를 현실적인 시각으로, 저널리즘의 시각에서 다루는 데 성공하지 못했다는 뜻이 아닙니다. 많은 여성 작가가 이를 대단히 명석하고 용기 있게 다루었습니다. 문제는 굴곡지고 오해도 많고 복잡하기 이를 데 없는 탄압, 고문, '실종자' 주제를 여성 작가가 스케일이 큰 소설이나 훌륭한 단편으로 다룰 때 발생합니다.

아르헨티나에서는 (저를 포함한) 몇몇 여성 작가가 시장의 명령을 위반했습니다. 글쓰기가 우리가 안다고 믿는 것 이상의 이야기, 알고 싶어 하는 것 이상의 이야기에 접근할 수 있게 해준다는 의식을 지니고 군사독재 기간 동안 우리가 살아온 공포를 허구로 묘사하는 위험을 감수했습니다.

저널리즘이나 증언서사testimonio 형식의 조사가 굉장히 심도 있고 철저할 수 있겠죠. 하지만 누군지 파악 가능한 가해책임자의 이름이 등장합니다. 따라서 일반 독자와는 완벽하게 분리되는 존재라 할 수 있습니다. 반면 창조된 이름을 지니고, 모호함과 모순과 불확정성을 지닌 허구 속 인물은 우리 모두와 상관이 있지 않겠습니까? 바로 그래서일 겁니다. 우리 모두와 상관이 있기에 단호한 거부감을 야기하는 것입니다. 우리가 오염되지 않기 위해서라면 비밀을 파고들면서 응당 들어야 할 이야기인데도 말입니다.

엘사 오소리오가 생각납니다. 그녀의 훌륭한 최근작은 여러 아르헨티나 출판사에게 퇴짜를 맞았습니다. 스페인과 멕시코에서 응분의 성공을 거두면서 아르헨티나에서도 유통될 수 있었을 뿐입니다.

그녀의 『스무 살에, 루스 *A veinte años, Luz*』는 대단히 다양한 영역을 부유하고 있습니다. 제목만 해도 그렇습니다. 쉼표에 주의하지 않으면 천체 간 거리距離를 떠올릴 수도 있지만 그렇지 않습니다.[29] 이 소설은 다른 영역에 이를 가능성, 개인적·

[29] 원제에서 'Luz'는 인명이지만 스페인어로는 '별빛'으로 해석할 여지가 있고, 'A veinte años'도 '20광년'으로 해석할 여지가 있다. 제목에 들어간 쉼표 덕분에 이런 오독의 가능성이 사라졌음을 의미한다.

본질적 깨달음 즉 우리가 완연히 살 수 있도록 허락해주는 진실을 밝힐 수 있을 가능성을 확립시키는 지점에 집중하고 있습니다.

엘사 오소리오는 우리 아르헨티나의 최근 역사를 문학작품으로 승화시키는 데 성공했습니다. 구태의연한 참여예술이 아니라(그녀의 소설에는 당 지도부도 경향성도 교조주의도 없습니다), 아르헨티나의 모든 현실을 미묘한 명암의 유희 속에서 드러내는 책임감 있는 예술입니다. 소설의 메시지는 잠재적이지도 않고 적나라하지도 않습니다. 독자 각자가 작품을 통해 추론할 만합니다. 저널리즘의 시간성과는 차별화된 대단히 인간적인 어조로 사람들이 보지 않으려 했거나 볼 수 없었던 것, 또 아직은 말하기 힘든 것이 차츰 부상합니다.

이 소설에서 '육체'라는―고문당한 육체, 구출된 육체―말은 예기치 않은 힘을 얻습니다. 사회적 육체를 간접 암시하기 때문입니다. 철저히 은폐되고, 철저히 부정되어 여태까지 신음한 육체인 것이죠.

엘사 오소리오의 소설 같은 작품들은 이해력과―감각과―힘이 차단되는 지점을 재의미화시킵니다. 현실과 허구의 틈새에서 드러나는 전체적인 파노라마를 지각할 수 있는 유일한 위치인 문학을 통해서 말입니다.

이를 성취하기 위한 무기는 아르헨티나의 어두운 과거에 몇몇 인물이 작동시킨 사악한 상상력보다 훨씬 더 풍요롭고 관대하고 용감한 상상력입니다. 그것은 현란한 그림자들에게 몸을 내맡긴 상상력이기도 합니다. 다들 아시겠지만 그림자가 없으면 밝음이 무엇인지 결코 알 수 없습니다. 그것은 또한 자기검열의 장벽을 뛰어넘는 상상력이고, 현실을 읽을 줄 아는 상상력이고, 기대를 앞세우지 않는 욕망을 인정하는 상상력이기도 합니다.

이와 관련해서 마르셀라 솔라의 『카인드의 침묵 *El silencio de Kind*』도 언급할 필요가 있을 것 같습니다. 이 작품은 긴박한 내면소설이며 완벽한 음영소설(陰影小說, obra de *adumbratio*), 즉 그림자들의 유희가 벌어지는 소설입니다. 그래서 모든 것이 다 겉보기와 다르고, 사악함은 끈질기고 영속적입니다. 흥미진진한 소설이죠.

『카인드의 침묵』에서, 말해지지 않은 모든 것은 절대적 현존을 획득합니다. 예를 들어, 흐릿해지고 침묵되는 것의 정확한 윤곽을 되살리려고 구성된 작품이라서 거의 언급되지 않는 아르헨티나의 최근 역사가 그렇습니다. '나는 누구이고, 적은 누구인가?'가 우리가 이 책에서 직면할 잠재적 질문일 겁니다.

이 책에서 말은 침묵, 연기, 시로 구성되어 있습니다. 가령 카인드는 낚시하는 남자를 향한 자신의 사랑에 대해 "송어는 역류를 만나면 움직이지 않죠. 아마 처음에는 송어 그림자만 보이겠지만, 나중에 날카로운 눈으로 들여다보면 송어가 나타납니다"라고 말합니다. 이 말이 정치적 글쓰기에 대한 것이라면 훌륭한 충고입니다. 그림자를 관찰해서 날카로운 눈으로 은폐된 억압을 탐지하는 것이니 이보다 더 직접적인 표현은 없겠죠. 혹은 은폐된 권력을 탐지하는 것일 수도 있습니다. "사실은 예나 지금이나 모든 권력자들은 언제나 같은 동업조합 소속이지"라고 그 젊은 여인에게 장군이 밝히듯이 말입니다. 장군은 또 말합니다. "카인드, 이 나라에서 권력을 원하지 않거나, 권력을 두려워하지 않거나, 권력 행사에 만족감을 느끼지 않는 사람은 단 한 사람도 없어"라고 덧붙입니다.

엄청난 고통을 겪은 최근 과거의 기억을 지워버리려고 하는 아르헨티나에서 우리 여성 작가들은 우리 역사의 가장 어두운 지대를 밝혀줄 메타포로 구성된 기억의 그물을 짜고 있습니다(물론 작가들이니 텍스트를 짠다는 이야기입니다). 지극히 여성적으로 사람들이 알고 있는 것을 파헤치고 들어가 '무지 no-saber'의 핵, 즉 부정된 상태로 머물기를 원하는 그 핵에 도달하려고 합니다. 릴리아나 에르Liliana Heer가 그녀의 훌륭한 소설『뻔뻔한 사랑 *Frescos de amor*』에서 "내가 알고 있는 것과 내게 기억을 사주하는 것, 즉 그 어떤 성찰보다 더 강렬한 진실 사이에는 아이러니한 심연이 존재한다"라고 말하듯 말입니다.

또 다른 많은 소설이 떠오르는군요. '국가테러'라는 희대의 공포가 스치는 예술이나 사랑이 빛나는 우주입니다. 가령 빅토리아 슬라부스키Victoria Slavuski의『섬을 잊기 위한 음악 *Música para olvidar una isla*』이 떠오릅니다. 이 작품은 사람들의 언행이, 은폐된 정치적 두려움에 전염되는 소설입니다. 그러나 항상 사랑이나 삶 자체 같은 무언가가 허용되는 소설로, 결코 잊을 수 없는 인물과 장면들이 있습니다. 소설 속의 섬은 로빈슨 크루소의 무대인 후안 페르난데스 섬으로 낙원이었습니다. 하지만 순식간에 두려움에 전염됩니다. 피노체트 시대를 배경으로 한 소설로, 칠레 군사독재에 난도질당한 사람들이 섬에 오기 시작하거든요.

이 작품들을 비롯해 훌륭한 여성 작가들이 쓴 많은 소설이 우리에게 아무것도 설명해주지는 않아도, 우리가 훨씬 더 효율적으로 해석을 할 수 있도록 해줍니다. 제롬 브루너가『교육의 문화』에서 적절히 밝히고 있는 것처럼, "설명과 달리 해석은 천편일률적이지 않고 다른 길들을 배제하지 않는다.

(……) 키에르케고르의 말처럼 이해를 위한 이야기하기는 사유만 풍요롭게 해주는 것이 아니다. 그의 말을 빌자면, 우리는 이야기 없이는 두려움과 전율에 사로잡힌다."

만일 우리 여성이 세기의 이야기를 하는 이야기꾼이라면 이런 질문이 발생합니다. "여성이 실제 공포에 대한 이 이야기들을 (문학적 가치가 있는 글쓰기를 통해) 말하고 있는데 어째서 받아들여지지 않는 것일까?" 하는 물음입니다.

저는 감히 두 가지 가능성 있는 답을 제시하겠습니다.

1) 여성이 입에 올리면 안 되는(안 되었던) '나쁜' 언어가 주는 불편함 때문입니다. 이제 성에 대해서는 모든 여성이 다 말할 수 있기 때문에, 권력과 정치가 남성 최후의 보루로 남은 것입니다.

2) 영웅이 존재하지 않고, 흑백이 분명히 구분되지도 않고, 유머가 뒤섞이고 분비물이 아무에게나 튈 수 있는 그 애매모호한 지대를 여성 작가가 파헤칠 수 있는 능력 때문입니다. 물론 남성 작가도 여성 작가처럼 애매모호한 지대를 탐구하기도 합니다. 그러나 여성의 언어가 남성의 언어보다 위협적일 가능성이 훨씬 더 큽니다. 남성의 언어는 원래 우리 여성을 침묵시키는 사명을 띤 존재에게 발화된 언어이기 때문입니다.

8

강연을 마치면서 『마냐나 호號 *El Mañana*』의 두 대목을 옮기는 것을 허락해 주셨으면 합니다. 수없이 고쳐 쓴 끝에 최근 편집자에게 넘긴 제 소설인데 오늘 강연과 관계가 있습니다. 이 소설은 스릴러물처럼 치장했지만 그 중심에는 바로 여성 언어의 존재 가능성 탐색이 자리하고 있습니다.

책의 제사題詞는 "말하지 못하는 것은 침묵보다 언어와 더 밀착되어 있다"입니다. 생각할 거리를 많이 제공하는 철학자 조르조 아감벤의 말을 인용한 것입니다. 제 소설은 추측 소설, 말 저 너머에 약동하는 무언가의 가능성을 다루는 소설이라고 할 수 있거든요. 농담 삼아 말씀드리자면 이 소설을 저의 유산, 아니 시학으로 느끼던 순간들이 있었습니다.

소설 줄거리를 간단히 말씀드리죠. 마냐나라고 부르는 배의 선상 심포지엄에 모인 18인의 여성 작가가 테러리스트로 고발되어 체포, 가택연금 됩니다. 적어도 여주인공 엘리사 알가냐라스는 그런 상황에 처했습니다. 그녀는 탈출에 성공하고, 그 후 이 소설에서 멜리사라고 불립니다. 그녀와 같은 국적이고, 외국에 거주하는 컴퓨터 전문가이며, 휴식 시간에는 해킹도 일삼는 에스테반 클레멘티는 인터넷에서 그 소식을 언뜻 접하고 연금 이유를 알아야겠다고 생각합니다. 또한 그 여성 작가들이 언어를 가지고 무슨 비밀을 까발렸기에 권력에 위협이 되었는지 조사하기로 결심합니다. 그래서 이스라엘인 친구 오메르 카트바니에게 그 이야기를 해주어 부에노스아이레스로 가 미스터리를 파헤치게 합니다. 아래에 서로 다른 곳에서 뽑아낸 두 대목이 이어집니다.

오메르는 친구[에스테반]를 회피할 수 없는 현실과 조우시키려고 했다. 친구에게 물었다. "알고는 있는 거야? 네 시도가 철학 최고의 난제에 대한 해답을 구하는 것이라는 걸? 아리스토텔레스부터 시작해서, 다른 철학자들을 경멸하는 것은 아니지만 최고 철학자만 거론해도 헤겔과 하이데거를 지나 바로 오늘 이 순간까지, 네가 구체적인 인물을 거론해주기를 원한다면 아감벤에 이르기까지 말이야. 모든 철학자가 언어의 문제이기도 한 존재의 문제를 해독하고 싶어 했어. 어느 연구자가 이미 말했어. 언어는 모든 미스터리의 핵심장소, 근본적인 인간 드라마가 벌어지고 재현되는 장소라고 말이야. 너는 그런데 인간이 수천 년 전부터 박치기한 벽을 너 혼자 지금 가로지른다고 믿고 있어.
에스테반이 오메르에게 대답했다. "인간이라, 하지만 그들은 여성이라고, 알겠어?"

잠이 들기 전 오메르의 머릿속에는 에스테반과 나눈 대화 중에서 망각된 부분이 밀려들었다. 이제는 자신도 개인적으로 연루된 사안이었다. 모든 가정, 추측, 말의 유희, 두 사람이 상당히 묵시록적이고 초현실적으로 머리를 굴리며 그 여성 작가들이 이른바 지워진 이유를 헤아려 보았다. 그녀들은 상상을 하고 글을 쓰는 무해한 일, 이제는 평가절하된 일에 매진한 존재들이었다. 하지만 그 일은 설명하기 힘든 범주의 위협이 되었고, 이에 따라 예기치 않은 가치를 획득하게 되었다. 순교자가 된 여성 작가들, 그녀들은 틀림없이 본보기로 희생되었을 것이다. 그녀들이 모두 언어의 길쌈녀이다. 텍스트와 천textile이 동전의 양면이니, 그녀들을 말의 길쌈녀라고 할 밖에. 어쩌면 그녀들은 말을 초월했을지도 모르겠다. 언어 저 너머에 잠복된 광기의 심연에 빠지지 않고 가능한 한 저 멀리. 아니 어쩌면 저 너머가 아니라 이편에 잠복된 것일 수도 있다. 모든 이름이 의미를 상실해가고, 재현하고 있던—'재현하다'는 적당한 어휘가 아니다. 어쩌면 '반영하다'라고 해야 할지도 모른다. 그도 아니면 넘을 수 없는 간극을 '가리킨다'라고 해야 할지도 모른다—사물에서 멀어지고 있으니 말이다. 사물 하나하나에 더 이상 손가락을 올려놓지 못한다는 두려움, 더 이상 손잡이나 발판이 없다는 공포. 우리가 수천 년 동안 힘들여 구축한 의미가 상실되고 있는 건너편을 그녀들은 본 것일까? 그녀들이 거짓의 얼굴을 탐지해 낸 것일까? 전혀 쓸모없는 이름인데도 우리가 모든 사물에 이름을 부여했으니 만물의 주인이거니 믿게 만드는 거짓의 얼굴을.

저는 사실 이러한 의문에 대한 명백하거나 구체적은 해답은 없다고 생각합니다. 하지만 두려움 포착에는 도움이 됩니다. 저 너머에서 비롯되며, 여성이 접근 가능한 앎에 대한 두려움 말입니다.

아르헨티나 작가 루이사 발렌수엘라Luisa Valenzuela(1938~)
는 비평가들 사이에서 라틴아메리카의 현존하는 작가 중 가
장 혁신적이고 각광받는 작가라는 평가를 받고 있다. 포스트
붐 세대 작가들 중 가장 주목받는 작가로 꼽히기도 하며, 라틴
아메리카의 대표적인 여성작가로 평가되기도 한다. 무엇보다
도 발렌수엘라를 거론할 때에는 아르헨티나의 역사에 대한
비판적인 시각을 형상화하면서 여성의 목소리를 낸다는 점을
들 수 있다. 그래서 그녀의 이름은 라틴아메리카 문학을 거론
할 때뿐만 아니라 비교문학, 페미니즘 문학을 다룰 때에도 함
께 연구된다.

먼저 발렌수엘라의 문학세계를 형성한 배경을 언급하고자
한다. 원주민 언어인 과라니 어를 구사하는 의사 아버지와 작
가 어머니 사이에서 태어난 발렌수엘라는 어린 시절부터 호

르헤 루이스 보르헤스, 비오이 카사레스, 에르네스토 사바토, 에두아르도 마예아를 비롯한 아르헨티나의 대표적 문인들과 교류하며 문학적 분위기에서 성장했다. 발렌수엘라의 문학적 재능을 알아본 보르헤스의 추천으로 10대 후반부터 국립도서관에서 일하며 작품을 쓰기 시작했다. 또한 그녀는 아르헨티나 일간지 『나시온』의 기자로 활동하면서 문제의식을 키웠고, 취재를 위해 당시 여성에게는 금단의 구역이었던 곳들까지 전국 방방곡곡을 여행하였다.

결혼과 동시에 프랑스로 건너간 후에는 텔 켈 그룹, 프랑스 신소설 그룹과 교류하면서 문학적 역량을 키웠고, 이곳에서 첫 소설 『웃어야 한다』(1966)를 출간하였다. 그 후 멕시코, 바르셀로나, 뉴욕 등에서 수년간 체류한 끝에 1975년 본국으로 돌아왔다. 십여 년만에 돌아온 고국 아르헨티나는 공포 분위기가 만연되어 있는 곳으로, 그녀가 이전에 알고 있던 평화롭고 부유한 아르헨티나의 모습과는 판이하게 다른 모습이었다. 이러한 현실을 고발하기 위해 그녀가 한 달만에 완성한 작품이 단편집 『여기에서는 희한한 일이 일어난다』이다. 당시는 후안 도밍고 페론이 사망한 후 그의 부인인 이사벨 페론이 집권하던 때였다. 계속되는 게릴라 활동으로 정치적으로 불안정한 상황이 계속될 때였으며, 무역 적자가 10억 달러를 상회

하고, 인플레이션이 335%나 상승하는 등 경제적으로도 혼란스러운 시기였다. 온건파 군 장교들이 이사벨 페론에게 사임할 것을 촉구하며 군부가 정치에 개입할 여지를 보이자, 페론의 오른팔이자 사회복지부 장관으로 일하던 로페스 레가가 극우 단체인 '아르헨티나 반공연맹(일명 트리플 에이: AAA)'을 설립하여 정부에 조금이라도 반대의견을 보이는 사람들을 무차별적으로 납치하여 살해하여 흉흉한 분위기가 극에 달하였다.

급기야 1976년 3월 24일 호르헤 비델라 육군 총사령관을 필두로 하여 해군 총사령관, 공군 총사령관이 군사 쿠데타를 통해 이사벨 페론 정부를 축출하고 국가비상사태를 선포한다. 소위 '국가재건계획'이라는 기치를 내걸고 '신, 조국, 가정으로 대별되는 전통적인 아르헨티나의 미덕을 보호하기 위해' 이를 파괴하려는 불순분자들을 철저히 제거하여 아르헨티나를 혼돈과 무질서로부터 구원하겠다고 공언한 것이다.

그러나 군부는 의회와 지방의회를 해산하고 대법원판사, 주지사, 시장을 해임했으며, 주요 이익단체들을 군의 통치 하에 두는 등 정치를 통제하기 위한 여러 조치를 시행했다. 모든 정치활동을 금지하고, 좌익정당 및 단체를 불법화하고, 파업권을 박탈하면서 철저한 탄압 조치를 시행한 것이다. 이 시기에 아르헨티나 전역에 340개의 비밀수용소가 세워졌고, 반군부 세력에 대항하는 인사들이 불법으로 체포되었으며, 3만 명 이상이 살해되거나 실종되었다. 이 과정에서 참혹한 고문이 자행되었다는 것은 두말할 필요도 없다. 외과 도구, 약리학적 보조 도구들을 동원하여 물고문, 가스고문, 성性고문이 행해 졌고 산 채로 껍질을 벗기거나 바다에 던져 버리는 등의 잔악 한 행위가 자행되었다. 무고한 시민을 대상으로 국가적 차원 에서 체계적으로 자행된 국가 테러리즘은 1976년부터 1983 년까지 계속되고, 이 기간은 '추악한 전쟁'으로 일컬어진다.

정치적 탄압과 더불어 군부는 경계의 눈을 언론·문화계에 종사하는 지식인들에게 돌렸다. 당시 군부가 수행한 문화탄 압 정책은 아르헨티나 문화 전반에 걸쳐 이루어졌다. 신군부 의 억압기관은 블랙리스트 작성, 서적·음반·신문·라디오 및 텔레비전 방송에 대한 철저한 검열, 학술 프로그램 및 논문 내용에 대한 통제, 대학 폐쇄, 대학과정 조기종업, 선별적인 전람회 허가, 영화 검열 및 상영금지 조치 등 가능한 모든 수 단과 방법을 동원해 국가안보 논리를 위협할 수 있는 일체의 문화적 행위를 억압했다. 이 기간에 이루어진 문학에 대한 가 공할 검열은 이데올로기 억압에 그친 것이 아니라 억압의 마 지막 수단인 실종으로 이어졌다. 1976년 3월 24일 이후 100 명 이상의 기자와 다수의 작가가 납치·실종되었고, 이 실종자 대열에는 아르헨티나 문단에 증언적 글쓰기의 전통을 세웠던 로돌포 왈쉬도 포함되었다.

발렌수엘라 역시 이 시기의 문학적 탄압과 직접적인 관련이 있는 작가이다. 그녀는 군부의 횡포가 가장 심했던 1976~1978년에 국내에 머물면서 미행을 당하고 가택 수사를 당하는 등 신변에 위협을 느꼈음에도 불구하고 위험을 무릅쓰고 비판적 시각을 드러낸 작품을 발표했으며, 수차례에 걸쳐 좌파 성향의 지인들이 대사관의 보호를 받으며 국외로 피신하도록 도왔다. 그녀는 행방불명된 로돌포 왈쉬와 서로 신뢰하는 사이였을 뿐만 아니라, 행방불명된 아롤도 콘티와 같은 잡지사에서 함께 작업하기도 했다. 더군다나 아롤도 콘티가 실종된 것은 그녀와의 작업 직후였기 때문에 이러한 위험한 상황은 그녀에게 남의 일이 아니었다. 신변이 점차 위태로워지자 1978년 발렌수엘라는 미국으로 망명했다. 그곳에서 발렌수엘라는 국제 앰네스티, 미주 감시기구에서 활동하며 꾸준히 아르헨티나 독재정권을 고발하는 작품을 발표했다. 그러나 조국을 떠났다는 이유만으로 절친한 지인들에게 절연당하고, 독자들에게 외면 받는 등 망명으로 인해 적지 않은 시련을 겪었다. 그녀는 수년간 뉴욕에 거주하며 작품을 집필하는 한편 대학에서 문학과 글쓰기 강의를 하는 등 활발한 활동을 벌이다 1989년 고국 아르헨티나로 귀국했다. 현재 그녀는 부에 노스아이레스에서 살면서 문학과 문화 강좌를 담당하고, 세계적인 도서전에 초대받거나 심사위원으로 참석하며, 2010년에는 『마냐나 호』라는 신작을 출간하며 문학적 역량을 과시하고 있다.

이 단행본에는 작가의 문학적 사유와 사상을 드러내는 대표적인 단편 3편과 중편소설 1편, 에세이 2편을 선별하여 수록하였다.

「여기에서는 희한한 일이 일어난다」(1975)는 발렌수엘라가 십여 년간의 오랜 외국생활을 마치고 귀국한 후 직면한 고국의 정치적 상황을 다룬 문제작이다. 평범한 시민들이 분실물을 습득한 후 누군가가 자기를 추적하여 납치할 것을 두려워하는 모습을 서술하면서 발렌수엘라는 아르헨티나의 공포 분위기와 노이로제가 국민들의 일상적인 삶에 구석구석 침투해 있다는 것을 고발한다. 이 작품을 통해 발렌수엘라가 비단 '추악한 전쟁'으로 일컬어지는 1976~1983년의 암흑기만을 고발하는 것이 아니라, 그 이전인 페론 정권 시기부터 만연되어 있던 폭력적인 사회정치 상황을 비판했다는 점을 알 수 있다. 1946년 페론 1차 정권 때부터 그는 자유를 억압하였는데 그러한 상황은 1973년 페론 3차 정부가 수립된 후 더욱 심해졌다.

급기야 1974년 페론이 사망한 후에는 계속되는 무장투쟁 세력의 활동으로 인해 정치적으로 혼란스러운 상황이 계속되었고, 치솟는 무역 적자와 높은 인플레이션으로 인해 경제적으로도 불안하기 짝이 없었다. 이 시기에 사회복지부 장관을 역임한 로페스 레가는 '아르헨티나 반공연맹'을 설립하여 유례 없는 폭력을 행사하였다. 좌파를 포함한 온갖 전복적인 세력을 진압하겠다는 명목 하에 무고한 젊은 시민들을 마구잡이로 납치, 고문, 살해한 것이다. 발렌수엘라는 이 작품을 통해 자국의 사회상을 고발하였다. 이 작품을 간행한 데 라 플로르De La Flor 출판사 관계자들은 체포되었으며, 이후 민주정권이 수립되기까지 발렌수엘라의 작품은 외국에서만 출간되었다.

「무기의 변화」(1982)는 1970년대 아르헨티나의 공포 정치 상황을 다루면서 고문과 실종자들에 관한 문제제기를 하면서 동시에 여성의 몸에 대한 관심과 성찰을 드러낸다는 점에서 발렌수엘라의 대표작으로 꼽힌다. 특히 에로티즘과 폭력의 관계에 주목하며 독재정권 치하에서 여성에게 가해지는 폭력의 실상을 충격적인 방식으로 폭로하여 많은 반향을 불러일으켰고 라틴아메리카의 대표적인 페미니스트 이야기로 평가받는다. 기억상실증에 걸린 주인공 '라우라라는 여자'는 로케와의 성행위가 반복될수록 의식을 찾아가고 성행위를 차츰 적극적으로 주도해 간다. 그러나 작품 말미에서 로케는 라우라에게 장전된 권총을 돌려주는데 이를 기점으로, 라우라가 로케 대령을 암살하려다 체포된 게릴라 전사였다는 것과, 고문 도중 기억을 상실한 그녀를 로케 대령이 본보기로써 성적 노리개로 삼았다는 것이 밝혀진다.

아르헨티나는 1983년 12월 민주정권을 회복하였으나 1980년대 후반부터 1990년대 초반까지 불안정한 경제상황으로 불거진 실업과 빈곤, 초 인플레이션의 진통을 겪었다. 이 시기에는 무능한 공권력을 향한 비판의 목소리와 동시에 빈곤의 문제를 다룬 작품들이 발표되었다. 이러한 시대상황 속에서 발렌수엘라는 중편소설 『침대에서 본 국가현실』(1990)을 발간한다. 오랜 망명생활을 청산한 후 본국으로 돌아와서 느끼는 갈등과 부적응을 그린 자전적 성격의 이 소설에서 발렌수엘라는 권력이 폭력을 직접적인 형태로 행사할 때보다 미디어를 통해 거대 담론을 유포하는 간접적이고도 은근한 방식을 취할 때 정점을 이룬다는 사실을 지적한다. 그럼으로써 이 소설은 기억에 권력이 강력한 영향을 발휘한다는 것을 고발한다. 다시 말해 국민들은 국가 권력이 기억하기를 바라는 것만을 취사선택해서 기억하게 된다는 것이다. 1987년 알도 리코Aldo Rico 대령이 군부에 관한 처우에 반발하면서 일으킨 '카라 핀타다cara pintada(얼굴에 칠을 했다는 의미)' 사건을 배경으로 집필된 이 작품은 1980년대 후반~1990년 초반 아르헨티나가 경험한 초 인플레이션과 빈민 문제 등 당시 아르헨티나가 직면한 여러 가지 상황을 비판적인 시각으로 담아내고 있다.

「대칭」(1993)은 아르헨티나에 민주정권이 수립된 지 10년이 흐른 후에 발표되었다. 이 작품은 「무기의 변화」와 짝을 이루는 작품으로 「무기의 변화」와 마찬가지로 남성과 여성, 몸과 마음, 은닉과 폭로, 에로스와 타나토스, 마조히즘과 사디즘, 동지와 적, 가해자와 피학대자의 문제가 치밀하게 뒤얽혀 있다. 이 소설은 1947년과 1977년을 배경으로 하는 두 쌍의 남녀관계를 서술하면서 30년이라는 세월이 흘러도 유사한 패턴의 일이 반복된다는 점을 꼬집는다. 즉, 군의 폭력 때문에 희생당하는 사람들을 다루면서 동일한 역사가 반복된다는 것을 짚은 것이다. 1947년은 페론 1차 정권이 집권 중일 때이며 1977년은 페론 3차 정권에 반대하여 육, 해, 공군이 군부쿠데타를 일으킨 후 군사평의회가 아르헨티나를 통치하며 수많은 인명을 잔인하게 희생시킨 시기다. 이렇듯 비극적인 일들이 반복되는 것을 피하기 위해서는 과거를 망각하고 묻어둘 것이 아니라, 적극적인 방식으로 기억함으로써 과거를 반성하고 성찰해야 한다는 작가의 메시지를 느낄 수 있다.

「인류학과 페미니즘 문학」(2002)은 발렌수엘라가 평소 지대한 관심을 보이고 있는 가면과 페미니즘의 관계를 다룬 에세이다. 서재의 한 벽면을 온통 가면으로 장식해 둘 정도로 가면 마니아인 발렌수엘라는 가면을 인류학적인 관점에서 다루면서 그것을 자연스럽게 페미니즘과 연결시키고 있다.

「반역하는 말」(2009)은 2009년 10월 아시아-아프리카-라틴 아메리카 문학 심포지엄(AALA)을 위해 방한한 발렌수엘라가 발표한 원고를 우리말로 옮긴 것이다. 여성 작가, 특히 라틴아메리카라는 지역의 여성 작가와 글쓰기의 관계에 대해 심도 있게 고민하고 사유한 내용이 고스란히 담겨 있는 글이다.

이 책에서는 발렌수엘라의 전반적인 작품 경향, 문학적 사유와 세계관이 두루 반영된 대표작들을 엄선하여 실었다. 아르헨티나의 역사의식, 독재권력에 대한 강도 높은 비판, 여성의 언어와 욕망에 대해 가열차게 고민하는 발렌수엘라의 매력을 함께 나누고 싶어 번역을 시작하였으나 열정만 앞선 탓에 그녀의 작품이 가진 매력을 십분 전달하지 못할까 봐 염려된다. 번역은 작가의 스타일을 옮기는 것이라고 생각하며 작업에 임했지만 발렌수엘라의 문체가 본래 평이하게 읽히는 문체가 아니어서 우리말로 옮기는 과정에서 고민을 거듭할 수밖에 없었다. 독자들의 질정과 격려를 바랄 뿐이다.

끝으로, 이 지면을 빌어 고마운 분들께 인사를 전하고 싶다. 신진 번역가로서 활동하도록 자애롭게 이끌어주시고 학문 후속세대에 대한 사랑을 늘 몸소 보여주시는 박병규 선생님, 우석균 선생님께 가장 먼저 감사인사를 올리고 싶다. 아르헨티나의 역사에 대해 항상 많은 것을 가르쳐주는 아르만도 Armando, 부족한 원고를 독자의 입장에서 읽으며 정성껏 평해준 동생 조무환의 도움에 감사한다. 그리고 이 책이 번역·출간될 수 있었던 것은 작가 발렌수엘라와 주한 아르헨티나 대사관의 아이디어 덕이다. 아르헨티나 정부의 프로그라마 수르 Programa Sur의 전폭적인 출판 지원이 없었더라면 이 책이 2010년 프랑크푸르트 도서전에 참가하는 영광을 누리지 못했을 것이다. 또한 원고를 느지막하게 보냈음에도 불구하고 책망하지 않으시고 좋은 책 만드는 일에만 열정적으로 전념해 주신 소명출판에 감사드린다.

2010년 9월